中国当代文学
新批评丛书

主　　　编
贺　仲　明
李　遇　春

在文学的边缘处思想

丁帆　著

SPM 南方出版传媒　广东人民出版社

·广州·

图书在版编目（CIP）数据

在文学的边缘处思想 / 丁帆著 . — 广州：广东人
民出版社，2021.10
（中国当代文学新批评丛书 / 贺仲明，李遇春主编）
ISBN 978-7-218-15039-0

Ⅰ．①在… Ⅱ．①丁… Ⅲ．①中国文学－当代文学－
文学思想史－研究 Ⅳ．① I209.7

中国版本图书馆 CIP 数据核字（2021）第 102597 号

ZAI WENXUE DE BIANYUAN CHU SIXIANG

在文学的边缘处思想

丁帆 著

出 版 人：肖风华

责任编辑：刘　宇
责任技编：吴彦斌　周星奎
封面设计：周伟伟

出版发行：广东人民出版社
地　　址：广州市海珠区新港西路 204 号 2 号楼（邮政编码：510300）
电　　话：（020）85716809（总编室）
传　　真：（020）85716872
网　　址：http://www.gdpph.com
印　　刷：三河市荣展印务有限公司
开　　本：787mm×1092mm　1/16
印　　张：19　字　数：230 千
版　　次：2021 年 10 月第 1 版
印　　次：2021 年 10 月第 1 次印刷
定　　价：68.00 元

如发现印装质量问题，影响阅读，请与出版社（020-85716849）联系调换。
售书热线：（020）85716826

序 言

在百年中国现当代文学史上，文学试图摆脱思想的束缚，也为此经历过多次文学思潮和文学流派的冲击和洗礼。让文学回到纯而又纯的技术操作层面，似乎成为某些"纯文学"作家炫耀文学技巧的大纛；用"纯美主义"来遮蔽惨淡的人生，这让一般的写作者陡然生出了许多敬畏之心，甚至在面对巨大的人类苦难时都难以下笔，生怕被现实的生活感动，而在作品中流露出价值的理念来，被主张"纯美主义"的批评家和高蹈的技术派作家诟病和耻笑。

文学可不可以远离社会和思想，这不是"哈姆雷特之问"，而显然是一个伪问题。文学的确可以作为一件把玩的艺术品而存活于世，但这绝不是文学的唯一，更不是文学的导向和主流。倘若一个国家和民族的文学仅仅限于这样一种所谓的"纯美"模式，那么它肯定是陷入了技术制约思想的艺术怪圈之中，那是文学的悲哀。

我十分欣赏马克思和恩格斯对于社会"异化"和文学作品思想"倾向性"的阐释：（一）文学的意识形态性就是作家面对客观的现实世界时必须做出明确的价值判断，它必须是审美性的，但是它又必须将其意识形态的"倾向性"植入文学作品之中。（二）马克思在《致斐迪南·拉萨尔》中提倡"莎士比亚化"，就是要求作家揭示生活的本质，而生活的本质最重要的方面则是反映客观世界里的生活与思想。虽然马克思也提到了审美意识形态中的个性化、情节的生动性和丰富性等问题，但更重要的问题则是客观地反映作家所看到的真实世界的景象，这是一个作家创作的前提。（三）为什么要提倡现实主义的艺术方法，尤其是批判现实主义的方法？对一个能够即时反映客观世界的作家来说，现实主义的艺术方法才是真正推动历史前进的"火车头"，也就是一个作家面对客观世界的欢乐与痛苦时，是否能够从感性世界上升到理性世界，并将其融入具体的描写之中，是一个作家在"意识形态审美"过程中必须考虑的关键问题；当然，同时它也是衡量一个现实主义创作者思想和艺术高下的试金石。（四）百年来的文学史始终在思想和艺术的悖论中盘桓而不能自拔，其纠结点就在于大量的作家作品陷入了这样一种悖论之中：思想性强的作品，其艺术性就弱化，而艺术性强的作品却思想销蚀或模糊。其实这个问题马克思和恩格斯给出过明确的答案，答案同样在《致斐迪南·拉萨尔》中。马克思之所以推崇"莎士比亚化"，而批评文学作品的"席勒化"，就是因为要遏制把文学作品"变成时代精神简单的传声筒"的现象，这是现实主义或批判现实主义创作的原则性问题，它必须遵循的艺术审美原则：越将观点隐蔽对作品越好！亦如恩格斯在《致敏娜·考茨基》中所说："我认为倾向应该从场面和情节中自然而然地流露出来，而不应当把它指点出来。"这才是马克思主义的辩证法。作家对于世界的情感流露和批判，并不是一种简单的呈现，而是通过多种艺术手段加以表现，比如采用比喻、反讽、变形、夸张、隐喻等艺术方法来折射作家思想，这就是鲁迅所提倡的"曲笔"。

作家与批评家、评论家所采用的文学表达方式是不同的，前者是采用形象思维方法，后者却是采用抽象思维方法。所以，我以为一个批评家和评论家，无须隐瞒或遮蔽自己的观点，对于文学批评而言，就是"观点越清晰明朗对于批评的对象来说就越好"！然而，我们的批评家和评论家能有几人秉持这样的批评风骨呢？

针对近些年来文学批评和文学评论愈来愈媚俗化、媚上化的倾向，我一直在思考：（一）马克思主义批判哲学的评论观念究竟过时了没有？（二）批评者是否需要保持其批评的独立性，他（她）可否与作家反其道而行之，"变成时代精神简单的传声筒"？（三）一个持有知识分子"护照"的批评者应该用什么样的姿态来从事文学批评事业？

其一，毫无疑问，近40年来，世界性的马克思主义理论研究不仅仅是一个政治和社会发展的话题，更是一个严肃的学术话题，马克思主义理论是在不断继承和发展中得以获得生命的，作为文化和文学的批评者，更要继承的是其直言不讳的批判价值立场。2015年，我在《文艺研究》上发表了《中国当代文艺批评生态及批评观念与方法考释》一文，开宗明义地表述过这样的意念："马克思主义文艺批评的精髓是怀疑与批判的精神。如果没有这种批判意识，马克思主义就不可能发扬光大，但就是这样的人文社会科学常识，在我们今天的批评界却成为一个难以解决的问题。这是时代批评的悲哀，也是几代批评家的悲哀。谁来打捞具有批判精神的文艺批评呢？这或许是批评界面临的最大危机。也正是由于这种危机的存在，我们这一代研究者才负有重新建构文化与文艺批评话语体系的责任。"毋庸置疑，从当前中国的文学形势来看，我们面临着的仍然是两个向度的批判哲学悖论。首先，就是马克思所提出的对资本社会的批判，具体到文学界，即商品文化侵染浸润现象的泛滥已成潮流。从20世纪90年代开始的资本对文学每一个毛孔的渗透所造成的堕落现象，在近30年的积累过程中已然成为一种常态的惯性，这种渗透有时是有形的，有时是无形的，但其存在却是不争的事实。但是，商品文化的侵袭往往是不以人们的意志为转移的，它是与多种主流意识形态交织在一起，从无意识层面对人的大脑进行悄无声息的清洗的。其次，就是马克思所指出的文学应该反映"历史必然性"的批判向度在这个时代已然逐渐消逝。在现实生活题材作品中看不到"历史必然性"的走向，而在历史题材作品中也看不到"历史必然性"的脉络，历史被无情地遮蔽也已经成为一种作家消解生活的常态，而文学批评者在历史的语境中失语，也就顺其自然地成为闭目塞听现象，于是如今我们看到的满是一种"传声筒"的声音。

鉴于上述两个向度批判的缺失，窃以为，即使是在今天，使用马克思主义的批判哲学对其进行学术性和学理性的厘定，甚至是较大的"外科手术"，仍然是十分必要的，同时也应该是十分有效的措施。

其二，既然马克思主义的文学批评和文学评论需要保持批判的张力，那么，就需要批评者持有独立批评者的权力。这个权力由谁来赋予呢？广大的批评者都认为这个权力来自外力——那只无形之手，而我却以为它更应来自批评家和评论家本人的内心——那藏匿在灵魂深处的良知。毫无疑问，我们不是没有思想，而是不敢思想，或是闻风而动的思想处在一个失魂落魄的境遇中，所以，我们不敢正视马克思主义的批判哲学原理，放弃了怀疑的批判精神。

一个批评家和评论家，面对纷繁复杂的大千世界，反映世界的方法与作家相比，可否反其道而行之，直接成为"时代精神的传声筒"呢？我个人认为答案是不具有唯一性的，换言之，我并不质疑持有这种批评方法的批评家和评论家，他们有作为"传声筒"的权利和义务，但是，这不能阻碍其他批评家和评论家持有独立个性的批评和评论，否则就会形成文化和文学批评严重的失衡状态，一个没有独立评论与个性批评的时代是一个悲哀的时代，"传声筒"越多，对文学批评就越发不利，如果我们连古人"百花齐放、百家争鸣"的文化批评态度都没有，文学批评就毫无希望。

我们重返马克思主义的批判哲学，就是要去除那些随处可见的"传声筒"式的评论和隔靴搔痒式的温情主义文学批评，用独立而犀利的马克思主义批判哲学精神取代"传声筒"效应，主张绝不留一丝温情的批评。

文化和文学批评，尤其是文学批评一定是需要独立性的，关键就在于我们能否破除自己心中的那道魔咒。

其三，倘若我们需要坚持马克思主义批判哲学的文艺学方法，那么，我们就必须完成一个批评者面对世界和面对文学的人性洗礼。一个持有知识分子"护照"的批评者应该用什么样的姿态来从事文学批评事业，这种诘问才是我们这个时代文化和文学真正的"哈姆雷特之问"。

谈这个问题之前，我认为需要说明的是，在当下中国的知识界存在着一个严重的背离现象：知识分子的贵族化与媚俗化并存于同一时空之中。这就造成了持有两种不同"护照"的知识分子，前者就是约翰·凯里所批判的脱离"大众"的精神贵族，如果将他们比喻为拿"蓝色派司"（假设蓝色象征着浪漫）的引导者的话，那么后者就是持有"红色派司"的知识分子。这个现象并不奇怪，但是，如果不从这个表面现象看到事物的本质，那么，我们对于这个世界的认识是盲目的。

我一直把人、人性和人道主义这三块人类发展的人文基石作为我认知解读中国文化和文学的坐标，失却了这样的坐标，无论哪一种类型的知识分子都是偏离了其职责和义务的伪知识分子——没有良知的批评者应该是没有资格进入批评行业的。

诚然，在中国百年文学史的长河中，我们也不缺乏有理想、有担当、有思想的独立批评家和评论家，但是，在种种制约下，那些批评家应有的品格就与他们的社会良心和自由心灵渐行渐远了。这样的作家和批评家是永远成不了伟大的作家和批评家的，其关键就在于他们没有是非标准，缺少人文情怀，他们更没有对社会与世事的批判能力和勇气。而俄罗斯"白银时代文学"为我们提供的不仅仅是那些异彩纷呈、数量巨大的文学文本，更重要的是，它为我们展示了一个国家与民族文学批判精神的强大感召力和自觉的生命力，这些都是因为他们有别林斯基这样一流的伟大批评家掌握着文学发展的航向。亦如以赛亚·伯林总结的别林斯基批评个性的几点要素：追求崇高的真理；为人民的利益而介入文学的社会批评；坚守道德本质的文学和批评；将美学融入人性的文学批评之中。所有这些，都体现出了别林斯基在本质上仍然是一个理想主义的批评家。如果没有这样人性化的理想主义作为一个批评家的思想支撑，我们的文学批评和文学评论是没有希望的。

我们的作家需要直面惨淡的人生吗？

我们需要秉持马克思主义的批判哲学精神去对当下的文学进行批评与评论吗？

我们需要高举别林斯基的批评火炬去照耀我们前行的文学之路吗？

无疑，我想在这有限的文字里为诸君提供一些答案，但是其中尚有许多语焉不详之处，尚祈各位能够在思想的空白处填写自己的答案。

丁帆

2018 年 5 月 31 日匆匆草于南京仙林依云溪谷

Contents   目录

「第一辑」

第一辑

马克思主义批判哲学与文学批评读札

———◎———

引言

马克思主义的哲学就是批判的哲学。这个口号似乎在 54 年前就十分流行，而经过了几十年的变迁，人们在摒弃"阶级斗争为纲"这一口号的时候，连同马克思主义哲学的基本原理也一起忘却了，这似乎有点儿殃及池鱼的味道，倒是对爱德华·沃第尔·萨义德的知识分子必须坚持从独立的角度担当对社会批判职责的理论津津乐道，殊不知，这样的理论就是源于马克思主义批判哲学。

当今世界无奇不有。我们见过批判"批判哲学"的理论，却是第一次领教认为批判哲学思维完全是一种"技术"的理论。这种完全脱离哲学本体的方法论创新，无疑消解了批判哲学对推动历史的巨大作用，而将马克思主义的批判哲学技术化和庸俗化的后果就是使思想停留在"物质"的阐释层面，这是对哲学"精神"的扬弃。

我并不想从哲学层面去奢谈马克思主义批判哲学的原理和运用方法，我只想就马克思主义批判哲学对当下中国的文学批评和文学创作的指导意义进行一些梳理，在对马克思主义批判哲学的零星阅读中寻觅思想的火花，以求从中获得某种意义和方法的启迪，遂以随笔的形式予以记录，庶几能够为当下中国的文学批评寻觅到一剂良方妙药。

一

毋庸置疑，人类社会的进步是以批判哲学为支撑的，文学批判功能的丧失，就意味着文学机能的衰退。虽然这是一个常识性的命题，却是我们的文学史无法逾越的障碍。回眸社会主义国家百年文学史的经验教训，我们可以看到这样一幅幅图景：在苏联，没有"解冻文学"的兴起，就不会有文学的复苏；在中国，没有"伤痕文学"的勃兴，就不会有新时期文学的迅速发展，并使中国文学逐渐融入世界文学的潮流之中，进而获得一席之地。批判哲学作为一个社会学、政治学的武器，显然是不可或缺的人文社会科学方法，而在文学创作和文学批评领域里，一旦缺少了批判哲学的元素，文学的天空就会因浮云弥漫而变得虚无缥缈。

从当前中国的文学形势来看，我们面临着的仍然是两个向度的批判哲学悖论。首先，就是马克思所提出的对资本社会的批判，具体到文学界，即商品文化侵染浸润现象的泛滥已成潮流。从20世纪90年代开始的资本对文学每一个毛孔的渗透所造成的堕落现象，在近30年的积累过程中已然成为一种常态的惯性，这种渗透有时是有形的，有时是无形的，但其存在却是不争的事实。但是，商品文化的侵袭往往是不以人们的意志为转移的，它是与多种主流意识形态交织在一起，从无意识层面对人的大脑进行悄无声息的清洗的。其次，就是马克思所指出的文学应该反映"历史必然性"的批判向度在这个时代已然逐渐消逝。在现实生活题材作品中看不到"历史必然性"的走向，而在历史题材作品中也看不到"历史必然性"的脉络，历史被无情地遮蔽也已经成为一种作家消解生活的常态，而文学批评者在历史的语境中失语，也就顺其自然地成为闭目塞听现象。

鉴于上述两个向度批判的缺失，窃以为，即使是在今天，使用马克思主义的批判哲学对其进行学术性和学理性的厘定，甚至是较大的"外科手术"，仍然是十分必要的，同时也应该是十分有效的措施。

其实，我们只要解决了批判哲学对历史进步的推动作用的问题，我们就不会有任何政治上的疑虑了，因为，从马克思主义的基本原理来看："历史同认识一样，永远不会把人类的某种完美的理想状态看做尽善尽美的；完美的社会、完美的'国家'是只有在幻想中才能存在的东西；反之，历史上依次更替的一切社会制度都只是人类社会由低级到高级的无穷发展进程中的一些暂时阶段。每一个阶段都是必然的，因此，对它所由发生的时代和条件说来，都有它存在的理由；但是对它自己内部逐渐发展起来的新的、更高的条件来说，它就变成过时的和没有存在的理由了；它不得不让位于更高的阶段，而这个更高的阶段也同样是要走向衰落和灭亡的。"① 马克思主义基本原理就是靠着批判哲学而取得不断进步的思想武器，舍弃了这个基本点，我们就会在歌舞升平的一味咏唱的"颂歌"当中走向"衰落和灭亡"。唯有清醒的批判哲学才能使我们不断取得历史的进步。所以，窃以为，我们首先要破解的思想误区就是，一谈批判哲学就认为批判哲学是政治上的禁忌，恰恰相反，批判哲

---

① ［德］恩格斯：《路德维希·费尔巴哈和德国古典哲学的终结》，《马克思恩格斯选集》第4卷，人民出版社，1972年版，第212—213页。

学不是要"棒杀"文学的繁荣，而是帮助文学清洗自身的病菌，以期获得更好的发展空间。而最可怕的却是温情的"捧杀"，在一片"颂歌"声中，文学必定会死在路上。

正如马克思所言："辩证法，在其合理形态上，引起资产阶级及其夸夸其谈的代言人的恼怒和恐怖，因为辩证法在对现存事物的肯定的理解中同时包含对现存事物的否定的理解，即对现存事物的必然灭亡的理解；辩证法对每一种既成的形式都是从不断的运动中，因而也是从它的暂时性方面去理解；辩证法不崇拜任何东西，按其本质来说，它是批判的和革命的。"① 从批判哲学这个意义上来理解我们的所谓"不断革命"，或许是有其合理性的；但是，其前提建立在否定性的辩证逻辑之上，打破"崇拜"，将一切事物都看成"暂时的"历史"中间物"，让其在不断批判的辩证逻辑运动中去推动历史的前行。唯有如此，我们的事业才有进步的可能，我们的文学才有立于世界之林的机缘。从这个意义上来说，马克思主义哲学中的辩证法也是与其批判哲学紧紧相连、不可分割的义项。

回顾中华人民共和国文学发展的历史，我们可以清晰地看到，在不断地"收"和"放"的运动中，文学的衰落与繁荣往往是伴随着政治运动的起伏而游走的。这也成了一种规律，正如马克思所说："一切发展，不管其内容如何，都可以看作一系列不同的发展阶段，它们以一个否定另一个的方式彼此联系着。"② 从文学史发生的客观事实来看，我们的文学运动历来就是在不断否定的过程中前进的。当批判哲学占

① ［德］马克思:《〈资本论〉第一卷1872第二版跋》,《马克思恩格斯选集》第2卷，人民出版社，1995年版，第112页。
② ［德］马克思:《道德化的批判和批判化的道德》,《马克思恩格斯全集》第4卷，人民出版社，1958年版，第329页。

主导地位的时候，文学创作和文学批评无疑会进入取得长足进步的时代；当批判哲学被消解的时候，文学创作和文学批评无疑就会进入冰冻的时期。唯此，我们不难看出马克思主义批判哲学对文学史进程至关重要的作用了。

从另一个角度来考察，马克思主义批判哲学也是连接人伦道德的有机线索，如何从非人性的教条主义的理论中挣脱出来，正是我们辨别哪种批判哲学有益，哪种批判哲学有害的试金石。由此，我们可以从老一代革命文学理论家的思维逻辑构造的嬗变当中看出正确的批判哲学的魅力所在，也足以窥见批判与反批判自始至终都是在马克思预设的关乎人的本质的命题中进行的原因，换言之，那就是"道德化的批判和批判化的道德"萦绕盘桓在我们头上的充斥着吊诡意味的悖论。一生打着批判哲学革命旗号的周扬直到晚年对自己有害批判哲学的反省，正是其批判哲学思想回归到了人道主义立场上来的结果。一声道歉，一个思想的大转弯，既是对马克思主义批判哲学基本原理的回归，又是对文学人性基本价值判断的皈依。

窃以为，一切批判哲学的运行都是围绕着一个宗旨，那就是建立在以"人"为本质特征的认识论基础上的文学本质："在认识到人是全部人类活动和全部人类关系的本质、基础之后，唯有'批判'才能够发明出新的范畴来，并像它正在做的那样，重新把人本身变成某种范畴，变成一系列范畴的原则。当然，这样'批判'就走上了唯一的生路，但这条路仍然处在惊惶不安和遭受迫害的神学的非人性的控制之下。历史什么事情也没有做，它'并不拥有任何无穷尽的丰富性'，它并'没有在任何战斗中作战'！创造这一切、拥有这一切并为这一切而斗争的，不是'历史'，而正是人，现实的、活生生的人。'历史'并不是把人当作达到自己目的的工具来利用的某种特殊的人格。历史不过是追求着自己目的的人的活动而已。"①文学反映的是人和人性的本质方面的东西，其真善美的艺术追求过程，就是人性在不断完善自我的道路上前进的过程，人性的道德就是艺术的道德，它同样是在不断地扬弃中得到发展和进化的。回顾我们几十年来的创作，当我们将大写的"人"作为第一描写对象、作为创作者的第一需求时，我们的文学必定处于繁荣期，反之，那必然就处于衰落期；同样，在文学批评领域内，一旦我们离开了大写的"人"去分析文学思潮、文学现象和文学作品，一切就都成为凌空蹈虚的伪批评，预示着文学批评的堕落期的到来。"现实的、活生生的人"是否能够沿着马克思主义批判哲学的道路走下去呢？这同样也是一个哈姆雷特式的世纪之问。

最后，我要强调的是，一切否定批判哲学的理论都是背弃了认识世界合理性前提的伪逻辑，对批判的批判显然是对马克思主义基本原理的歪曲："难道批判的批判以为，只要它从历史运动中排除掉人对自然界的理论关系和实践关系，排除掉自然科学和工业，它就能达到即使是才开始的对历史现实的认识吗？难道批判的批判以为，它不去认识（比如说）某一历史时期的工业和生活本身的直接的生产方式，它就能真正地认识这个历史时期吗？诚然，唯灵论的、神学的批判的批判仅仅知道（至少它在自己的想象中知道）历史上的政治、文学和神学方面的重大事件。正像批判的批判把思维和感觉、灵魂和肉体、自身和世界分开一样，它也把历史同自然科学和工业分开，认为历史的发源地不在尘世的粗糙的物质生产中，而是在天上的云雾中。"②马克思主义批

---

① ［德］马克思、恩格斯：《神圣家族》，《马克思恩格斯全集》第2卷，人民出版社，1957年版，第118—119页。

② ［德］马克思、恩格斯：《神圣家族》，《马克思恩格斯全集》第2卷，人民出版社，1957年版，第191页。

判哲学之所以还有强大的生命力，就是因为其批判的核心理论是推动一切历史前进的"火车头"！我认为，一切历史，包括文学，不可能离开人对自然（这个自然当然囊括物质文明的发展）的不断深入的认识，在工业化的过程中要把人对世界的认知提高到一个新的层面，我们绝不可以将人对世界的认知停留在旧有的、僵化的教条主义的思维框架之中，也绝不可以让这些认知躲在僵硬的理论躯壳里，向飞速发展的现代文明进程发出濒死的哀号。正因为"批判的批判把思维和感觉、灵魂和肉体、自身和世界分开"，割裂了人的"灵与肉"的关系，在"唯灵论"的魔圈里徘徊，所以其才是最忌讳批判哲学的幽灵。

也就是说，马克思主义批判哲学从某种意义上来说，也是建立在人性和人道主义不断发展基础上的哲学，它是为大写的"人"而准备的思想武器，起码它是最适用于文学批评领域的逻辑理论。

二

或许我们对这种马克思主义批判哲学的文学批评是不习惯的，因为它往往会被文学史上历次政治运动左右，受到负面影响，我们习惯的就是为文学唱赞歌，尤其是在歌舞升平的年代里。而马克思早就预言："批判没有必要表明自己对这一对象的态度，因为它已经清算了这一对象。批判已经不再是目的本身，而只是一种手段。它的主要情感是愤怒，主要工作是揭露。"① 也许，"清算""批判"的理性加上"愤怒""揭

---

① ［德］马克思：《〈黑格尔法哲学批判〉导言》，《马克思恩格斯选集》第 1 卷，人民出版社，1972 年版，第 4 页。

露"的感性而构成的马克思主义的批评方法还不适用于我们的文学批评氛围，70 年来的文学批评轨迹从来就不以此为座右铭，只有在 20 世纪六七十年代，一切人文学科都是以"大批判"为主导、为阶级斗争和路线斗争纲举目张时，这种批判哲学才被发挥到极致，以致后来成为被人们诟病的批评方法。然而，我们切不可因为这种批判哲学的方法被某种权力利用过，就弃之如敝屣。因为我们的某些文学批评的主流意识形态一直以为自己是掌握了马克思主义真理的，但恰恰相反，我们自认为的真理往往是与马克思主义批判哲学背道而驰的："'人类理性不创造真理'，真理蕴藏在绝对的永恒的理性的深处。它只能发现真理。但是直到现在它所发现的真理是不完备的，不充足的，因而是矛盾的。"① 正是因为有人把某一种理论当作"永恒的真理"，而不是在"永恒的理性的深处"去不断发现随着时空变化而发展着的"真理"，所以才把真理庸俗化和绝对化了，以至于在文学批评的领域内消弭了尖锐的批评风格。我们提倡马克思主义批判哲学，归根结底就是要坚持"永恒的理性"，唯有如此，我们才能不断发现真理，修正真理。

我们重返马克思主义批判哲学，就是要去除那些随处可见的隔靴搔痒式的温情主义文学批评，用马克思主义批判哲学的犀利且绝不留一丝温情的批评取而代之："资产阶级在它已经取得了统治的地方把一切封建的、宗法的和田园诗般的关系都破坏了。它无情地斩断了把人们束缚于天然首长的形形色色的封建羁绊，它使人和人之间除了赤裸裸的利害关系，除了冷酷无情的'现金交易'，就再也没有任何别的联系了。它把宗教的虔诚、骑士的热忱、小市民的伤感这些情感的神圣激发，淹没

① ［德］马克思：《政治经济学的形而上学》，《马克思恩格斯选集》第 1 卷，人民出版社，1972 年版，第 115 页。

在利己主义打算的冰水之中。它把人的尊严变成了交换价值，用一种没有良心的贸易自由代替了无数特许的和自力挣得的自由。总而言之，它用公开的、无耻的、直接的、露骨的剥削代替了由宗教幻想和政治幻想掩盖着的剥削。"①马克思主义的批判哲学从来就不是那种遮遮掩掩、浮皮蹭痒的批评，而是一针见血地痛陈资本主义社会的文化弊病。由此而生发出来的剩余价值理论，至今对资本主义制度本质的认识仍有借鉴和指导意义，虽然其中的阶级斗争理论尚需进行一定程度的修正。但是，严厉抨击"把人的尊严变成了交换价值，用一种没有良心的贸易自由代替了无数特许的和自力挣得的自由"成为马克思批判哲学的主旨，对于"用公开的、无耻的、直接的、露骨的剥削代替了由宗教幻想和政治幻想掩盖着的剥削"现象的揭露，无疑也是值得我们警惕的问题。

同时，马克思主义从来就不避讳自身人道主义的理念建构，它始终是将"人的尊严"放在高于一切的地位。更需注意的是，马克思犀利尖刻的批评文风，体现的是一个持有批判哲学态度的批评者应有的措辞和文风。这种文风没有丝毫的遮掩和扭捏作态，它们是"匕首和投枪"，处处命中要害，没有任何的拐弯抹角之处："在我们这个时代，每一种事物好像都包含有自己的反面。我们看到，机器具有减少人类劳动和使劳动更有成效的神奇力量，然而却引起了饥饿和过度的疲劳。财富的新源泉，由于某种奇怪的、不可思议的魔力而变成贫困的源泉。技术的胜利，似乎是以道德的败坏为代价换来的。随着人类愈益控制自然，个人却似乎愈益成为别人的奴隶或自身的卑劣行为的奴隶。"②成为"别

① ［德］马克思、恩格斯：《共产党宣言》，《马克思恩格斯选集》第1卷，人民出版社，1972年版，第253页。
② ［德］马克思：《在〈人民报〉创刊纪念会上的演说》，《马克思恩格斯选集》第1卷，人民出版社，1995年版，第75页。

人的奴隶"是我们文学批评的常态，而成为"自身的卑劣行为的奴隶"的现象虽然普遍存在，然而，这种习焉不察的行为却不被人们提及和批判。

也许有人会认为这种毫不留情的严厉批评已经过时了，但是仔细厘定，这种资本主义残留的病毒仍然在我们社会的机体中存在，只是被另一种社会矛盾掩盖着，不被一般的经济学家和社会学家注意，而我们的文学家们也没有从社会的感性层面充分地体味到它们存在着的巨大潜能，我们不能即时地发现现世所需要的真理，也就无法运用马克思主义批判哲学有效地创造新的真理。正如马克思在《〈黑格尔法哲学批判〉导言》里所说的那样："真理的彼岸世界消逝以后，历史的任务就是确立此岸世界的真理。人的自我异化的神圣形象被揭穿以后，揭露具有非神圣形象的自我异化，就成了为历史服务的哲学的迫切任务。于是，对天国的批判变成对尘世的批判，对宗教的批判变成对法的批判，对神学的批判变成对政治的批判。"[1] 所有的这些批判的义项，不但没有在我们的人文社会科学领域里充分地展开，而且也没有在我们的文学批评领域里得以充分利用，所以我认为这是一件十分可惜的事情。

而更重要的是，我们现在的文学批评缺少的就是那种一针见血的批评文风，一个被温情主义所包围的文学批评王国，且又缺乏批判功能的主体性，能指望它创造出什么像样的文学批评来吗？

---

[1] ［德］马克思:《〈黑格尔法哲学批判〉导言》，《马克思恩格斯选集》第 1 卷，人民出版社，1995 年版，第 2 页。

三

马克思主义对社会本质的批判至今都是广受推崇的真理，虽然社会的发展已经告诉我们其中的某些局部理论已经不再适用了，但是其大部分理论还保持着旺盛的生命力，比如它对社会体制始终保持距离的批判态度，对推进社会的进步发展所起到的无可估量的巨大作用，仍然是马克思之后的许许多多哲学家秉持的哲学批判姿态。马克思的名言是照耀着过去黑暗王国的火炬，今天仍然是一个人文知识分子应该持有的社会批判哲学立场的指南："你们赞美大自然令人赏心悦目的千姿百态和无穷无尽的丰富宝藏，你们并不要求玫瑰花散发出和紫罗兰一样的芳香，但你们为什么却要求世界上最丰富的东西——精神只能有一种存在形式呢？我是一个幽默的人，可是法律却命令我用严肃的笔调。我是一个豪放不羁的人，可是法律却指定我用谦逊的风格。每一滴露水在太阳的照耀下都闪现着无穷无尽的色彩。但是精神的太阳，无论它照耀着多少个体，无论它照耀什么事物，却只准产生一种色彩，就是官方的色彩！精神的最主要形式是欢乐、光明，但你们却要使阴暗成为精神的唯一合适的表现；精神只准穿着黑色的衣服，可是花丛中却没有一枝黑色的花朵。精神的实质始终就是真理本身，而你们要把什么东西变成精神的实质呢？"①马克思这一段精彩绝伦的演说，充满着文学化的激情。它无疑就是我们文学批评的最高准绳。这里需要说明的是，马克思针对的是腐朽的官方旧制度，言辞激烈是理所当然的，然而，如何针对现今的政权中的弊端，尤其是一个特殊的文学领

---

① ［德］马克思：《评普鲁士最近的书报检查令》，《马克思恩格斯全集》第 1 卷，人民出版社，1995 年版，第 111 页。

域中的种种疾病，马克思没有给出答案。但是，我认为，这种毫不留情的批判哲学的方法与态度仍然是适用的。总之，"灰色"不是有益的色彩，而让"每一滴露水在太阳的照耀下都闪现着无穷无尽的色彩"，才是马克思主义批判哲学所要抵达的目的地。

毋庸讳言，当下我们的文学批评存在一些批判精神上的缺陷。对照马克思所说的当时德国的情形，我们应该有所反思："在德国，对真正的人道主义说来，没有比唯灵论即思辨唯心主义更危险的敌人了。它用'自我意识'即'精神'代替现实的个体的人，并且同福音传播者一道教诲说：'精神创造众生，肉体则软弱无能。'显而易见，这种超脱肉体的精神只是在自己的想象中才具有精神力量。鲍威尔的批判中为我们所驳斥的东西，正是以漫画的形式再现出来的思辨。我们认为这种思辨是基督教德意志原则的最完备的表现，这种原则的最终目的就是要通过变'批判'本身为某种超经验的力量的办法使自己得以确立。"① 在这里，马克思和恩格斯是以无神论者的名义揭露了那种通过"变'批判'"而达到篡改真正的人道主义的思辨唯心主义"唯灵论"之目的的险恶用心。而在当下的中国文学批评界，难道没有这种唯心主义的现象出现？马克思和恩格斯是站在唯物主义辩证法的立场上去抨击鲍威尔的"唯灵论"的，去"救世主"心态也是马克思主义批判哲学的重要理论元素。

其实，马克思主义的理论是最适用于我们当下的文学批评的武器："共产主义是私有财产即人的自我异化的积极的扬弃，因而是通过人并且为了人而对人的本质的真正占有；因此，它是人向自身、向社会的（即人的）人的复归，这种复归是完全的、自觉的而且保存了

---

① ［德］马克思、恩格斯：《神圣家族·序言》，《马克思恩格斯全集》第 2 卷，人民出版社，1957 年版，第 7 页。

以往发展的全部财富的。这种共产主义，作为完成了的自然主义，等于人道主义，而作为完成了的人道主义，等于自然主义，它是人和自然界之间、人和人之间的矛盾的真正解决，是存在和本质、对象化和自我确证、自由和必然、个体和类之间的斗争的真正解决。"①我们承认，马克思所设计的共产主义理想社会在其实践过程中遇到了他当时无法预见的种种问题，但是，其"共产主义＝完成了的自然主义＝人道主义"的等式，正是我们文学创作和文学批评的最高法则。文学的确可以折射大千世界，但是，文学并不等同于现实生活，它在某种程度上是理想世界的构造，离开了这种理想主义的情怀，文学就会变成僵化死板的社会学陈述报告。因此，我们在理解马克思主义批判哲学的过程中，也须充分认识到马克思主义哲学的终极目标——"人道主义"这一本质特征和原则。总之，作为政治预言家，马克思和恩格斯对那种尚处于萌芽状态的革命进行的预测应该对我们今天的社会变革是有借鉴意义的，当然，对法国大革命和英国的"光荣革命"优劣的评判，也许经过历史的检验，会得出不同的答案。但是，作为文学批评者，我们更感兴趣的是马克思主义在批判哲学中显示出来的那种人道主义的理念："当革命的风暴横扫整个法国的时候，英国正在进行一场比较平静，但是并不因此就显得缺乏力量的变革。蒸汽和新的工具机把工场手工业变成了现代的大工业，从而把资产阶级社会的整个基础革命化了。……新的生产方式还处在上升时期的最初阶段；它还是正常的、在当时条件下唯一可能的生产方式。但是就在那时，它已经产生了明显的社会弊病：无家可归的人挤在大城市的贫民窟里；一

---

① ［德］马克思：《1844年经济学哲学手稿》，《马克思恩格斯全集》第42卷，人民出版社，1979年版，第120页。

切传统的血缘关系、宗法从属关系、家庭关系都解体了；劳动时间、特别是女工和童工的劳动时间延长到可怕的程度；突然被抛到全新的环境中的劳动阶级大批地堕落了。"[①]恩格斯一眼就看出了资本世界给社会带来的灾难，当然无论哪种革命都会导致同样的后果，但是，从人道主义的立场去控诉这种"革命"的后果，就有了人道主义的普泛价值意义，生产方式无疑是进步的，但是，它所产生的社会弊病却是最让人关注的焦点问题："无家可归的人挤在大城市的贫民窟里"的景象；女工、童工的劳动时间的延长；血缘关系、宗法关系和家庭关系的解体。这种由先进的生产力带来的"污秽和血"，却是历史进化过程中不可避免的现象，这就是恩格斯所说的那句名言："恶是历史发展的动力。"[②]然而，一切革命的目的却是为了最后消灭等级制度，虽然这是一个漫长的历史过程，也许，许多革命导师对这一漫长的历史过程估计不足，但是，一个国家、一个民族、一个社会，以及任何一个政府，都需要将克服这种社会的弊病作为推动社会进步过程中的努力目标。而我们的文学创作和文学批评在实现这个目标的过程中扮演着重要的角色，这就是为什么恩格斯在《致玛格丽特·哈克奈斯》中对巴尔扎克的评价如此之高："围绕着这幅中心图画，他汇编了一部完整的法国社会的历史，我从这里，甚至在经济细节方面（诸如革命以后动产和不动产的重新分配）所学到的东西，也要比从当时所有职业的史学家、经济学家和统计学家那里学到的全部东西还要多。不错，巴尔扎克在政治上是一

---

① ［德］恩格斯：《反杜林论》，《马克思恩格斯选集》第3卷，人民出版社，1995年版，第611页。

② ［德］恩格斯：《路德维希·费尔巴哈与德国古典哲学的终结》，《马克思恩格斯选集》第4卷，人民出版社，1995年版，第237页。

个正统派；他的伟大作品是对上流社会无可阻挡的衰落的一曲无尽的挽歌；他对注定要灭亡的那个阶级寄予了全部的同情。"①无疑，人道主义的现实主义创作方法是可以克服作家世界观和阶级立场不足与偏见的良方，而就是这个十分简单的道理，在我们的文学批评领域内却是一个艰难的命题。

更值得玩味的是，恩格斯对于"劳动阶级大批地堕落"是有远见的，但是，他却没有看到法国大革命后的工人阶级在步入20世纪时同样堕落。他在《致玛格丽特·哈克奈斯》中最后关切的是英国工人阶级的堕落："为了替您辩护，我必须承认，在文明世界里，任何地方的工人群众都不像伦敦东头的工人群众那样不积极地反抗，那样消极地屈服于命运，那样迟钝。"②为什么会产生如此令人失望的结果呢？其答案是一个难解的世界性的社会悖论。但是，文学能够将它呈现出来，已经是一件十分了不起的事情了，也许，这样鲜活的历史档案尚需后人在不断阐释中，让其在显影的效果里获得复苏。反观我们今天的文学创作和文学批评，在我们的文学长廊中，有这样的艺术形象矗立其间吗？

呼唤批判哲学的文学批评，也许是拯救我们文学的重要元素吧。

---

① ［德］恩格斯：《致玛格丽特·哈克奈斯》，《马克思恩格斯选集》第4卷，人民出版社，2012年版，第591页。

② ［德］恩格斯：《致玛格丽特·哈克奈斯》，《马克思恩格斯选集》第4卷，人民出版社，2012年版，第591页。

"理性万岁，但愿黑暗消灭"：别林斯基的批评

——以赛亚·伯林《俄国思想家》读后*（二）

———— ◎ ————

我是文人，我说这话，痛苦但自豪快乐。俄国文学是我的命，我的血。

我们要什么样的生活？我们生活在哪里？为什么生活？

人性的人格我恐怕要爱得发狂了。我现在开始像马拉一般爱人类。我相信，哪怕能使极少一部分人类幸福快乐，我也会毫不犹豫，用火与剑毁尽其余。

———— 别林斯基

一

作为大批评家，别林斯基一直是和车尔尼雪夫斯基、杜勃罗留波

---

* 本文引文均出自 [英] 以赛亚·伯林《俄国思想家》，彭淮栋译，译林出版社，2001 年版。

夫并称为俄国革命文学批评的"三驾马车",被我们几十年的教科书奉为正统的马克思主义理论大亨。殊不知,他却是和车尔尼雪夫斯基那样的斯拉夫主义者有着本质区别的思想家和批评家,因为他提倡的文学的理念是"人性的人格",既非无产阶级专政的斗争哲学统摄下的文学,又非在宗教掩盖下的伪善而空洞的文学。别林斯基的理论更像西方启蒙以后的思想家和批评家的理念路数,虽然以赛亚·伯林说西方世界对别林斯基知之甚少,但是后来的苏联无产阶级文学中的社会主义现实主义理论家们竭力将别林斯基纳入这个流派之中,且奉其为祖师爷,却是一个巨大的有意性误读。

别林斯基核心价值理念"人性的人格"文学的释放,致使许多人会从他关怀贫困的受压迫者的言论中抽绎出各种各样的流派归属并定位他,其实,我以为,可以用一种最简单的方法来概括别林斯基,即他是在俄国大时代历史转折关头的一名执启蒙之火炬的文学批评家。在巴涅夫、屠格涅夫、赫尔岑、安能科夫、欧加列夫、陀思妥耶夫斯基等人的眼中,"他是俄国知识阶层的'良心',是天赋灵感且大无畏的政论家;在俄国,几乎只有他是独具个性与辩才,而能将众人感受到的但无法表达或不愿表达的事情,予以清晰而严肃宣示的作家"。无疑,别林斯基之所以被几代作家和理论家推崇,是因为他所具备的以下几点文学批评性格特质:一是他有巨大的理性思辨能力,他的批评依靠着这一雄辩的能量而穿透一切作家作品的表层,直达其要害;二是他的批评和政论充满着持之以恒的最基本的人性价值理念,非随风变幻、追逐时尚、仰人鼻息、拾人牙慧的"小蜜蜂"式的评论,而是泾渭分明、坚守信仰、独具个性的"牛虻"式的批评;三是他的批评是绝不留情、绝不宽恕一切政敌和一切朋友的真性批评,他代表着的是他的"俄国的良心",是他视为

"命"和"血"的文学事业。

倘若一个具有理性的批评家不能或不敢说出自己对这个社会文化和对这个国家与民族文学的真知灼见，他就不可能成为真正的好批评家。在18世纪30年代，别林斯基就冲破了感情的偏见，对那种狭隘的斯拉夫民族主义的文化与文学做出了科学而理性的批判，亦如以赛亚·伯林对别林斯基的观念的总结："俄国文化乃人工造作的外来之物，在普希金崛起之前，都不能与莎士比亚、但丁、歌德和席勒同日而言，甚至无法与伟大的写实作家如司各特和库柏（Fenimore Cooper）相提并论。所谓俄国民族文学，无非是法国模式的二三流模仿之作所形成的一堆可怜的复制品，却也博得美名。而俄国民歌、民谣以及民间史诗比这些仿作更可鄙。至于斯拉夫主义者，他们热爱俄国的旧风俗与旧习惯，热爱传统斯拉夫服饰以及传统俄国歌曲与舞蹈，热爱老掉牙的乐器，热爱拜占庭东正教的僵化物事，喜欢拿斯拉夫人的精神深度与精神财富同颓废而'正在腐烂'（被迷信与污秽的物质主义腐化）的西方进行对照 —— 这是幼稚的虚荣与错觉。……别林斯基高喊：要是蒙特尼格罗人明天死光了，这个世界也不会增加丝毫不幸。与十八世纪任何一个高贵的精神相比较 —— 一个伏尔泰、一个罗伯斯庇尔 —— 拜占庭和俄国拿得出什么来？只有伟大的彼得，而他属于西方。"[1]无疑，作为一个革命者，别林斯基早年也是对法国文学和法国式的大革命报以热烈的拥护的，以此来抨击那种狭隘的斯拉夫民族主义的夜郎自大情绪。的确，任何一种自大而褊狭的民主主义文化和文学观念都是十分可笑和可悲的，但是，它

---

① ［英］以赛亚·伯林：《俄国思想家》，彭淮栋译，译林出版社，2001年版。需要说明的是，笔者在撰写本文时，对译文进行了部分的修订。本文中的引文只要不另注出处，即为以赛亚·伯林之论述。

竟然能够将一个国家和民族的文化和文学膨化到极其无知且可笑的地步，却获得众星捧月般的鼓吹！

别林斯基处于时代转折的关键时刻，对媚俗的民粹主义和蒙昧的宗教主义文化与文学思潮进行了无情的抨击，对俄国的强大的斯拉夫农民意识进行了无情的嘲讽，认为这是阻遏科学进步与发展的反动力量。他甚至赞扬彼得大帝推翻沙俄封建制度的勇气，因为他认为革命须得循序渐进式地向前发展，而非完全毁灭一个旧有国家和社会的存在，所以他所提倡的是彼得大帝式的"改革"！别林斯基在给友人的信中说出的话语是值得革命者反思的。别林斯基拥护革命，但是他厌恶皮相而肤浅的革命后果——"解放了的俄国没有组织议会，只会奔进酒馆，狂欢、摔杯子，把绅士吊死，因为他们刮胡子、穿欧洲衣服。"别林斯基又反对革命，因为革命后给俄国人民带来的更多是思想迷茫和精神困惑——"法国经两次革命，结果又宪政，而在这个立宪的法国，思想的自由远远不及独裁专制的普鲁士。""德国才是现代人类的耶路撒冷。"我以为，所有这些复杂思想的形成都与别林斯基革命观在现实世界的毁灭有关，因为他是崇拜法国大革命的精神领袖罗伯斯庇尔的，但也从现实世界的残暴中真切地体验到了革命的荒唐，所以他才试图拥戴有权威、有智慧、有统治能力的独裁者，才宣布"强权即公理"的合理存在。作为一个民主主义的革命者，在法国革命中，别林斯基无疑是站在资产阶级革命的立场上来反对专制的，但是，革命后的许多无产阶级的革命行为使他产生了深深的怀疑，可惜的是，就在1848年的法国革命如火如荼进行的时候，别林斯基就溘然长逝了，他看不到1870年的"九月革命"中人类历史上第一个无产阶级专政的政权巴黎公社的身影了，尽管这个政权是如此短命。因此，他对后来的俄国无产阶级暴力革命毫无所知，也不可能有所预言，他对革命的认知也就只停留在 1789—1794 年的法国资产阶级革命上。因为他没有将法国大革命与美国革命相比较，也没有窥见 1917 年"十月革命的曙光"，所以他指望的资产阶级民主革命在俄国没有爆发，却迎来了一场轰轰烈烈的无产阶级革命。但是他早年对马克思设计的理想中社会主义的乌托邦却是充满憧憬的："有朝一日，没有人会活活烧死，没有人会头颅落地……没有富户、没有穷人，无人是君、无人为臣……人人都是兄弟。"然而，当他晚年回顾和反省这一理念的时候说出的这样一段话却使我震惊："我痛恨与一个可鄙的现实和解的可鄙欲望，伟大的席勒万岁——高贵的人性辩士、灿烂的救世之星、使社会脱离血腥传统的解放者！普希金说得好：'理性万岁，但愿黑暗消灭！'现在，我认为人性的人格（the human personality）高于历史、高于社会、高于人类……天啊，想到自己这一向的主张，使我感到发烧、疯狂，悚然而惊。我如今的感受有如大病一场。"也就是说，别林斯基已经意识到从感性出发的革命认知是不可靠的，只有在理性烛照下对革命的辨识才是可靠而科学的。他渴望民主宪政，但是又看到革命后宪政的种种弊端，从而又转向开明的独裁，也就是所谓的"民主独裁"。殊不知，宪政民主只有在制度与法律的保障下、在人民监督的阳光下才能充分发挥它的活力和作用，而没有建立一个有效的民主机制，就有可能导致那种循环往复的恶性政治文化下的新暴政。

为了防止出现革命后新的封建帝王的再次还魂的政治格局，法国大革命的历史经验不仅是别林斯基那样的俄国作家和批评家所要记取的历史教训，更应该成为中国作家和批评家所要确立的价值目标——革命的目的不是产生新的剥削人和压迫人的机制，不是建立一个新的少数人统治大多数人的国家制度，更不是把革命变成处决自己政敌的断头台进而压制人的手段。所以，别林斯基才为自己的批评确立了一个批评家应该具备的人文素养——对介入社会现实生活的批评理念成为他文学批评的轴心理论："不和谐是和谐的一个条件！""走入社会，否则不如速死！这是我的口号。只要个人还受苦，普遍的东西对我有何意义？当人群在泥沼里打滚，孤独的天才却住在天堂里，这与我何干？我的人类弟兄、我在基督里的弟兄，只因无知，实际上就变成陌生人、敌人；即使我领悟……艺术或宗教或历史的本质，如不能与他们共享，则此悟与我何益？……阴沟里嬉戏的赤脚儿童、衣衫褴褛的穷人、烂醉的车夫、下班的军人、手夹公文包而步履蹒跚的官员、沾沾自喜的军官、倨傲的贵族——这些景象，我都无法忍受。向一名士兵和一个乞丐施舍一文钱，我居然几乎要哭出来，一路跑开，仿佛干下了不可告人的勾当，好像不希望听到自己的脚步声似的……世界如此，一个人有权利到艺术或科学里埋首自忘吗？"有如此反差的社会图景和人物素描促使别林斯基的批评走向对苦难的揭发和对专制的抨击，这就是他被称为"俄国的良心"的原因。

二

别林斯基一生中最深刻、最有代表性、最有见地，也是最激动人心的批评就是在他即将离开这个世界时所发出的批评的最强音——对果戈理的暴风雨般的批评，这成为他批评文字的绝唱！

果戈理是在别林斯基评论中成长起来的作家，一个一贯赞赏和培育果戈理的大批评家为什么突然会在临终前对自己一手扶植起来的作家进行最愤怒、最严厉和最无情的抨击呢？起因就是这位讽刺作家在

1847 年发表了一本反自由、反西方、欲求恢复农奴制和沙皇统治的小册子《与友人通讯选粹》①，引起了别林斯基巨大的愤怒。他在病入膏肓的最后日子里奋笔疾书，痛击果戈理"背叛真理、出卖光明"！他在 1847 年 7 月 15 日撰写的《致果戈理的公开信》中义正词严地宣称："以宗教作掩护，皮鞭为倚恃，虚伪与悖德被当成真理与美德来宣扬的此时，我不能缄默。""你，提倡皮鞭的教士、宣扬无知的使徒、捍卫蒙昧主义与黑暗反动的斗士、鞑靼生活方式的辩护士 —— 你在干什么？瞧瞧你的立足之地罢，你正站在深渊的边上。你根据正教而阐发你的高论，这，我了解，因为正教向来偏爱皮鞭和牢狱，向来对专制独裁五体投地。然而这与基督有何关系？……比起你那班教士、主教、长老、大主教，那个以嬉笑怒骂，将欧洲的迷信与无知之火扑灭的伏尔泰，当然更是基督之子、基督肉中之肉、骨中之骨……我们的乡下教士是粗劣通俗故事的主角 —— 教士往往无非饕餮之徒、守财奴、阿谀媚俗和寡廉鲜耻之流，不是迂腐玄学的烦琐冬烘，就是盲目无知的小人。只有我们的文学在野蛮的检查制度下仍然露出生命与前进运动的信号。之所以我这般尊崇作家的志向，之所以认为渺小的文学也能成器，之所以认为文学职业能够成为炫目的徽章而使艳丽的制服黯然失色，之所以相信一个自由作家即使才能微薄也能引起广大人民的瞩目，就是因为他们握有真理与社会正义。而出卖天资以服侍正教、独裁与民主主义的大诗人，很快丧失众望……俄国民族是

---

① 以赛亚·伯林在此特别加了一条注释：果戈理在名著《死魂灵》中立志揭露"世人闻所未闻的俄国灵魂富藏"，但书未成而亡。他梦想这笔财富，盛赞农奴之美德，但他基本的理想是要使农奴永保被欺辱的既有状态，这与沙皇政策殊途同归。《与友人通讯选粹》更进一步，判定农民不应该受教育，认为教士的话比一切书本更有用。

对的，看出俄国作家是它仅有的领袖、辩护者，以及将它由俄国的君主专制、东正教义与民族至上的昏天黑地里解放出来的救星。俄国民族可以原谅一本劣书，但不能原谅一本有害的书。"别林斯基为何如此激动、如此愤慨？就是因为果戈理所犯下的是一个真正的知识分子不可饶恕的罪行——以人民信任名义出卖了人民的利益！助纣为虐、为虎作伥！写到这里，我想，别林斯基作为一个行将就木的人，当然是没有任何顾忌了，"只欠一死"者是毫无畏惧之心的，因为他是不再怕杀头的病人。再仔细想想，也不尽然，按照别林斯基的一贯性格，即使此时他身体健康、家庭幸福，他仍然会举起"投枪与匕首"刺向自己思想和精神上的敌人。因为在19世纪的俄国文坛上有着一大批坚守着真理与社会正义的作家和批评家，正因为他们的存在，才构成了俄罗斯文学史中的"黄金时代"和"白银时代"。这是一种有骨有血的文学——反对专制、提倡自由、渴望民主成为他们共同的母题，而作为批评家，别林斯基的伟大之处，就在于他用批评的武器聚集了这一大帮作家，是他授予了普希金19世纪俄国文学的桂冠，是他把包括果戈理在内的一大批默默无闻的小作家推上了俄国文坛。但是，使他始料不及，也使他极度悲哀的是，在原本以为全是同路人的队伍里竟然出现了思想的叛徒，果戈理在《钦差大臣》里嘲讽的王公贵族，却转眼成了果戈理笔下的德政者，这是别林斯基决不能饶恕的，他的愤怒也可能正是这个大批评家的天真之处——殊不知，知识分子群中最容易产生思想的变节者，而最可贵的却是那种道德的守持者。

同样，在中国20世纪的文学史中，我们也足见许多貌似果戈理那样的作家和批评家，更可怕的问题在于，这些思想的变节者并非清醒地意识到自己的异化，也更罕见有人指出他们种种劣迹的本质所在——

因为我们缺乏别林斯基！我们缺乏产生别林斯基的思想土壤和成长环境。尽管在整个 20 世纪当中，我们是吮吸俄国和苏联文学的乳汁最多的国家和民族，但可惜的是，我们往往读的是被曲解了的批评家文字——像被披上了马克思主义哲学和美学外衣的"别车杜"（指别林斯基、车尔尼雪夫斯基、杜勃罗留波夫），像被斯大林主义巨人化和红色化了的高尔基……而这些人物背后真实的历史是被遮蔽着的。所以，诸如别林斯基对果戈理的批判事件是罕见的，我们很少有机会能寻觅到批评的真谛——为知识分子施行补钙医治的精神手术。

我们的新文学史从来不缺臣服于政治、臣服于权势的"歌德派"，他们患上了严重的软骨症，就像别林斯基形容他眼里的中国那样："像软骨病的幼童般撑在铁架子上才站得起来的国家。"（我认为别林斯基对中国的看法虽有偏见，但是他看到的正是鸦片战争时衰败不堪的大清朝景象，那是一幅真实的图景，所以，这个比喻是可以成立的）不错！就因为 20 世纪初的五四运动没有使得中国的知识分子真正站立起来，才使得现代启蒙在民间流产，其根本原因就是知识分子的自我启蒙都远远没有完成，何谈启蒙大众呢？这就造成了鲁迅所说的那样，在"血和污秽"来临时，许多人很快就背叛了启蒙的初衷，投向了旧体制的思想和精神的庇护所，在其势力的保护伞下或求得荣华富贵，或求得平和冲淡，或求得苟延残喘。果戈理"死魂灵"式的作家在中国 20 世纪的文学史之中还少吗？而在 1949 年以后历次知识分子思想改造运动中，大量的作家和知识分子的真诚的思想忏悔和检讨，以及种种拙劣的政治表演，可谓给中国的文学史抹上了浓重的污秽，值得我们深思。即便是像胡风那样被视为阶级异己分子的政治反抗，也是值得反思的——那样的政治反抗是建立在"第三种忠诚"不被认可的基础之上的，而非一个真正的知识分子出于人性和自由民主立场的思考，他虽然不缺钙，他虽然站立起来了，但是，他却是站立在人民和人性的对立面上的，是在"时间开始了"的价值观念河流中徜徉的。那是庸众眼里的救星落幕，而非如别林斯基那样有着独立批判思想的真正批评家的价值立场。中国新文学史上还很少有能够如别林斯基那样发言的作家和批评家，即使民国时期有闻一多、朱自清那样有骨气的作家敢于说出真言，却也没有别林斯基那样对现代人性观和自由理念理解得如此透彻、如此具有个性特征、如此保有哲学素养的作家呈现。

别林斯基是有骨头的！难怪当别林斯基的《致果戈理的公开信》在巴黎被公开宣读的时候，连赫尔岑也对记下这一幕的安能科夫说："这是天才之作。我想，也是他的遗嘱兼最后的证言。"于是，以赛亚·伯林才以为"这项著名文件成为俄国革命者的《圣经》"！众所周知，沙皇时代俄国的政治压迫是举世闻名的，谁敢触碰专制的政治利益必然不会有好下场，而陀思妥耶夫斯基却敢于宣读别林斯基的这封信，当然就以此换来了一个死罪（后改为发配西伯利亚）。而别林斯基本人也在死去之前获得了当局"迟到"的拘捕令（有新说认为，别林斯基先于拘捕令而死）。

三

以赛亚·伯林认为："最后阶段的别林斯基是人文主义者，是神学与形而上学的敌人，也是激进的民主派，更因其信念极端、言论激烈，将文学的争辩变成社会与政治运动的开端。屠格涅夫由他而归纳了两类作家："一种是具有精彩的想象力与创造力，但始终停留在其所属社会的集体经验的边缘上；另一种是生活在他的社会核心里，而与这个共同体的情绪和心灵状态产生'有机'关系。别林斯基知道——而只有真正的社会批评家知道——一本书、一个见解、一位作者、一派运动、一整个社会的道德何在。俄国社会的核心问题不是政治问题，而是社会与道德问题。聪慧且觉醒了的俄国人最想知道的是该做什么，如何过个人的生活。"无疑，19世纪下半叶的俄国作家和知识分子都在探索和讨论的大问题就是"做什么"和"怎么办"，由此产生了一大批文学的巨人，当然这与别林斯基犀利的文学批评有着极大的关系。

回顾中国20世纪的文学，我们不能不遗憾地看到这样一个事实，那就是，在我们的文学思潮史当中也同样充满着社会学的文学批评，但可惜的是，它们绝大多数都是庸俗的社会学文学批评，尤其是"文化大革命"前后的红色文学批评史，则更是充满了为政治服务的色彩，离别林斯基式的社会学文学批评相去甚远，更谈不上别林斯基这样的为"人性的人格"和"社会良心"而深刻剖析作家作品的大手笔的社会学文学批评了。究其原因，我以为从延安文学开始的文学批评是在第三国际影响下的产物，准确地说，是在20世纪30年代苏联文学批评指导下亦步亦趋走过来的无产阶级专政下的批评模式，因为列宁的"齿轮和螺丝钉"的理论左右着文学批评的大方向，直到"为政治服务"的本土经验出品，我们就把别林斯基这样的以批判为宗旨的文学批评歪曲甚至异化了，以致一直到1980年在废除了"为政治服务"的清规戒律以后，人们还喋喋不休地去批评所谓的社会批判的文学批评，在提倡文学回归本位"向内转"的文学思潮下，文学的先锋性占据了上风，尽管这种文学的实验在中国文学的土壤里难以生根，但是人们终究还是没有分清为意识形态服务的庸俗社会学文学批评与真正的社会批判的文学批评之间的界限，所以，往往把别林斯基式的社会批判的文学批评也拒之门外，其直接后果就是导致中国文学批评中缺乏那种有真知灼见、一针见血的文学批评，也就不能从文学的范例中抽绎出大量的思想提供给作家和知识分子作为参照和引导，从而使社会生活和精神世界失去了正确的价值判断和前进的方向。

中国和俄国（包括苏联时期）的现当代文学史的经验教训告诉我们：一旦某个时代的文学陷入了形式主义的思潮当中，文学就会失去活力，文学就会僵化！而在一切为意识形态服务的语境里，我们正是缺少了别林斯基这样有骨血的社会批判的文学批评，才使得我们的文学批评一直走在死胡同里。中国新文学的文学批评只因缺乏别林斯基这样的批评家而值得悲悯，也因为没有认识到代表社会良心的文学批评对中国文学的重要性，所以我们才在今天仍然高喊着"钻进象牙塔"的文学口号；当然，还有另一个极端，就是完全被商品化的市场左右，文学失去了它应有的高贵血统——这是别林斯基时代所没有遇到的"新世纪病"。其实这两种文学思潮所带来的文学现实问题都是能用别林斯基社会批判的批评方法解决的。

以赛亚·伯林一再提醒我们："别林斯基对艺术创作过程固然不乏洞见，但他所关注的主要是社会与道德之事。他是传道家，热烈传道，却并非时时能够控制自己的语气与腔调，桀骜不驯的个性形诸笔端。尽管普希金的那班朋友——美学家、文坛当道者——本能上就畏惧这个兴奋狂热的凡夫俗子，但是，因为别林斯基在其文学上的辉煌成就使得人们仰慕和钦佩，并撰写了大量的文学批评，这就使普希金陷入了深深的屈辱之中。然而，普希金无法改变别林斯基的天性，也无法改变、修饰或略过他往往是看得无比清楚的真理——他献身的一项崇高的事业。这项事业就是：忠于不加粉饰的真理。他愿为此而生，也可以为此而死。"尽管普希金是别林斯基扶植出来的代表着那个时代文学顶峰的大批评家,但是普希金和他的那班美学家朋友的尴尬和侧目是丝毫不能改变别林斯基这个从底层成长起来的文学批评家的现实主义批评初衷的,因为他已经将他的文学批评上升到一种信仰的层面,而非仅仅让其文学批评停留在一种贵族般的伪绅士的批评方法和形式主义的层面,这是任何外在的政治和人际力量都不可能改变的,除非是自身的认知改变。

然而,与其他俄国作家、批评家和思想家有所不同的是,别林斯基丝毫没有斯拉夫主义的民粹思想的偏执,因为"别林斯基思想上如此热衷西方,而情感上比他同时代的任何人都深刻而又痛苦地眷恋着俄国"。也就是说,别林斯基对俄罗斯民族的热爱之情并不比任何戴着民粹主义冠冕的作家和批评家淡薄,但是他把这种情感化成深切的批判意识并将其作为推动力,以抵达对俄国社会具有丰富责任感的彼岸:"他猛击、怒骂、指责最神圣的俄国机构,而不离开他的国家。"别林斯基与贵族出身的赫尔岑、屠格涅夫不同,他们流亡国外,所持观念为先进的西方文明思想是毫不奇怪的,而别林斯基能够持有西方文明理念却是不容易的,其中一个重要的因素:"斯拉夫主义者与反动派都是敌人,但是,你必须在本国土地上,才能与他们作战。他无法缄默,也不愿意远涉异域。他的头脑亲近西方,而他的心、他多苦多病的身体,亲近无言的农民与小商人群众 —— 陀思妥耶夫斯基的'穷人'、果戈理丰富而可怕的喜剧想象世界里的居民。"读到这里,我想到了许多在20世纪80年代的中国文坛上叱咤风云的风骚人物,他们在离国后,完全割断了对祖国文化的切身体验,也就不可能真切地触摸到中国30多年来文学走向的命脉,就不可能准确地体味到这个国家和民族中的人民在想什么、做什么,以及对于"怎么办"的困厄。

与19世纪60年代车尔尼雪夫斯基和涅克拉索夫的主张——"直接服务社会，告诉社会何事为急务、提供口号、令艺术为某项计划服务"不同，别林斯基的创作观和批评观具有强烈的道德信仰色彩，为真理而艺术，为现实世界的痛苦而文学，为人的自由、人性、人道而批评，这才是他追求的终极目标。我想，如果别林斯基再多活十几年，他一定也会像批判果戈理那样去批判身为斯拉夫主义者的车尔尼雪夫斯基！因为，"别林斯基与高尔基都相信，艺术家的职责是把他有能力看到并吐露的真理，化成自己的思想观念告诉人们……他相信，这真理必然是社会真理，所以，凡与环境隔绝，凡逃避而出境者，隔绝愈深，逃避愈远，必定愈扭曲真理、背叛真理。据他所见，人、艺术家、公民，都是一体的；无论写小说、诗、历史或哲学著作，还是作一首交响曲、一幅画，都应该表现一个人的本质，而非仅表现其受过职业训练的那一个部分，而且，在道德上，作为一个艺术家，须为作为艺术家的所作所为负责。真理是不可分的，举手投足、一言一行都必须是真理的见证。没有纯属美学的真理，也没有纯属美学的法则。真理、美、道德乃人生属性，无法从中抽离；思想上的荒谬、道德上的丑恶，都不可能造就美。"在这里，以赛亚·伯林总结了别林斯基的批评个性的几点要素——追求崇高的真理；为人民的利益而介入文学的社会批评；坚守道德本质的文学和批评；将美学融入人性的文学批评之中。所有这些，体现出了别林斯基在本质上仍然是一个理想主义的批评家。

　　诚然，在中国20世纪的文学史中，我们也不缺乏这样有理想、有担当、有思想的批评家和文学家，但是，在文学体制的制约下，这些应有的品格就与他们的社会良心和自由心灵渐行渐远了。当然，还有一个更重要的原因就是他们容易被目迷五色的各种思潮左右，从而失去最终的判断力和批判力，在批评方法的选择中失去方向感，尤其是在无产阶级专政下的阶级斗争中，革命的文学批评究竟"怎么办"成为许多作家和批评家眩惑的问题。别林斯基同样也面临着这样的困惑，但是他为什么能够坚持自己的信念、坚持始终如一的批评方向和方法呢？"十九世纪渐进，社会阶级斗争日益尖锐明显，使得别林斯基饱受思想观念矛盾的痛苦。马克思主义者、土地改革派的社会主义者、无政府主义者"的各种观念和复杂的文坛人际关系，同样使得别林斯基十分痛苦，但是，他最终还是坚持"文学与人生的关系"不可分割的批评理念，为"忠于不加粉饰的真理"而付出毕生的精力。所以，在生命的最后时刻，他还能不顾一切地冲破统治者的政治压迫，撕掉朋友的面具，向着自己追求的真理抛出举世震惊的《致果戈理的公开信》那样的文学批评檄文。这样清晰的理念，这样泾渭分明的价值立场，这样充满激情的批判意识，是一个批评家最宝贵的品格所在，而俄国的其他批评家缺的就是这样的崇高品格。反观 20 世纪中国作家和批评家，我们不也正是缺少这样有风骨、这样有血有肉的批评品格吗？否则，我们的文学批评也不至于在整个文学史中那样苍白无力，那样不堪一击，那样无知驯服而难有作为。

以赛亚·伯林在评论屠格涅夫那一章里，特别又将英年早逝的别林斯基和许多俄国当时的作家和批评家相比较，得出最后结论：别林斯基是"正义与真理的寻求者"！无疑，在屠格涅夫生活的那个时代里，能够如别林斯基那样从各种思潮中突围出来，为自己"人性的人格"而战斗的人是罕见的，所以以赛亚·伯林说："他（按，指屠格涅夫）那个时代最热烈、最有影响力的声音，就是批评家别林斯基的声音。这个穷困潦倒、肺疾缠身、家世贫寒、教育贫乏但刚正不阿、性格刚毅的人，成为他那个时代的萨伏纳罗拉（Savonarola）①——一个提倡理论与实践合一、文学与人生合一的火热道德家。他的批评天才、他对困扰激进新青年的社会与道德问题核心的本能洞识，使他成为那些青年的天然领袖。他的文学论著是一种殚精竭虑、不屈不挠追求人生目的的真理。"承认别林斯基是一个道德批评家似乎也不过分，不要以为在文学界一谈到文学陷入道德层面，就会被"现代性"作家嗤之以鼻是一件羞愧之事，恰恰相反，正因为我们今天的文学离道德不够近，才使得我们的许多作家在商品文学的漩涡中沉沦！像别林斯基那样去弘扬道德的文学与批评的宗旨吧，这样我们的文学才有希望。

别林斯基去世之前写出了激怒了沙皇的《致果戈理的公开信》，此时正是尼古拉一世加强俄国文学检查制度、施行残酷的镇压政策之际，对行将就木的别林斯基也发出了拘捕令（据新考，别林斯基先于拘捕令而死②）。拘捕别林斯基的理由就像以赛亚·伯林所描述的那样："因为信中以格外直率宏辩之辞力驳当局，痛斥教会和社会制度，抨击皇帝及其官员的滥用权力，兼向果戈理问罪，指责他中伤自由与文明之大义，并且诋毁饱受奴役与困顿无助之祖国的性格与需求。这篇辞激气烈的名文，作于一八四七年，手稿辗转流传，远出莫斯科与圣彼得堡境外。陀思妥耶夫斯基获死罪，两年后几遭处决，大致因他在不满分子的一场隐秘集会中宣读了此信。"在中国新文学史上，有因作品

---

① 原文的编者注：Savonarola（1452—1498），为意大利文艺复兴时期反罗马教令的宗教领袖，曾短期统治佛罗伦萨，后被火刑处死。

② 原文注：晚近苏联关于这位大批评家生平的故事里，有一则说，他去世之时，当局对他发出拘捕令。杜贝尔特后来确实说可惜别林斯基先死，"我们本来要让他在牢里烂掉"。见M.K.Lemke：《尼古拉一世（一八二六——一八五五）时代的警察与文学》。

而罹难的作家，但我们还是缺少别林斯基式的大家。

　　未来的新世纪文学史中，我们的社会能够产生别林斯基式的批评家吗？

文学艺术的暴力与现代乌托邦的反思

——以约翰·凯里《知识分子与大众：文学知识界的傲慢与偏见，1880—1939》为案例*（上）

———— ◎ ————

引言

用 Academy Chicago Publishers（芝加哥学术出版公司）的话来说："任何一个现代文学或历史的研究者将发现，凯里的这部深刻著作既富于启迪，又令人不安，是全面理解我们今日社会的基本读物。"毫无疑问，从来没有哪一部理论书籍能够像它一样诱导我一气读完全书，其原因不是它严密的逻辑推衍，也不是它充满激情的表白，而是作者从对历史文化事件细节的采掘与分析中，甚至是对一部部作品中不为人们所觉察的细枝末节的梳理和阐释中，而得出的足以使世人震惊的答案，的确有如醍醐灌顶，令人叹为观止。约翰·凯里把人类世

---

* 本文引文均出自 [英] 约翰·凯里《知识分子与大众：文学知识界的傲慢与偏见，1880—1939》，吴庆宏译，译林出版社，2008 年版。

界，尤其是欧洲百多年来的文化和文艺的许多典范文本晒将出来，铺陈开来，让我们在被放大了的历史叠印和复制中看到人类走过的曲折道路和前行中应该追求的目标。尽管我可能并不完全同意作者的理论归纳，但是，我无法不被他平易文字中所表达的深刻思想洞见折服，他促使我进一步思考了近百年来中国的文艺史与政治史之间的关联性，读此书胜读百部机械的教科书、千部说教的理论书籍和万部平庸的文艺作品。

这是我有生以来读到的唯一既能够深入浅出阐释理论，又能够生动活泼地抒发感情的著作，它脱去了学究的外衣，同时又穿上了理论舞者的便装，游走在理性和感性的边界处，把令人震惊的理论观点用随笔的方式赠予读者，使那些平庸的、说教式的评论黯然失色，也许这就是我千百度寻觅的那种批评方法吧。"充满诱人的灼见，文字精彩，论证有力，发人深省，吸引人一气读完"（《每日邮报》评论）应该是一个准确的评价。于是，我也想以另一种既区别于"学院派"，又区别于"印象派"的评论方式，通过对它的阅读，来对中国百年来的文艺史和文化思潮史，做一个随感录式的梳理。

此书的一个最大看点就是把知识分子和大众这两个主体的两面性都展示出来了，尽管作者囿于自身观点的偏颇，对大众的态度有些暧昧甚或偏爱，但是它并不妨碍我们做出自己的判断。亦如《文学评论》所言："杰出的全新研究……阅读约翰·凯里这本剖析知识分子之势利狡猾的书，能享受很多激动人心的时刻。"无疑，纳粹之所以在第二次世界大战期间能够在德国，甚至在欧洲横行，其理论的资源就来源于欧洲的许多大牌的贵族知识分子所提供的价值理念，虽然这种法西斯主义的理论在第二次世界大战后遭到了世界普遍的声讨和抨击，但是，绝没有消逝于人类的思想深处。我是相信历史循环论的，君不见，至今为纳粹理论张目的还大有人在。就在 2011 年 2 月 17 日,《参考消息》还转载了委内瑞拉《分析报》上一篇题为《纳粹造福世界的十项创意》的文章,这十项创意如下:①制定禁止活体解剖的法律;②动物保护;③禁烟运动;④社会计划;⑤大众汽车;⑥高速公路;⑦火箭;⑧电影创新;⑨时尚;⑩医学进步。且不说这些科技的发展即使没有纳粹也同样会发生,而归纳出来的创意中的多项恰恰是纳粹反对的大众文化现象,其所谓的科学技术发明都是为消灭人类"大众"而准备的,其目标绝非是造福人类。而如今这些学者的理论就十分荒唐了:"纳粹科学家在集中营里对囚犯进行了惨无人道的实验。其中包括对双胞胎进行实验、冷冻囚犯、毒气实验等等。战后,这些罪行都得到了审判和应有惩罚,还推动了医学道德相关法律的形成。但正如美国大屠杀纪念馆网站所说,纳粹这些'地狱医生'的实验对开发免疫疫苗、解毒药等都有一定的帮助。"也许,科技知识分子只看见科学结果的利益的一面,他们不在乎其反人类和反人性的人文价值的负面效应,如果这样的话,那么,法西斯主义再次肆虐的时代离我们还有多远呢?以上十项纳粹创意的归纳,其实在约翰·凯里的这本书里都有所涉及,我在下文中还要具体分析。而重要的问题就在于,反思这种思维模式,对于我们认识中国文学艺术状况也有启迪意义。

鉴于约翰·凯里的这本书所引发的对许多文学艺术和文化问题的思考,我想以一篇长文的形式和不同以往的批评分析的方法来表达我对这本书的感想和敬意,同时表达我对欧洲文化语境中的外国文学和中国文化语境中的中国文学历史状态做出的一种新的判断。

想消灭"大众"的"知识分子"就是间接的屠杀者

知识分子与大众永远是一组不可调和的矛盾的两个主体，它们之间的关系是一个十分吊诡的悖论，是一个悖论中的悖论。对于知识分子与大众，我的观点和约翰·凯里也不尽相同，鉴于中国的特殊国情与欧洲文化的差异性，我最终的观点落在这样的基点上：面对为法西斯主义提供理论资源的可疑知识分子和盲从而无思想的大众，我们是没有选择余地的。在批判的批判之后，我们需要的是总结历史文化的经验，寻找到另一种更有效的"现代知识分子和大众"！

此文分为两部分：第一部分曰"主题"；第二部分曰"个案研究"。言下之意就是先表明观点，然后用大量的文本分析来印证自己的论断。所以，首先要解决的问题就是被那些所谓的传统贵族知识分子妖魔化的"大众"这一主体，而"大众"究竟有着怎样的真实内涵呢？在约翰·凯里的否定之否定当中，应该在中国近代以降的知识分子文化心理版图上看到一个什么样的情形呢？

就像约翰·凯里在其序言中所阐释的那样："当然，'大众'是一个虚构的概念。"追溯这个词根，它的宗教渊源就是，"其实，这个词最初既不是运用在文化上，也不是运用在政治上，而是运用在宗教上。圣奥古斯丁曾写到过被宣告有罪的大众或地狱里的大众，他所谓的大众指的是所有人类众生，上帝令人费解地决定拯救的少数选民除外。所以，就像我在第四章中所证明的那样，即使在现代知识分子中，仍有人相信上帝意欲谴责大众。"如此来说，"大众"就戴上了原罪的精神枷锁了。

无疑，欧洲自19世纪以来貌似"现代"的知识分子，尤其是尼采，既宣告"上帝死了"，又在上帝身上汲取了那种拯救人类的职责和欲望。这种居高临下的拯救欲就成为现代知识分子，尤其也是中国"五四"前后知识分子，盲目而普遍的"集体无意识"。这种带有宗教意识的救赎几乎就是融化在现代知识分子血液中的最活跃的基因。用上帝的眼光来俯视芸芸众生，其必然带有天然的优越感。世纪之交尼采哲学之盛行，用约翰·凯里的观点来说，就是尼采扛起了反抗大众文化的旗帜；用诗人叶芝的话来说，尼采是"平民粗俗行为传播的抵制者"。很有意思的是，约翰·凯里列举了在尼采之前就蔑视和反对大众的许多文学巨匠之言论，比如易卜生在1882年发表的《人民公敌》中，"展示了正直单独的个人是腐败大众的受害者"——这是我们任何教科书和评论中从未张扬过的论断，它几乎摧毁了我们百年来对这部伟大戏剧主题的阐释。不仅如此，伟大作家福楼拜居然在尼采发表《查拉图斯特拉如是说》的前10年就发表了"我相信，老百姓、大众、群众总是卑劣的"之言论。尤其是被称为欧洲"现代派文学之父"的挪威小说家克努特·汉姆生，也发表过蔑视和反对大众的相关言论，"最终在希特勒身上，汉姆生发现了他那伟大的恐怖分子，并成为唯一始终忠于希特勒的重要欧洲知识分子。他在希特勒自杀一周后，发表了一篇对其深表敬意的讣告，赞美希特勒为'人类的勇士，全世界正义信条的先知'。'他的宿命'，汉姆生悲叹道，'在于他出现在一个最终将他摧毁的无比野蛮的时代'。"

所有这些，使我震惊的是，当我在20多年前知道尼采的"强力意志"的大众观影响了希特勒，成为法西斯理论的思想基础时，我并没有意识到应对这样大师级的知识分子进行深刻的认识，直到后来我看到了海德格尔这一类的哲学家也为希特勒的法西斯主义效力，才开始怀疑那些大知识分子们的学术和道德之间不平衡关系背后所隐藏的真正动机了。但是，无论如何，我万万没有想到的是居然会有这么一大批我们顶礼膜拜的欧洲文学艺术巨匠都是希特勒的支持者和崇拜者。他们把消灭大众作为自身贵族式存在的一种终极目标。无疑，这样的知识分子并不具有真正的现代公民意识，他们在思想深处还缺少对现代人文理念，尤其缺少对以人、人性和人道主义为核心价值的现代知识分子理念起码的准确定位，他们虽然有思想、有知识积累，甚至有天赋，但是他们不配做现代知识分子，其重要的判别标志就在于他们的终极目标是否定位在以消灭大众为目的的理论基础之上。君不见，法西斯的纳粹发动了惨无人道的第二次世界大战，其中用毒气杀戮的犹太人就达六百万之多，许多纳粹分子是"素食主义者"，他们禁止的是对动物的"活体解剖"，却毫不留情地进行人体的"活体解剖"，这样的医学发展，难道是值得颂扬的"创意"吗？希特勒的这种灭绝人性的罪恶行径，其思想来源是这一批所谓的贵族知识分子提供的理论。如果说纳粹是直接的屠杀者，那么，这一批贵族知识分子难道就不是间接的屠杀者吗？谁说知识分子不杀人？这段历史就为我们提供了知识分子杀人的证据。

我不同意约翰·凯里把另外一批文学家和艺术家也和上述的纳粹御用知识分子混为一谈。不错，也许他们在有些观点上与纳粹知识分子是一样的，甚至更甚，比如他们对报纸和女人的极端态度，认为这是造成大众文化泛滥的根源。尼采说："我们蔑视所有与读报、更不要说为报纸撰文之类相一致的文化。"T. S. 艾略特认为大众媒体激起了"最不值钱的情感反应"，"电影、报纸、其他各种形式的宣传及商业趣味的小说，通通在提供一种极低层次的满足"。尼采是站在集权主义的立场上，为反对和藐视大众，最终达到统治和虐杀大众之目的来仇视媒体的；而T. S. 艾略特更多的是站在艺术的立场上来贬低大众的鉴赏力，从而实现对商业文化的抨击。我以为这是本质的区别，艺术家以他们傲慢的姿态藐视大众，是源于他们不同凡响的天赋和受教育的特权，他们自命不凡且"对大众有一种普遍的主观臆测，即大众缺少灵魂"。亦如托马斯·哈代在 1887 年所言："你可以看到在一大群人中包含了极少数有敏感灵魂者；这些人和这些人的视点是值得关注的。所以你把这一大群人分成心智迟钝的、没有灵魂的一类和充满生机的、悸动的、受苦的、精力充沛的一类；换言之，就是把他们分成有灵魂者与机械者，以太和泥土。"显然，艺术家和哲学家所要表达的理念虽然表面相同，但是其终极目的却是不同的——一个是针对人的心智和艺术的创造力，一个却是针对人群、人种和民族的生存权利。前者是对艺术的思考，后者是对政治的思考，这就是两者本质的区别。但是，不可否认的是，这些理论丰富和延伸了纳粹思想。

D. H. 劳伦斯有那种与生俱来凌驾于大众之上的优越感："人类大众没有灵魂……大多数人都没有生命力，他们在死亡的无意识状态下说话和走动。"他甚至臆想着要毁灭人类，梦想着建立一个"只有野兔在聆听无声的世界——那便是伊甸园"。这完全就是一个诗人的狂言谵语，还不能完全和尼采式的毁灭人类的死亡理论等同，因为尼采是想通过战争来毁灭人类，他的理论直接为法西斯纳粹提供了思想的资源。虽然 D. H. 劳伦斯在给福斯特的信中表明了自己对战争的喜悦之情，但是，这是因为诗人寻觅不到死亡的出路，他所描述的死亡并非"他杀"，而是带有自我牺牲的哲学死亡："我认为死亡是美好的，因为死亡将是一片净土，那里没有人，甚至没有我自己的家人。"就连约翰·凯里本人也被这种精神感动："这种对人类灭绝的激情，至少以华丽的形式，在智力超常者中一直持续到原子时代。"也就是说，D. H. 劳伦斯的这种潜在的"集体无意识"是一直延续至今的，也并非约翰·凯里认为的到原子时代就消亡了。这种艺术家的本源秉性与思维方式，如果不与尼采、海德格尔这一类哲学家极端的思想加以区分，我们就有可能会混淆大量艺术家和思想家之间对人类世界看法表面相同而本质不同的思维。在这个问题上，我以为约翰·凯里将大量的艺术家和少数的哲学家混为一谈，是不太合适的。他将知识分子的与生俱来的偏执和狂妄进行了无限放大和夸张，将他们与纳粹一概而论，从而将他们推上了审判台，这恐怕是不公正的，也是不公平的。

但是，我们需要强调的是，知识分子，尤其是贵族知识分子们的理论不管是在有意识层面还是在无意识层面，都在客观效果上扮演着帮凶的角色，这种意识的遗传基因仍然存在，若要不使自己成为反人类和反人性的"杀手"，就应该警惕自己的价值观并和这些反动理论保持距离，不要踩踏这一条人类价值的底线。

知识分子是这样制造"现代主义"文学艺术的吗？值得我们思考的重要问题就在于，从19世纪末到20世纪初，许多传统的知识分子在抵抗大众文化发展的过程中，其表现是恶劣而丑陋的，他们除了有严重的"傲慢与偏见"外，更有着对现代科学发展的低估，以及对"现代性"天然的排拒力。作为"历史的必然"，大众文化随着科学技术日新月异的发展，不断丰富自身内涵，成为不可阻挡的历史潮流，尽管它还裹挟着种种值得批判的消费文化的严重弊端，甚至是不可容忍的麻痹人类和反文化的罪行，但它却是人类文化发展的必然过程。而其在发展初始阶段却遭到了部分贵族知识分子的蓄意"谋杀"，这是我们今天需要反思和总结的问题。就此而言，约翰·凯里的一段话是值得我们思考的："即认为大众具有专门沉迷于事实和普通现实主义的特性。知识分子发现，大众顽固的写实主义使他们不适宜欣赏艺术，从而摒弃更高的美学追求。"其实这是一个双重悖论的命题，其中值得我们深思的问题是怎样对待现实主义和现代主义，也就是再也不能用旧有的评判标准来回答今天的关于文学艺术创作的问题了，许许多多现有的创作方法和创作理念都需要我们重新厘定。

约翰·凯里认为，19 世纪末和 20 世纪初，知识分子为了试图阻止大众受教育，阻碍大众对文学艺术的理解，才将文学艺术搞得佶屈聱牙、晦涩难懂，因此所谓的"现代主义"兴起也就源于此。约翰·凯里的这个理论对一个从事中国现当代文学史研究的人来说，无疑是在中国现代文学的精神版图上投下了一枚原子弹！我们何曾想过"现代派"的艺术竟是由此而生？用约翰·凯里的话来说："当然，知识分子实际上不能阻止大众学习文化。他们只能使文学变得让大众难以理解，以此阻碍大众阅读文学，他们所做的也不过如此。二十世纪早期，欧洲知识界就殚精竭虑地决心把大众排斥于文化领域之外，这场运动在英格兰称为现代主义。虽然欧洲其他国家对此有不同称法，其要素却基本相同。它不仅变革了文学，还变革了视觉艺术。它既抛弃了那种据说为大众所欣赏的现实主义，也抛弃了逻辑连贯性，转而提倡非理性和模糊性。T. S. 艾略特断定：'目前，我们文化中的诗人必须是难以理解的。'"如果现代主义文学艺术的起源是在这样的语境下蓄谋而成的话，如果约翰·凯里的论断是正确的话，那将是对"现代派"文学艺术的一次毁灭性的打击，是对现代主义文学史的一次颠覆性的改写！从文学艺术的接受史来看，我们通过大量的翻译著作和许许多多的根据臆想而杜撰成的所谓"文学史教科书"而获得的知识是可疑的，那些大量的对现代主义进行吹捧的文字和无端的阐释也就变得一钱不值了。但不可否认的事实却是，虽然现代主义文学艺术在最初是以反大众为目的而生成的，然而经过百年的发展与改造，其已经形成了一个自足的审美文化体系，其游戏方法和审美规则已然被系统化，去掉了它原有的目的性，也就获得了自身存在的审美价值。

不可否认的是，作为一种持续了百年的文学艺术史，现代主义当中还存有当年遗留下来的一些有毒元素，比如奥尔特加·加塞特所强调的"现代艺术就是要证明人的不平等"，以及"用非人化来对抗大众"的观念，都是值得批判的，正如约翰·凯里所言："奥尔特加发现，非人化是现代艺术对抗大众的手段。大众在艺术中寻求人的趣味，如在诗歌中寻求'诗人背后的人的激情和痛苦'，而不要'纯艺术的东西'。奥尔特加认为，这些偏爱证明了大众的低下水平，因为'为艺术作品展现或叙述的人类命运而悲喜，根本不是真正的艺术享受'，关注人性的满足'不能与关注独特的美学享受相比'。显然，奥尔特加宣称的艺术上'独特'和'真正'的东西具有相当的随意性被合理论证所证明。但他提出的现代艺术从本质上排斥大众的观点，却暗示了知识分子的动机而显得有些趣味。"在这里，我们可以充分认识到，强调现代艺术是贵族的专利而排斥大众的加入，是现代主义不能够在许多国家和民族生存的主要原因。即使如拉美的"爆炸后文学"得到了世界普遍性的认同，它也是汲取了现代主义文学艺术的部分方法元素而已，它是生长在本民族"土著文学"现实主义土壤上，嫁接了现代主义枝干的文学，这种"杂交"才有了生命力。

而在中国，其命运就没有那么好了。在"五四"以后的20世纪30年代的中国，在最适宜现代主义生长的大都市上海，"新感觉派"只是昙花一现，"现代派"的诗歌创作群体更是每况愈下。到了20世纪80年代，异军突起的"朦胧诗""先锋戏剧""新潮小说"等一系列林林总总的现代主义文学艺术运动，很快就被各种各样变体的现实主义大潮覆盖，充分证明了大众文化的强大。为什么会如此呢？我以为，一则是五四新文化运动对西方贵族式的现代文学艺术理解不深；二则是面对中国汪洋大海似的没有接受教育的大众，甚至是没有阅读能力的大众，即便是现实主义的文学艺术也难以展开的现实文化状况，知识分子的传播是非常有限的。这种异化理论，难道不值得我们研究现代文学史和艺术史的知识分子三思吗？

约翰·凯里甚至对乔伊斯天书般的现代主义小说《尤利西斯》进行了分析，得出了这样的结论："因此，我觉得现代主义文学和文化是围绕这样一个原则形成的，即排斥大众、击败大众的力量、排除大众的读写能力和否定大众的人性。"相反，为工农兵服务的大众文学倒是不排斥大众的读写能力，但是它创造出来的文学艺术却是部分低下的，这是不争的事实，在中国现当代文学史当中，我们不乏这样的先例。从20世纪50年代掀起的"新民歌运动"，到高玉宝、浩然、王老五、李学鳌等工农兵作家，再一直到20世纪70年代兴起的"工农兵集体创作"，这些现象都是大众文化的极端后果，它给文学艺术带来的又是一种怎样的伤害呢？

19世纪和20世纪的文学艺术巨匠们几乎同时以贵族的语气来否定大众的人性，他们重塑和重构大众形象的"目的只有一个：把知识分子从大众中分离出去，攫取语言赋予他们的对大众的控制权"。也许，约翰·凯里的分析是有道理的，因为"二十世纪早期，否认大众的人性已成为知识分子重要的语言学项目"。约翰·凯里列举了托马斯·哈代对大众的轻蔑的生活细节、弗吉尼亚·伍尔夫对大众这个"无名怪物"的仇视，甚至分析了用诗歌的意象来辱骂大众的意图所在："对埃兹拉·庞德来说，除了艺术家，人类只是'一大群傻瓜'，一群'乌合之众'，代表能够浇灌'艺术之树'的'废物和粪肥'。在庞德的《诗章》中，'大众'和他们的领袖变形为人粪的急流——'民众在选举他们的污物'。这种'大屁眼'的幻象，庞德解释说，就是当代英国的写照。"非但如此，约翰·凯里还用19世纪末和20世纪初社会学家古斯塔夫·勒邦对未来大众社会的描述，设定了一个可怕的文化语境："勒邦估计，现代社会由群体接管，'大众的声音占主导'。他们的目标是摧毁文明，让所有人回到文明社会之前的原始共产主义常规状态，并最终获得成功。因为正如我们所知，文明是'一小部分知识贵族'建立起来的。根据勒邦的预测，文明将被消灭而让位于'野蛮阶段'。那种认为大众能被教化的乐观开明思想是错误的，统计显示，随着教育的传播，犯罪率实际在增长。学校教育把大众转变成'社会的敌人'，使年轻人不屑于诚实苦干，为'最糟的社会主义运动形式'增添了无数信徒。"也许，他是最早把大众与社会主义意识形态和信仰联系起来的学者，可是他的描述恰恰又反证了知识分子在这样的文化语境中寻找对大众进行"改写"的精神逃路的可能性。

回归原始、回归田园是知识分子文艺创作最后的精神乌托邦吗？

欧洲的左派知识分子非常恐惧大众文化时代的到来，他们视大众文化如洪水猛兽："法兰克福学派的理论家（除了本雅明）都认为，资本主义制度下发展起来的大众文化和大众传媒，使二十世纪文明的水平被降低。他们指责广播、电影、报纸和廉价图书应该对'人们内在精神生活的不复存在'负责。他们像温斯顿①一样，企盼无产阶级拥有革命潜能，而与此同时，他们也把大众看作易受骗者，遭到资本主义穷人文化餐之类东西的诱惑。大众贪婪地吞下商业化'文化产业'产品后，形成了'错误的意识'，以致他们不再像法兰克福学派的理论家

---

① 温斯顿，奥威尔作品《一九八四》中的人物。——编者注

所希望的那样看待事物。结果，霍克海默报告说：'真理只能在一小群值得尊敬的人中寻求庇护'，'大众的普遍知识水平迅速下降'。顺着这条思路，马尔库塞鼓吹确定无疑的'精英'理论，即真正的艺术必然不能让大众接近。只有少数个体能欣赏'高尚'文化，大众文化具有淹没个体文化的危险。"

毫无疑问，随着视觉文化的兴起，那些习惯于在纸质文本上舞蹈，尤其是专注于书本，而非热衷于传播甚快甚广的报纸刊物的老牌的传统知识分子就失去了往昔的尊严，更确切地说，就是他们痛彻地感觉到了文化的专利权和话语权被无形的"大众之手"剥夺了。但是大众文化和大众传媒却是不可阻挡的历史潮流，无论这些人愿意还是不愿意，它都在日新月异地发展着、进步着，把老牌绅士般的旧知识分子扔进了历史的"垃圾堆"。尽管他们所寄望的无产阶级革命会给大众文化以致命的打击，但是，适得其反的是，大众十分喜爱这样的"文化精神鸦片"。"可见奥威尔笔下的温斯顿和法兰克福学派的学者一样对大众感到失望——大众只顾沉迷于消费享乐，拒绝承担知识分子划归给他们的革命角色。"于是，知识分子只能依靠虚构一种大众的样式来自我安慰和自我解嘲，那种田园牧歌式的农耕文化语境成为他们艺术追求的乌托邦。亦如约翰·凯里所言："所有这些虚构特性都具有诽谤性，为知识分子对抗无法鉴定的他者提供了辩护。不过知识分子的神话也造就过美化的大众样式，即为使大众更能为知识分子所接受而虚构的大众样式，这种大众样式的制造大多数靠的是把大众变成田园牧歌式的人物。"由此，我们再来解读那些世界名著和名作时，就是另一番滋味了。约翰·凯里分析了庞德的名作《在地铁车站》："这几张脸在人群中幻影般闪现／湿漉漉的黑树枝上花瓣数点。"他读出了这样的含义："该诗使现代巴黎群众经受了双重置换：其一是被转化为带花瓣

的树枝 —— 一种田园的装饰，没有人类生命的痕迹；其二是被吸收进外来的、古老的、绚丽多彩的旧日美学文化。"此外，约翰·凯里还用大量的篇幅分析了福斯特小说《天使不敢涉足的地方》和《看得见风景的房间》中"这种田园和历史虚饰的结合"；分析了奥威尔小说中大众文化对乡村生态环境的破坏；分析了弗吉尼亚·伍尔夫的《达洛维夫人》是怎样插上了想象的翅膀把一个乞丐老妇人"转化为一个永恒、永生、与土地和树根融合的农民或超级农民"的；分析了面对田园牧歌的幻灭，英国作家 J. B. 普里斯特利的哀叹："他们已经失去了森林原始中的自然生活""他们很可能不知道怎样恰当地做爱，甚至吃喝" —— "他在暗示恰当地做爱和吃喝是过去森林原野中发生的事。"所以，回到田园牧歌，回到农耕文明，回到原始文明形态中去，成为20世纪许多作家的精神追求，他们将一种题材上升到一种主题，从而将其升华成一种具有风格标志的文体。

如果说约翰·凯里对这些作家作品精彩而中肯的分析中还稍带有一些牵强附会的话，那么，最可惜的是他没有对 D. H. 劳伦斯的《查特莱夫人的情人》中的那种回归原始主义元素展开恰如其分的剖析。我以为，中国所有涉及这部作品的分析，只是注意到了资本主义文化对人的本能的阉割和扼杀，使"人"异化，却脱离了作家写作的终极目的 ——D. H. 劳伦斯才是真正想回到在森林原野中自然做爱时期的原始主义倡导者！

"和其他知识分子一样，吉辛谴责郊区大众对风景和文化的破坏作用。他的小说中反复出现这样一些可恶的景象：街道潮湿的简易房，华而不实，不堪一击，'像传染病一样四处蔓延'；古老的庄园被分割成新的建筑工地，原先的田野和树林被肮脏的建筑碎石和板墙堆所取代。"这种谴责在今天中国作家的作品描写中也屡屡出现，这种对人类在历史进步中造成的丑恶现象的抨击不足为怪，奇怪的是这些号称知识分子的人竟然也鼠目寸光，看不到这种暂时的"丑恶现象"是人类历史发展必然需要付出的代价，资本主义的运行就像恩格斯所言，它需要"恶"做历史的杠杆，这就是历史循环的悖论所在。就像乔治·吉辛在他的小说《民众：英国社会主义的故事》里描写的那样，"当工人阶级社会主义者理查德·穆提默发财之后，他变得像贵族一样腐败和专横"。随着工厂进一步扩张，像乔治·吉辛那样的知识分子们的田园之梦被更彻底地摧毁了："这片新社区被称为'新万里'，它排放的工业污水使剩下的苹果树和李树枯萎，使草地发黑……他惊骇地看到：在他小时候掏鸟巢的地方，'一个恶性肿瘤在日益扩散'。他将之归咎于民主，因为它使不懂得欣赏自然美景的大众拥有主权，恣意妄为。这样下去，二十世纪将不会再'在地球上存在任何绿地'。"但是，小说的女主人公阿德拉却认为："难道他把草木看得比人命还重要吗？"他们一个"不认为以牺牲草木为代价换来的生活有什么价值"；一个却认为"要让劳动人民吃穿更好还有更多时间休闲"。这里的冲突是价值观的冲突：一个是把理想浪漫的贵族精神看成人类最高的艺术享受；一个是以人本主义为核心的物质第一性理念。在今天，这样的选择仍然存在于我们的现实生活和文学作品之中，每一个作家和艺术家的选择可能都不同，问题是谁更符合人类历史发展的要求。

说到底，这些成名的知识分子大作家们在现实生活中已然失去了他们艺术话语言说的特权，因此，他们只有在臆想下的"白日梦"中去寻觅逝去的艺术天堂，去寻找精神乌托邦作为避难所，这就是知识分子对大众进行"改写"的真正目的。但是，这种"改写"不仅不为大众所动，即便是一般的评论家也不明就里，只有约翰·凯里这样的批评家才能够敏锐地发现其中的奥秘所在。

中国现当代文学史上也经历过两次大的原始主义的回归，这两次回归给 20 世纪，乃至 21 世纪的中国文学带来了深刻的影响，但是，我们的文学史教科书却对此进行了肤浅的解析，其主要原因就是我们没有看到大众文化与传统文化中的知识分子角色之间的巨大冲突给文学史带来的致命影响。也许，我们没有把废名和沈从文的作品与鲁迅一派的"乡土小说"放在大众文化影响下的知识分子的分裂和冲突中进行深度的分析和比对，也许我们几十年来过多地接受了伪现实主义给定的枯燥乏味的劣质文艺作品，所以，20 世纪 80 年代人们对沈从文、汪曾祺所写的那种回归田园牧歌的作品盲目地顶礼膜拜，看不见其背后许多传统知识分子缺乏与旧我告别的勇气，只看到作品表面的浮华、浪漫和绚丽，而无视其价值观的偏颇。同样，在资本文化二次进入的 20 世纪 80 年代的中国，《南方的岸》《哦，香雪》《鸡窝洼人家》《腊月·正月》《葛川江上人家》《最后一个渔佬儿》等一大批回归乡土、回归田园、回归农耕文明的作品，表现出作家在大众文化和传统文化之间难以抉择的彷徨和迷茫，而我们所有的评论家都只把它归咎于现代文化和传统文化之间的两难选择，而忽视了其中知识分子角色和大众文化之间的裂隙与冲突。在中国，知识分子的称号是可疑的，这使我想起了 20 世纪 90 年代，在"断裂"宣言中，一些年轻的于 20世纪 60 年代出生的作家为什么会把自己从"知识分子"的角色中剥离出去，其背后深刻的思想背景就是他们代表的是大众文化。从这个角度去评判这个现象，也许我们就可以心平气和地认可它其中的部分合理性了。

"由于知识分子中有人需要美化大众样式，于是对田园背景下的农民和原始初民的寻求得到了支持，对大众的政治改写也得到了鼓励——无论是把大众写成强壮的工人，还是写成被践踏和压迫的人。"

这是 20 世纪欧洲作家的写作动机，而其也成为中国现代文学作家无意识的自觉追求。针对这样的文学现象，我们怎样去重评文学史中的作家作品呢？我们又如何重塑林林总总的文学形象呢？这种知识分子与大众之间的悖论性选择的确是异常困难的，因为，中国现代文化背景中还多出了一个"大众文化"至高无上时代思想的熏陶，而且，这种思潮还占有很大的市场份额。诚然，在中国文学艺术中，大众文化中的伪现实主义和消费文化等诸多弊端是应该剔除的，但是知识分子贵族式的伪浪漫主义和鸵鸟式的精神乌托邦就无须批判吗？

贵族知识分子作品中"傲慢与偏见"的合理性究竟有多少？

无疑，这又是一个吊诡的悖论，和回归原始、回归田园相悖的是，剔除了贵族式的伪浪漫主义后，那种回归自然的生态主义理念又成为人们唾弃工业文明污染（包括物质与精神两个层面）的先进价值理念。知识分子是敏感的，他们之所以仇视"郊区"是因为"郊区"作为一种意象已经成为 19 世纪末和 20 世纪初知识分子所抨击的大众文化重点堡垒，并将它和居民与职员联系在一起。这与中国的所谓"城市化进程"的文化反应截然不同，中国为什么没有那样的过度反应呢？也许，那种急于脱离农耕文明苦难历史背景所造就的"众声喧哗"掩盖了这个过程的诸多弊端，使中国的知识分子和大众都在城市化的进程中获得了物质和精神的愉悦。而在那时的欧洲就大不相同了，知识分子严厉抨击资本主义的发展使得城市在不断扩张："一千九百年以前主要人口聚集地四周的郊区已经扩展得相当大，而随着交通的发展，如便利城郊通勤的有轨电车和廉价火车票等，郊区的扩展不断加快。这些进步在世纪之交带动了较大建筑物的快速发展，尤其在伦敦地区。"由于代表老牌资本主义的首都形象被"破坏"（实际上是进步的兴建），许多知识分子强烈反对乡村的消失："这是在制造一个惊人的乏味、丑陋、无聊的地区。五十年以前布里克斯顿和克拉罕就在乡村边上，人们可以漫步乡间小路和草坪上。现在伦敦延伸到克罗伊登，人们再也不可能离开乏味的郊区，躲到未受破坏的乡村。"不仅是伦敦，拜伦在欧洲的其他地区也看到了乡村生态所遭到的严重破坏。从这里，我们可以看出知识分子对于静态的农耕文明那种深刻的眷恋之情，他们往往以一种贵族的姿态来回味乡村生活，显然，这是充满着诗意的表达，就像格雷厄姆·格林在《一种生活》中所描述的那样："一座大厦吞没了一切 —— 草坪、树木、马厩和牧场，所有这些我童年爱恋的风景都没了。我今天在看《樱桃园》表演时，听到的就是那块土地上传来的斧子的砍伐声。"显然，这些含有浪漫主义元素的、具有强烈美感的物象被工业化和商业化的资本之口吞噬了。但是，贵族知识分子浪漫精神时代覆灭之时，正是无产阶级大众，以及包括一切资产阶级在内的郊区城市新公民的狂欢之日。

然而，资本主义时代工业化和商业化经济虽然给人类带来了巨大的利益和享受，却同时也带来了生态环境的严重恶化。从这个意义来说，知识分子对农耕文明的向往和眷恋之情，也就从历史进步的一面敲响了资本主义发展的警钟，虽然他们的出发点并非如此。我们也不能苛求早期的知识分子有如此自觉清醒的生态意识，他们的觉醒是定格在1968年那个"寂静的春天"，没有早期老旧知识分子的无意识的直觉反抗，也就不会有20世纪60年代以来持续高涨且又进入系统化的生态主义成熟理论。

当郊区成为一个藏污纳垢的代名词时，贵族知识分子谩骂的目的就很清楚了："大规模的郊区扩张与它所引起的对抗、分裂和无可挽回的损失感，这些都成为影响二十世纪英国挽回形态的主要因素，它们加重了知识分子与他们眼中的平庸大众——以不同方式被认定为中产阶级或资产阶级——的疏离感。"用乔治·穆尔在《一个青年的自白》中的话来说："现在古老的英雄时代已经结束，我们头上的天空充满感伤主义的黑暗，除了大众，盲目、不成熟、不知足的大众，没有任何让我们崇拜的东西；我们面前是迷雾和沼泽，我们跌倒在我们周围腐烂的泥土、沼泽中的生物和灯芯草上。"这种只看到大众文化的破坏作用，而看不到大众文化在它发展的历史过程中有着自给自足的成长体系的想法，是不足为取的，百年成长的历史就证明了它存在的合理性，不管老旧的知识分子是如何蔑视和抵制它的成长的，它仍然顽强地生存下来了，并且一次次地证明了老旧知识分子陈旧价值理念虽然有其合理的成分，但是，那个洪水猛兽式的大众文化在科学技术不断发展的过程中获得了最强有力的支持和最广大的市场，资本文化的负面效应远远被它巨大的诱惑覆盖。

当我们重新阅读 18 世纪到 20 世纪的"世界名著"时，可能我们许多的审美价值观会为之改变。比如，19 世纪末和 20 世纪初大量的农耕文明的生态风景描写成为文学名著审美的焦点；而到了 20 世纪中叶，许多现代化的意象却成为都市文学追捧的审美对象。且不说这是大众文化浅薄的表现，它的审美转换却是时代使然，就像我们在 1958 年的"大跃进"中用冒着滚滚浓烟的烟囱意象来表达诗意那样，那种盲目的对工业化的崇拜在今天却成为破坏生态的一种耻辱性标志。从这个历史循环的悖论当中，我们可以看出两种审美价值观念背后文化思想的严重对立——农业文明和工业文明价值观的冲突永远是文学艺术潜在的表达内容与方式！怎样看待这组永远纠缠不清的矛盾冲突的主体，这是我们必须解决的问题。

尽管那些作为老派知识分子的文学艺术家们崇尚对现代文明的抵抗和诽谤，成为阻挡人类历史前进的跳梁小丑，他们的历史观是值得被质疑和抨击的。但是，从文学艺术的审美性来看，那种静态的审美是人类追求的本能，即便是在浮华的大都市里，即便是在工业文明和后工业文明的动态性的大众文化的喧嚣中，那种回归自然、向往静谧的情结仍然成为人类审美的主流。所以艺术家从一开始就抓住了这样的审美机制，并使它成为永恒的艺术真谛。也就是说，无论你进入什么样的时代，它已然成为文学艺术不可或缺的追求。因此，代表着原始文明和农耕文明艺术的风景画、风俗画和风情画就成为文学家笔尖上流淌的音乐，成为艺术家画布上灵动的舞蹈。世界进入后现代以来，尤其是生态主义的兴起，人们益发对那种静态的文学艺术描写顶礼膜拜了，从对梭罗《瓦尔登湖》等系列作品的重读，甚至把它们作为教科书来进行典范性的精读，可见其中之奥妙——尽管人们在充分享受着现代科技文明给他们带来的物质饕餮大餐，却在精神上留恋着那种原始的、农耕的审美风景线。这也许就是艺术与现实的距离和悖论，清楚了这一点，也许那些文学艺术家们过激的叫嚣就不足为奇了。

与贵族知识分子恰恰相反的观点出现在维护大众文化的阿诺德·贝内特的笔下，"郊区"成为他理想的花园，他甚至清醒地认识到这种破坏"表现了人类工业化和城市化的本能"。他认为"这种破坏只是人与自然之间无休止的战争的一个片段，不必后悔。实际上在这里，自然使它的那些恶名昭彰的残酷得到了报应。她专横地命令人类继续生存下去，并不断繁衍生息。在这种特定场合下，人类一边遵从自然的命令，一边也伤害和虐待自然"。"如果这种风景不美的话，那么鲜花也不美，动物的状态也不美。"（《五镇的安娜》）这就是对资本主义工业化过程中产生的"恶之花"的赞美!

同样的悖论也出现在大众文化之中，大众文化作为突破贵族式知识分子的文化话语权的历史性存在，它积蓄了太多的能量，以摧枯拉朽、不屑一顾的态势横扫着以往的贵族文学。这种被约翰·凯里说成"大众的反叛"的现象，是具有革命性意义的，它无处不在，它通过现代媒体每天都在饲喂着这个世界里的芸芸众生，使每一个人都在习焉不察中获得文化的滋养。但是，不可否认的是，大众文化提供给大众的绝大多数都是没有文化深度的快餐，即开即食，即食即忘，只是满足感官的需求而已，是没有可以值得审美味蕾细细品尝的功能的，就像 19 世纪末乔治·吉辛所说的那样："大众的'致命缺陷'就在于缺乏想象力，而想象力只有通过'智力训练'，尤其是通过阅读文学和诗歌，才能获得。"当然，除了缺乏文学的想象力以外，我以为，大众文化最致命的弊端就在于缺乏审美的深度模式。

文学艺术的暴力与现代乌托邦的反思

—— 以约翰·凯里《知识分子与大众：
文学知识界的傲慢与偏见，1880—1939》为案例*（下）

———— ◎ ————

知识分子是"天生的贵族"吗？

知识分子是"天生的贵族"吗？这个问题在中国似乎是一个毋庸置疑的问题，因为中国的文化背景并没有欧洲那么复杂，尤其是中国现当代文学史，更是"去知识分子化"了，这在中国文学艺术的创作中已经形成了一种无意识的自觉。而在欧美就不同了，强大的知识分子情结使得他们始终占据着话语的主导权，正如约翰·凯里所说："为了回应大众的反叛，知识分子提出了他们是天生的贵族这一概念。而对于究竟什么原因使天生的贵族卓尔不凡，他们却存在着一些纷争。有人认为，那是因为存在或应该存在一种职业知识分子才拥有的神秘知识，用

* 本文引文均出自 [英] 约翰·凯里《知识分子与大众：文学知识界的傲慢与偏见，1880—1939》，吴庆宏译，译林出版社，2008 年版。

劳伦斯的话说，就是一种'避开大众的深奥理论主体'。""另一些知识分子则认为，他们之所以卓越，是因为他们都被假想为永恒的价值观念的传播者和守护者。"显然，对于那种具有"血统论"元素的"天生的贵族"思想，是需要进行严厉批判的，因为它是与希特勒纳粹式的灭绝人种的理论相联系的。如果单就两种"天生的贵族"的来源来说，我以为后一种是有其合理性的，但是，需要修正的是，应该将其中"被假想"三个字去掉。因为知识分子应该是正确价值观念的传播者和守护者，而不是"深奥理论"的卖弄者。值得我们深思的却是这样的问题："T. S. 艾略特的美学理论中有一个观点：真正的艺术作品是永恒的，不同于转瞬即逝的商业文化。这种观点与克莱夫·贝尔1914年宣称的那种艺术是神圣的'宗教'信仰，很容易结合在一起。贝尔明确指出，艺术家无须为人类的命运烦恼，因为'审美喜悦'会自己证明它正确有效。这种艺术家和知识分子应该远离纯粹的人性关怀的观点，也吸引了埃兹拉·庞德。他使这个观点变得更为专横，因为他告诫说，艺术家是天生的统治者，'生而为王'，他们将很快接管整个世界。"我们并不在意文学艺术家的狂妄和自大，在某种程度上，"艺术永恒"的理论永远是没错的——和消费性的商业文化相比，它们显然占据着艺术的绝对优势。对于这些大艺术家和大艺术理论家，我钦佩他们对艺术的理解和创造，但是其理论一旦走向了极端——"艺术家和知识分子应该远离纯粹的人性关怀"，就暴露出了其幼稚和肤浅的一面。且不说任何作品在表达其美学理想时都不可能离开"人性的关怀"（"去人性"有时比艺术的"祛魅"更可怕），就"人性关怀"而言，这已经是中世纪以后知识分子确定的任何人文学科和艺术领域恒定的显在的或隐含的价值观念，而现代主义摒弃了这个关键的本质内涵，不仅失去了大众，同时也失去了许多现代知识分子的支持。他们如果坚持这样的观点，就绝不可能将现代主义的文学艺术领进更高层次的发展道路。因此，"他们将很快接管整个世界"的预言只能作为一个笑料而已。如今能看到现代主义在世界各地盛行吗？100多年过去了，我们等来的只是它的没落和衰败，看不到更加光明的前途。

文学艺术家的许多理论来源是尼采对基督教"上帝面前人人平等"观念的批判。这样一种极端的理论也使得一些文学艺术家陷入了一种两难的悖论选择之中，例如约翰·凯里在评论 D. H. 劳伦斯作品时，就很明确地指出："他自己强烈而浪漫地觉得每个生灵都是非凡独特的，而天生的贵族的主张却与之背道而驰。因为如果每个事物都是独特的，那么它就与其他事物没有可比性，也不能宣称高级或低级。一旦有了这种认识，天生的贵族的主张就消解了。"以子之矛攻子之盾，约翰·凯里的主张对少数极端知识分子的批判理论是有效的，因为经过百年历史洗礼的现代知识分子，其人文价值观是与"上帝面前人人平等"的理念相重叠的，不过，这个"上帝"应该被替换成"真理"。

我们这一代人在接受艺术理论时，更多的是受苏联文学理论"反映论"的学术影响，而在那个理论开放的20世纪80年代，我们对于克莱夫·贝尔的一本薄薄的小书《艺术》，就好像是久旱遇见了甘霖，如饥似渴地汲取他的艺术理论，成为那段理论贫乏岁月的时尚。至今，我才知道克莱夫·贝尔就是弗吉尼亚·伍尔夫的姐夫，才知道《文明》一书是他两个商讨后的结晶："文明取决于一小群异常敏感者的存在。这些人知道应该怎样响应艺术作品，他们对诸如食物和酒之类的感官享受也有优雅的欣赏力。没有这种'文明的精英'，生活水准必定会滑坡。""贝尔确信，没有艺术家相信人的平等。'所有的艺术家都是贵族。'根据同样的特征，真正的艺术鉴赏家必定总是少数者和高傲者。'人类大众将永远不可能做出敏锐的美学判断的。'"显然，这种理论是容易被许多从事文学艺术的人普遍接受的，但是，将它置于对大众和大众文化的贬斥中来进行反差性的褒扬，就会遭到大量的质疑和抨击了。约翰·凯里在评论阿道司·赫胥黎的《美妙的新世界》时说："这部小说揭示出大众所能获得的那种快乐依赖于通俗、肤浅、摧毁精神的或不道德的消遣。书中描述的未来社会中，科学消灭了疾病和所有老年的生理问题，药物和安乐死甚至把死亡变得光明、愉快和科学，再也没有人相信上帝。这个世界的控制者指出，宗教不能与世间的快乐相比，因为它包含罪恶。美妙的新世界的每一个人都不会有罪，他们在性交上很随意，性爱游戏甚至在孩子中也受到鼓励。"在这个"美妙的新世界"中，人们可以尽情地享受感官的刺激，但是，他们必须放弃对高尚艺术的追求，"因为被赫胥黎那个阶级和时代的人视为高尚艺术的莎士比亚作品、古典文学和古典音乐在美妙的新世界中都遭到了禁止，理由是它们太烦人，总是从激情和悲剧中获得力量，这是美妙新世界所不能接受的。控制者解释说：'你们必须在快乐和人们曾经所谓的高尚艺术之间做选择。'"历史已经证明，并且继续证明着，科学发展所带来的那些感官的享乐，包括足球和电影这样的艺术消费品，不仅是大众文化消费的必需品，同时，它们也逐渐演变成贵族的文化消费品，这是不以贵族知识分子意志为转移的历史存在，它们在历史的发展中，已然升华为贵族式的消费品了，这可能是像阿道司·赫胥黎一样的知识分子们根本就无法预料到的那个"历史的真实"。因为，正如约翰·凯里分析的那样："赫胥黎和尼采支持的是这样的信念：斗争和进取有益于人的精神。它反映了西方文化中的若干历史发展，我们从中辨认出强调救赎的痛苦的基督教传统，以及被用来支持十九世纪扩张主义和帝国主义，也就是造就了包括赫胥黎和尼采在内的欧洲有闲阶级的剥削制度的道德残余。"具有讽刺意味的是，在中国这块缺乏宗教信仰的文化土壤上，在20世纪60年代至70年代的"阶级斗争天天讲"的无产阶级大众文化的语境中，同样也产生了与"欧洲有闲阶级的剥削制度的道德残余"异曲同工的文艺理论现象，难道不值得深刻地反思吗？其实，无论什么样的文学艺术，只要它进入了一个背叛大众和违背基本人性的囚笼里，它就必然走向其反动的一面！

因此，呼吁保护"天生的贵族"的理论就应运而生，就如约翰·凯里说的那样："接下来的结论便是：如果社会想要文明化，就必须创建有利于保护少数天才的条件。不能指望纯形式的鉴赏家自己谋生，因为'几乎所有赚钱的行当都对更微妙更紧张的艺术鉴赏所需要的心智状态有害'。因此，有眼光和有品位的人应该得到公共基金的支持……文明需要有闲阶层的存在，有闲阶层需要奴隶的存在。此外，文明精英的酵母作用将可能渗入奴隶身上。'郊区贫民窟'里的'野蛮人'可能注意到，精英蔑视他所沉迷的粗俗娱乐活动（如'足球和电影'），从而禁不住去尝试优雅的艺术享乐。贝尔方案的缺点是：野蛮人即使逐渐形成艺术品位，也不能参与其中，因为他将始终被剥夺文明生活所必需的闲暇。虽然贝尔没有在意这些复杂情况，但他似乎也已预料到奴隶的不满，因此规定文明必须有高效的警察机关来维护。"在这里，我们暂且不谈克莱夫·贝尔理论中的阶级偏见和艺术欣赏偏见的反动性，单就他所提出的贵族式的"生活必需的闲暇"问题来说，这样的情形并没有在欧洲得到实现，但在中国却得到了圆满的实现。

大众的教化和大众文学艺术的魅力与毒性

其实，欧洲的老牌知识分子对制造大众文化的美国是深恶痛绝的，在19世纪末，老旧的贵族知识分子们试图在教化大众的过程中拯救所谓"传统的贵族文化"。约翰·凯里专门用一章的篇幅来分析乔治·吉辛对教化大众的见解和策略。

"文学的商业化让吉辛看到了另一种大众形象——记者和流行作家要迎合的千百万看不见的读者。这个看不见的读者群体系统，潜藏在报刊专栏背后，把吉辛笔下靠浏览报纸寻找空缺职位的威尔·沃伯顿逼得近于疯狂。"无疑大众文化的本质特征就是商业化运作，它给社会带来的究竟是祸还是福呢？这在不同的时空、不同的国度里，情形却是各不相同的。

1892年，乔治·吉辛在抨击报纸给广大民众带来的"日益扩大和加深的庸俗"时，为了抵制这种美国文化的影响，呼吁改变"空洞教育"，因为"社会文化正在降低水平，大众唤起的只是低劣的、物质性的动机。因此，我确信，在真正高雅的与大众的文化之间，形成了鸿沟，而且这个鸿沟将越来越大"。应该说乔治·吉辛所说的是一个不以人们意志为转移的历史事实，不仅欧洲受着美国文化的影响，全世界都如此。就拿中国来说，1892年看起来是一个并不起眼的年份，但是，正是这一年，由于中国报刊业的迅猛发展，通俗小说开始兴起。《海上花列传》的连载开启了大众文学的先河。因此，最近几年，许多著名学者就将中国现代文学的起点划定为这一年。无疑，大众文化的兴起成为中国现代文学的起点，其价值观念虽然和五四新文化运动的实质有相悖之处——表面的口号看似是相吻合的——但是，它与20世纪30年代以后的"左翼"文化思潮却是一致的——大众文化的理念成为中国现代文学的主潮。

如果说欧洲的所谓"传统的贵族知识分子"还在20世纪对大众文化进行着顽强的抵抗的话，那么，中国文化当中的这种抵抗则是隐性的，甚至是微乎其微的，因为中国的知识分子没有这个自觉。更重要的是，中国知识分子从传统的"士"到现代知识分子的蜕变过程中，从来就没有过什么"贵族"意识，或者说，在中国几千年的封建科举制度下，从未有过世袭的"贵族"之说。

大众是什么？在乔治·吉辛看来，那就是一群"未接受教育的人"。他坚信现实社会无法掩盖"受过教育和未受过教育的人之间的鸿沟"。且不说乔治·吉辛这一代欧洲贵族知识分子对妇女接受教育的鄙视和诽谤了，即便是对底层大众的教育，乔治·吉辛也表示失望："要把劳动阶级从'粗鄙的困境'中拯救出来，需要几代人的教育。单独一代人身上不可能有任何效果。"从某种意义上来说，乔治·吉辛的论断是有道理的，因为"背得滚瓜烂熟的历史要素和支离破碎的科学知识""并非真正的知识"。的确，所谓"真正的知识"，我猜想应该是"贵族知识分子"所标榜的那种与生俱来的"贵族精神"吧。因为，在乔治·吉辛看来："人群中没人明白什么是美，什么是高贵。他们对落日和展出的古代塑像铸件视而不见，'对艺术和自然的光辉漠不关心'。""吉辛审视着他们的堕落，绝望地感慨：'自人类形成以来，世界何曾有过比这更让人悲哀的场面？'"这种悲观的原因不是全无道理的，但是，这又完全取决于大众的受教育程度。

所以，乔治·吉辛的作品又流露出了对底层大众痛苦生活的深深同情和怜悯，油然而生的社会负疚感和厌恶大众的本能纠结在一起，使他对大众的教化产生出一种矛盾的心理。"看到那些辛劳的男女粗糙的双手，我无法不为他们的命运感到悲哀。很惭愧，我自己的命运与他们的命运有着天壤之别。"也许正是现实主义的创作方法使乔治·吉辛这样的作家克服了自身贵族阶级的"傲慢与偏见"，而产生了亚里士多德那样的"同情与怜悯"式的悲剧美学效应。当乔治·吉辛在教化大众的道路上无路可走时，他只有一种选择，那就是"'艺术'和'文化'最终将以某种方式'潜移默化地影响'大众，即把大众变成像他本人那样有品位和会享受的人"。其实像乔治·吉辛那样的知识分子们在感到大众文化空前强大的压力时，已经是不可能左右贵族文化落花流水之势了，他们在无奈中形成的这种颇有阿Q式的精神胜利法却不能阻挡美国文化，即大众文化对大众的真正潜移默化的教化。像乔治·吉辛这样的理想主义的贵族知识分子所期望的那幅大众教化的美丽图景，却是永远不会出现在世界的地平线上了："天才的创造——如一幅美丽的画卷——可能看上去只能愉悦富有的业余艺术爱好者，但事实上，'它却能渗透社会的每个层面'，并'潜移默化地影响所有的大众'。所以艺术家是真正的社会工作者。'没有拉斐尔的作品，我们的文化就不会是现在这个样子。'"一方面是对大众和大众文化的谩骂，以及对大众教化的彻底失望；另一方面又是对大众的同情和对大众教化的憧憬。这样的悖论出现在那个贵族知识分子行将灭亡的时代是不足为怪的，历史已经证明大众文化以其摧枯拉朽之势潜移默化地改造了几代人。具有讽刺意味的是，它不仅改造了底层的大众，而且也像乔治·吉辛所说的用几代人的工夫改造了贵族知识分子，让他们在大众文化的辐射下彻底臣服进而改变其贵族的价值观念。比如对电影的欣赏，好莱坞的出品使贵族知识分子也如痴如狂。尽管大众文化带有它与生俱来的诸多细菌和病毒，可是每一个阶级或阶层的人都得将它当作文化的主粮而食用，例如电视就一度几乎占领了人类精神食粮的全部市场。

乔治·吉辛通过他的小说《我们的朋友查勒坦》里的骗子戴斯说

出了一个荒谬的理论："工人阶级为了他们的利益，将让他们生理上的优胜者来统治他们。戴斯把自己看作'天生的贵族'……他解释说，科学已经使民主过时，达尔文理论证明了'自然选择'的优越性。他还羡慕尼采'对普通人的公开蔑视'。"乔治·吉辛还在其小说《解放了的人》中，借骗子超人克利福德喊出了"大众永远无法被教化"和"民主就是无知和野蛮"的观点。乔治·吉辛在给朋友的信中表达了他的希望："将来有一天，这个世界会在知识贵族统治的基础上重建。"然而，乔治·吉辛那样的知识分子们忽略了一点：现代知识分子的职责和使命从来就不是为了统治别人，而是永远坚守自己的批判性，对社会的不合理现象进行无情的批判，以此来推动历史的车轮前进。在这一点上，现代知识分子和传统的贵族知识分子有着本质的区别。

总之，可惜的是，文化发展的历史不以乔治·吉辛那样的知识分子们的意志为转移，它在百年的进程中，投向了大众的怀抱。资本主义的民主尽管带有它的欺骗性和虚伪性，但是，它毕竟成为人类历史不可遏制的潮流。

消灭大众的两难选择和现代乌托邦的幻影

约翰·凯里用了两个章节来阐释 H.G. 威尔斯在面临大众和大众文化的时候那种文化理念的两难抉择，我以为他是沉浸在这样人格分裂般的矛盾中的：当他进入理性王国的时候，他就异常清醒地意识到，消灭大众是贵族知识分子义不容辞的职责和义务；然而，当他进入了创作的感性世界的时候，他往往会陷入一种情感和理智的纠结和两难选择之中而不能自拔，同情和怜悯的人道主义情怀占据了上风，使他企图去改写大众。

约翰·凯里在第六章用《力图消灭大众的 H.G. 威尔斯》作题，阐述了消灭大众的种种理由。也许，当我们一看到这个题目，就会嘲笑这个叫 H.G. 威尔斯的人是多么愚蠢、多么可笑，甚至是多么的无知。但是，请不要忽视他的理论中的许多合理性。首先，是 H.G. 威尔斯对世界人口爆炸带来的灾难的预测："新生儿的过度激增是十九世纪的根本性灾难。"H.G. 威尔斯在其著名的著作《现代乌托邦》里说："从人的舒适和幸福的角度来看，伴随人类的和平、稳定和进步而发生的人口增长是生活中最大的敌人。"同时，他还在其著作《公开的阴谋》里尖锐地指出，东方人和非洲人过度的繁衍"阻碍了任何意义上的人类进步"，以及"低级人口还在继续增长，他们在生理上和精神上都较为弱小，有碍文明的机械发展。""在这些'大西洋资本主义制度之外的衰民'中，几乎找不到一个聪明人，能领悟他的世界改进方案"。的确，这样的理论警钟，即便是在人类科学技术迅猛发展的今天，也仍然是先进可取的，包括他认为，"人类不负责任的繁殖对生态造成了破坏。早在大家普遍理解这一点之前，威尔斯已经认识到，其他物种的生存环境遭受了无法挽回的破坏，其他物种正在被人类鲁莽地灭绝。他总结说：'人类是生物学的灾难。'"可惜，东方各国如果合理吸收 H.G. 威尔斯的劝诫，也不至于导致 20 世纪世界人口的大爆炸。无疑，H.G. 威尔斯的这些卓越的远见是不能被当时的人接受的，尤其是像印度，其人口的急剧膨胀，不仅给本国带来了灾难，同时也给世界带来了灾难。所有的这些，足以证明 H.G. 威尔斯的理论是大体合理的。你不能不说他的理论在那个时代是具有高瞻远瞩的见地的。其实他所描述的灾难前景在其后的两个世纪里仍然延续着，这样的灾难没有总爆发，并非得益于马尔萨斯的人口理论，即通过疾病和战争来缓解人口的增长，而是得益于通过过度发掘地球资源来满足人类的物质欲望。

毫无疑问，H.G. 威尔斯的人口灾难的理论是正确的，但是，他试图用极端的方式来解决人口问题的理论却是十分荒谬的，也是反人类、反文化和反人性的："一个国家如果能最坚决地精挑细选、教育、绝育、输出或毒杀深渊里的人，那么它将走向昌盛。"显然，这个理论来源于马尔萨斯和达尔文，H.G. 威尔斯为之找出了一个合理的理论通道"他们将有一种观念，可以把触觉视为有价值之举"，"如果一个人不能快乐地不妨碍他人地生活，那么他最好去死"。所以这样的理论也给法西斯的纳粹提供了"消灭低级种族"而发动战争的理由。H.G. 威尔斯所梦想的"新共和国"是建立在消灭所谓劣等人种、保留高贵的优质人种的理论基础之上的，他把人类与一般的物质等同，采取优胜劣汰的方法进行处置，不能不说他的观点相当于在去人性化的心理状况下，异常冷峻地对人类实施屠杀政策。

对大众文化所产生的旅游业、报业和广告业的无情抨击，是 H.G. 威尔斯大众文化理论的重要方面。1911 年他在自己的作品中讽刺了把卡普里小岛"变成了一个巨大的旅馆"的行径，同时抨击"大众文化为广告工业带来了新的活力"。H.G. 威尔斯认为，"胃药、泡菜和肥皂等公共广告不仅看起来很低俗，还破坏了乡下的风光，并传播了一种奢侈与低级的消费主义风气，令人气愤"。而其对报业的抨击则更甚，认为"流行报纸是'一服毒药'"。所有这些，足以表明 H.G. 威尔斯对现代文明的巨大抵触情绪。但是，H.G. 威尔斯所预示的世界未来景象却是非常准确的："未来世界甚至比我们现在更令人窒息地拥挤，其中没有文化的大众已陷入屈从和依附的不完全人的状态。他们是品质低劣的大众媒体的消费者，越来越多地遭到电视和广播传送的粗俗广告的轰炸。"他描绘的这种大众文化的景象，经过一个世纪的变迁，应该说是得到了充分的印证。他所说的所谓"不完全人的状态"俨然就是消费文化下"死魂灵"式的行走躯壳。这就不能不说H.G.威尔斯的预言一语中的，切中了大众文化的要害。

然而，使我十分费解的是，像H.G.威尔斯这样的文学家和理论家，为什么对女人会有如此巨大的怨恨——"与报纸相比，更诱人更难以抵挡的祸水是女人"。这是因为"威尔斯认为女人天生奢侈，喜欢沉迷于服饰、聊天和购物享乐中"。如果这样的理由还有点儿依据的话（因为她们成为大众消费文化的主体），那么，他认为女人影响了文明的进程的两点理由就显得很荒唐了："一方面，不可否认，女人无节制地生育造成了人口问题；另一方面，臭名昭著的是，女人用她们的性魅力俘获年轻男人的心并逼迫他们成婚，从而使男人被养家糊口的单调生活所束缚，就此结束了他们作为思想者的生命。"显然，H.G.威尔斯的这两点理由是很可笑的，甚至不值一驳。用他的作品《基普斯》中女主人公克莱门蒂娜的话来说："女人是吝啬的、寄生的、可怕的、虚荣的、很容易糊弄的、怕动脑筋的和爱说谎的，不像男人那样极具个性，尽管异想天开的惯例假设她们更有个性。巨大的时尚产业和化妆品之所以存在，主要就是为了赋予女人们所缺少的个性。在《婚姻》中，马乔里同样坦率地说道：'我们女人是什么？一半是野蛮人，一半是宠物，充满贪婪和欲望而无所事事的东西……确实是女人对物质的渴求毁灭了人类。'"所有这些谬论完全建立在H.G.威尔斯那样的知识分子们盲目地将女人置于低等人种的理论基础上，这种性别歧视完全是毫无科学根据，也是不合逻辑的荒谬理论。且不说他所列举的种种女人的弊病男人身上也都具有，像造成人口泛滥的罪过让女人来承担也是够荒唐的了，因为繁殖的主体是男性，而非被动状态下的女性。同样，从政治文化学的角度来看，社会的话语权始终掌控在男性手中，女性始终处于被动的地位，一切罪行的根源在谁，就应该由谁来承担主要的责任，这是人类法律的基本常识。而 H.G. 威尔斯那样的知识分子们为什么会屡犯这样的常识性错误呢？其要害就在于他们始终站在一个传统的贵族知识分子的角度来看问题，用陈腐的集权观念来俯视女人，将她们视为附属品。从他们对待女人的态度和立场上，我们就可以清晰地看到现代人文知识分子与他们根本的不同。在 H.G. 威尔斯的作品《解放的世界》中，那个哲学家克伦宁提出的两个荒谬的警告是发人深思的："现代世界没有'性的女主角'的立足之地，女人必须停止卖弄她的性特征"；"如果女人对我们来说太多了的话，我们将会把她变成少数者"。幸运的是，世界历史没有听从 H.G. 威尔斯那样的知识分子们的理论召唤，否则，这个世界将阴阳失调，人类又会陷入另一种毁灭的境地。

我不知道当下的一些女权主义者们看到这样的论调会有什么样的感想。但是，我们不得不佩服 H.G. 威尔斯是一个伟大的艺术天才，他的想象力之丰富已经超出了同时代人的思维空间。我认为，他的想象是超越时空的，是理性思维与感性思维完美结合的一种特殊而伟大的典范，他的许多科幻小说可以说跨越了百年的时空，成为未来人类现实生活的镜子和摹本。他的观点虽然反动，但是他的艺术想象却是无与伦比的伟大。他能够在一个世纪前就预测到人类今天的生活状态，比如，他在 1914 年发表的《解放的世界》里就预见到核爆炸和原子战争，这使得"参与广岛爆炸计划的科学家之一的利奥·施泽纳德曾表示，他第一次想到连锁反应就是他读完这本书之后。故事中的原子爆炸在二十世纪五十年代后期毁灭了世界上的大多数首都，杀死了几百万人。经济和工业瘫痪，政府崩溃，霍乱和蝗灾后的饥荒使印度和中国的人口锐减，从而解决了《展望》中令威尔斯烦恼的'大批黑人、棕色人种、肮脏的白人和黄种人'在地球上的存在问题"。这就是 H.G. 威尔斯所设想的"现代乌托邦"。正如约翰·凯里所言："他的小说的发展表明：毁灭比进步对他有更强的吸引力。削减世界人口成为他的一种妄想。在幻想中，他一次又一次越来越疯狂地对破坏了的布鲁姆利的郊区延展进行了可怕的报复。"

但是，问题并非如此简单，H.G. 威尔斯的内心矛盾也是不容置疑的。所以，约翰·凯里用一个章节《H.G. 威尔斯的自我对抗》专门描述和阐释了其矛盾心理："作为一个作家，威尔斯的伟大不仅在于他有强烈的爱憎，还在于他的爱憎具有双重的想象。他几乎总有两种思想倾向，使他拿不出一个解决问题的起码方案。于是，正如我们所看到的那样，他构想的乌托邦似乎开始动摇，朝反面乌托邦转变，使我们不能再确定事物的发展。"在 H.G. 威尔斯的许多作品中，他对自己所提出来的大众文化理论进行了自我颠覆。比如对视如恶魔的"郊区"意象的修正，在他的"现代乌托邦"里，郊区是一个"奇特社会新生事物"，且"郊区并非在自然之外，而是自然的一部分"。最令人费解的是，他对被 H.G. 威尔斯那样的知识分子们一直抨击为十恶不赦的大众文化中最坏的东西——广告，也进行了褒扬："实际上，威尔斯觉察到，广告者和小说家很相似，出卖的都是幻象，并都能给原本可能空洞的生活增添色彩和趣味。"他甚至认为"广告事实上是一种现代教育，它教的东西是中学和大学教的十倍。'我认为现在的学校的唯一作用就是使人们能读懂广告。'"由此可见，H.G. 威尔斯的这种自我矛盾心理，一方面来自憧憬着的乌托邦幻象；另一方面来自他对人类科学技术的历史进步的无可奈何。所以，我们在他的众多作品中仍然可以看到他对大众的仇恨与诅咒："我讨厌庸人，这群白痴践踏了本可以耸起我那白云缭绕的山峰的土地。我对人厌烦到了无法形容的地步。把他们带走吧，这群张着嘴、臭气熏天、互相轰炸、互相射击、互切咽喉、趋炎附势、不断争吵、笨拙卑劣和营养不良的乌合之众，赶快把他们从地球上消灭吧！"（这是 H.G. 威尔斯借《星球制造》中凯珀尔教授之口说出的人类学观点）读到这里，我就很自然地联想到鲁迅笔下的阿Q式的大众。如果说19世纪末和20世纪初的欧洲贵族知识分子的大众观多多少少对中国近现代知识分子有所影响的话，那么他们的区别在哪里，才是我要探讨的问题。

其实，我并不在意 H.G. 威尔斯那样的知识分子们这种观点的荒谬性，而更多的是想到它所衍生、嬗变和延伸出来的观点——"国民性"的批判问题。中国现代文学的逻辑起点就在于对国民劣根性的批判。的确，每个国家、每个民族都会有这样共同的民族劣根性，问题就在于是"改造他们还是消灭他们"，这是人性与非人性的根本区别。仅仅用"哀其不幸，怒其不争"来解释这个命题是远远不够的。无疑，鲁迅在这个问题上是一个彻底的悲观主义者，"两间余一卒，荷戟独彷徨"之无由彷徨，其实是无路可走，而非"唯我独醒"式的探路。好在中国现代文学的主要先驱者们还没有像 H.G. 威尔斯那样的知识分子们那样提出"消灭大众"的主张，尽管当时也有极少数留洋的人文学者有纳粹文化观念的倾向，但毕竟不入主流，就是因为"五四"文化和文学是建立在强大人性的人文意识基础上的，这个根基不动摇，就不会出现"消灭大众"的极端观念占据主流的现象。也许，这就是"五四"文学艺术值得庆幸的地方。

另一个值得注意的问题就是对待知识分子的态度。"五四"文化的先驱者们多是采取怀疑的态度，也就是说，他们形成了一个很好的传统，那就是对知识分子永远保持一种警惕的自我批判，在不断的自我反思中获得进步的力量并去除自身的弊端。就此而言，这种态度、传统和 H.G. 威尔斯所宣称的知识分子逻辑恰恰就形成了反差："知识分子必须变成'世界的主人'，去直面'人类大众的慵懒、冷漠、反抗和天生的敌视'，促进文明的发展。"这个论点无疑又要涉及英雄史观的问题讨论了。H.G. 威尔斯将知识分子的作用夸张到他们拥有主宰世界的地位，只能导致这个主体变成一个毫无作用的假象。君不见欧洲的这些贵族知识分子最终只听命于一个领袖的召唤吗？说到底，根本问题就在于他们在封建制的思维框架中去思考问题，而现代知识分子与他们的本质区别就是永远保持一种独立的批判立场，对社会和政治发出自由独到的见解。他们的真正目的不是要和什么人、什么权力体制过不去，而是针对某个事物进行客观而无情的批判，为人类历史的进步做出贡献。当然，它在某种程度上，也就是扮演人类"精神警察"的社会角色。这就是 H.G. 威尔斯那样的知识分子们所要解决的"个体与秩序"之间的对立矛盾问题。

H.G. 威尔斯作为一个伟大的科幻小说的先驱作家，他所创造的"现代乌托邦"世界是美好的："人类将合理地生活在一个没有污染的地球花园中，人口将被控制在 20 亿安全限度以内，教育将消除宗教、贫困、战争和疾病将一去不复返，世界上的森林将重生。生物研究将增加植物的多样性，动物物种将在不对人开放的巨大野生公园里得到保护。"(《未来事物的面貌》)这样一幅十分超前的社会图景，正是人类可望而不可即的理想。但是，它需要付出怎样的代价呢？这一点使 H.G. 威尔斯产生了巨大的疑惑，他希望通过消灭大众来抵达他理想的"现代乌托邦"，但是在具体的创作过程中，他又不能左右自己的思想。这也许就是创作方法大于世界观的文学原理所在吧。

H.G. 威尔斯在作品中反对强权的压迫，但是他又制造着强权理论，正如约翰·凯里对他的小说和他的理论所总结的那样："他没有佯称：人类可以在避免大量死亡和痛苦的情况下获得进步，而必须消灭一些类型或一些种族的人。他承认，在人类获得幸福之前，必须有个过渡时期，由统治阶级精英在许多年内专横地强制实行'严酷的制度化'，其后便会出现一个崭新的世界。"也许，希特勒式的法西斯纳粹"第三帝国"的屠杀理论就在此中找到了根据。和尼采的理论相同，它们往往成为人类的一副毒药。H.G. 威尔斯那样的知识分子们所提出的人口太多的理论已经被百年的历史证明是准确的，但是，他们所提出的最终解决方式却是绝对错误的。大众只有通过教育才能提高文化素养，H.G. 威尔斯那样的知识分子们的灭绝理论从理性上来说，无疑是一个消极的方法，何况它又是完全失去了理性的非人性的思维。

"知识分子"与"大众"的沟壑能够填平吗?

也是在同时代，出现了一个与这群贵族知识分子完全不同的文学艺术家。他出生于小商人之家，正因为他的作品放弃了知识分子的"艺术的孤傲"而投入了大众文化的怀抱，而受到了弗吉尼亚·伍尔夫和克莱夫·贝尔以及罗素、T. S. 艾略特等一大批贵族知识分子的嘲笑与诟病，他就是阿诺德·贝内特。他成为那个时代传统贵族知识分子中的叛徒，因为，"他始终认为：作家辛勤创作的根本目的，是为了获得'食物、住房、衣服、女人、欧洲旅行、好马、剧院雅座、名烟和餐馆的美妙晚宴'，他正是认识到这一点，才一步步青云直上，他说：'我想有成堆的钞票，我要给我的书做广告宣传。'事实上，就连他的书评，也严格遵循着商业模式运作"(《作家的真谛》)。这一赤裸裸的公开宣言直接宣告了他写作的商业化本质特征，不用说在百年前的欧洲贵族知识分子面前要承担多大的压力了，即便是在今天也同样会招致许多道貌岸然的作家、艺术家，以及批评家的诟病。尽管谁都知道大众文化时代的商业化本质已经是无处不在了，中国文学艺术这20年来走过的不正是这样表里不一的、充满着悖论的道路吗？作家和批评家们一方面对大众文化的商业本质表示不屑并予以抨击；另一方面，从具体的操作层面，又不得不屈服于商业化的巨大资本市场的诱惑。但谁也不敢像阿诺德·贝内特那样敢于直面大众文化，敢于真诚地说出自己对金钱的热望，从某种程度上来说，他戳穿了百年来许多作家和艺术家虚伪的面具。

在阿诺德·贝内特看来，"他和他的同时代人迎合的都是中产阶级读者的趣味，而中下层读者大众，'如果他们得到巧妙的培养和改造'，他们将在数量和质量上都远远超过那些中产阶级读者。"无疑，从主观上来说，阿诺德·贝内特关注的是他作品的市场效益，但是，他却触动了百年来争论不休的一个知识分子与大众的核心问题，即文学艺术究竟是为什么人服务？其实这也是一个十分吊诡的悖论：一方面，阿诺德·贝内特提出的扩大文学艺术的受众面是文学艺术"可持续发展"的必由之路，绝对是毋庸置疑的真理所在；另一方面，文学艺术也绝不可以降低到"为工农兵大众服务"的低水平的创作之中。那么，解决这一悖论只有一条途径，那就是通过教育来提高大众对文学艺术的阅读能力和欣赏水平。所以，阿诺德·贝内特对此抱有足够的乐观态度："教育的普及将弥补英国文化中的裂隙。'真正的领袖的思想与普通大众的思想之间的沟壑，正在而且必须逐年缩小。'"无疑，阿诺德·贝内特看到的是教育的巨大作用，19世纪末和20世纪初的大学教育还没有像今天这样普及，所以提高大众的文化素养和素质是一个奢侈的愿望，但是，阿诺德·贝内特能够看到这是填平沟壑的一条必然途径，已经很了不起了。

需要强调的是，阿诺德·贝内特的大众文化的理论并非建立在降低文学艺术作品的质量上，他甚至在推动文学艺术不断向更高阶段发展方面做出了巨大的努力。他通过书评推出了一大批作家："事实上，他把屠格涅夫的《前夜》评为'全世界最完美的小说典范'，把《卡拉马佐夫兄弟》《帕尔马修道院》和《罪与罚》评为'世界上最令人叹为观止的作品'。他对陀思妥耶夫斯基的热情称颂使康斯坦斯·加奈特深受鼓舞，以至着手翻译其作品。他对契诃夫的崇拜，使《新时代》在他的影响下开始发表契诃夫有代表性的短篇小说。当《樱桃园》在伦敦首次上演并引起观众反感时，贝内特极力为该剧'大胆的自然主义'辩护。贝内特最推崇的法国作家包括马拉美、瓦雷里和纪德。早在一九〇八年，他就看出了康拉德的才华，后来利维斯才把康拉德写进《伟大的传统》中。贝内特还认为 D. H. 劳伦斯'无疑是较年轻学派最出色的作家'。当《彩虹》一书于一九一五年遭禁时，只有两位作家公开表示抗议，贝内特就是其中之一。他对 T. S. 艾略特、普鲁斯特、詹姆斯·乔伊斯、E. M. 福斯特和阿道斯·赫胥黎等，都表示支持或维护。他甚至极力宣传当时默默无闻的威廉姆·福克纳。"和那些贵族知识分子相反的是，阿诺德·贝内特对攻击他的这些大师们毫无偏见，客观地去评价他们的作品和文学贡献。所有这些都表明了一个现代知识分子作家应有的坦荡胸怀和客观大度的批评态度。这不仅是因为他对艺术批评毫无偏见，也不仅是因为他对艺术有独到的洞察力，而且是因为他克服了传统批评家们偏执和狭隘的"贵族眼光"，采用了辩证唯物主义的批评方法。就这一点来说，倒是我们今天的许多批评家应该在大众文化爆炸的时代里感到羞愧！

　　阿诺德·贝内特的聪明之处就在于他知道怎样去告别那个垂死的时代和那些行将灭亡的传统贵族知识分子的陈腐观念："要使自己适应

这个世界，不再悲天悯人，因为这个世界不会去主动适应他。"（《埃尔西和孩子及其他故事》）阿诺德·贝内特和贵族知识分子的根本分野就是自己明白大众文化的效应将是历史发展不可阻挡的潮流，所以他毫不留情地驳斥了贵族知识分子对报刊的蔑视，他甚至认为"报刊也是艺术，并对知识分子担忧的'英国报业的逐渐美国化'表示欢迎"，因为新闻工作者也具有"孩子般无穷无尽的惊奇和赞赏的眼光"（《妇女杂志：实践指南》），一篇好的政治讲演也会有"一种艺术感知的愉悦"（《克雷亨格》）。"此外，贝内特还谴责知识分子对大众的歧视，认为那是一种死气沉沉的故步自封，不是能力强而是能力弱的表现——一种愚笨迟钝的麻木不仁，背离了每个生命错综复杂和丰富多彩的特性。他认为，艺术家超常的艺术感知力并不应该与大众背道而驰，而应该期望大众，或者说把那些受尽歧视而不得不隐藏在社会底层的生命，作为自己天然的扶助者。"

正因为阿诺德·贝内特希望填平知识分子与大众之间的沟壑，他才会在自己的作品中既美化知识分子，同时又拔高平民大众。所以约翰·凯里对有些人仅仅将阿诺德·贝内特说成"社会问题小说家"不满，约翰·凯里认为阿诺德·贝内特的作品提供的主题有更深刻的人类生物学和政治学意义的内涵："由于他把填补上层社会与下层民众之间的沟壑作为目标，他必须发现比社会问题更为广泛和永恒的主题——一个对各个知识和文化层面的人都有意义的普遍主题。"这个主题究竟是什么呢？约翰·凯里在对大量的作品进行分析之后才给出了这样的回答："他借助他的生物学视点来反对精英主义——让我们相信人类的基本一致性，尽管社会地位和教育程度可能有所不同。他还坚信：每个人都是绝对独一无二的，特别是那些看似微不足道的人，这一点也和他的反精英主义相一致。"如果仅凭反精英主义就可以填平知识分子和大众之间的沟壑，那么，文化历史的发展就不会如此曲折和丰富了。

其实，在阿诺德·贝内特的心灵深处也同时潜藏着"艺术永远是少数人的专利"的无意识，这个悖论是一道艺术理论的世界性难题，至今没有人能够给出最圆满的答案。同样，阿诺德·贝内特也认为，"文学知识是完美生活必不可少的部分。成千上万对文学一窍不通的人，误以为自己活得好好，殊不知'没有文学，人就看不清，听不明，感觉不全面'"。"贝内特的困境也就是所有知识分子的困境——知识分子都憎恨和否认他们的孤高，同时又太珍视文学，总以文学的缺失是一种残缺为借口。贝内特不相信文学的价值仅仅是虚幻的，大众喜欢的东西可能与少数人的选择一样好。他教导人们：经典作品之所以经典，是因为它们吸引了善于判断是非的'充满激情的少数人'，大多数人的喜好总是次要的。如此相信知识分子的正统思想的贝内特，与接受大众生活关照的贝内特，似乎判若两人。这是因为贝内特的小说设计目的在于：填补横亘于他自己和那些他因为自己的知识分子正统思想而与之疏远的人之间的沟壑。"我以为，约翰·凯里说的只是表面现象而已，而正是那只看不见的手——深入骨髓里的艺术至高无上而永远属于少数人的情结——始终主宰着知识分子的灵魂。即便他再无偏见地接受大众和大众文化，也逃脱不了内心的自恋情结。同时，就中国文学界的情况而言，即使是经过了几十年"为工农兵大众服务"思想熏陶的作家和批评家们，包括我本人在内，还是很难克服这种"万般皆下品，唯有读书高"的知识分子的优越感和持有艺术天赋精神特权的想法。这种理性和感性的悖论还将永远延续下去，我不知道这个难题有谁能够解开。

艺术与强权之间难以切割的纠葛

这个题目看起来很刺眼，但是它不仅是约翰·凯里所要求证的一个命题，也是我近几年来试图破解的一个谜团。毫无疑问的是，约翰·凯里之所以用最后一章《温德姆·刘易斯和希特勒》煞尾，是有其深意的。

其实，我对刘易斯吹捧希特勒的言论并不感兴趣，我倒是对"阿道夫·希特勒的知识分子计划"更有兴趣。我们得承认希特勒也是一个知识分子，而且是一个地地道道的艺术崇拜狂，"希特勒和知识分子同样坚定地相信被知识分子视为伟大艺术的永恒价值"。他对大众所喜好的"淫秽文学、艺术垃圾和戏剧性陈词滥调"感到痛苦，并且也谴责向大众散布毒素的"下流的报章杂志"和电影，"希特勒本人确实具有知识分子的倾向。他从图书馆成打地借有关艺术、建筑、宗教和哲学类的书回家，并常把尼采挂在嘴边，还能整页地引用叔本华的著述。他对塞万提斯、笛福、斯威夫特、歌德和卡莱尔的作品十分欣赏，并对莫扎特、布鲁克纳、海顿和巴赫等音乐家非常钦佩，甚至把瓦格纳当作偶像。在绘画方面，他对那些古代大师，尤其是伦勃朗和鲁本斯的成就也是拍手称赞"（《我的奋斗》）。他也和英国的贵族知识分子持有同样的态度，即"对美国粗俗物质主义的轻蔑"，并且"他坚信艺术比科学或哲学更高级，更有价值，比政治学更永恒。'战争过后，唯一存在的是人类天才的杰作。这就是我热爱艺术的原因。'音乐和建筑记录了人类提升的道路。没有任何东西能取代伟大的画家或诗人的地位。艺术创造是最高的境界。一个国家的内在动力就源于对天才人物的崇拜"。这些出自希特勒《我的奋斗》中的话语，不能不说有其理论的合理性。但是我要追问的是，为什么希特勒会无限夸张艺术的功能，将它置于人类、国家和民族精神的最高境界呢？其答案就在于"对天才人物的崇拜"。一般来说，东西方文明社会都不会把尚武作为人类精神追求的终极目的，只有艺术才是天才创造的文化历史，缘此，对艺术的崇拜就是文化崇拜的代名词。由于希特勒坚信，雅利安民族之所以伟大，就是因为她创造了伟大的艺术，造就了伟大的艺术家与作家，是"上帝创造物中最高贵的形象"（《我的奋斗》）。用约翰·凯里的话来说，"这当然是知识分子借助上帝的艺术偏好来支持他们自己优越地位的一种策略的变体"。

和希特勒一样，那些老旧的西方知识分子只有把自己置于贵族的地位上，才能有效地去消灭他们想象中的大众和大众文化。他们不是站在人性的立场上，而是立足于所谓人类生物学"优胜劣汰"的达尔文主义观点来对待"大众"，所以才会有惨绝人寰的大屠杀之举；因为"在这个方面犹太人可以说是代表了最基本的大众，他们完美地继承了二十世纪初知识分子杜撰的大众人的特征。他们在希特勒的神话里，作为一个无组织的庞大的低级人种，成了各种非人活动所针对的理想目标，大众概念的产生正是为了证明这些非人活动的合理性"。此外，"视犹太人为大众也使灭绝犹太人的企图变得更加简单。一旦人们接受了最初的提议——犹太人不是完全活生生的人，而只是大众，那么大规模地流放、毁灭和焚化犹太人，并用他们的骨灰大规模生产肥料，所有这一切就都有了合理性。在这个意义上，大屠杀可以被看作最大限度地控诉了大众思想和二十世纪知识分子对大众思想的接受"。约翰·凯里的这段话可谓鞭辟入里，但将这所有的罪行仅仅归咎为艺术和贵族意识，可能还是肤浅一些了。就此，我们似乎需要考虑这个问题：希特勒纳粹思想与艺术相连，而艺术往往又和左派激进思想交织，这些习焉不察的现象难道不正是我们今天需要深刻反省的世界性的知识分子命题吗？

"希特勒赞美独特的天才，批评马克思主义'断然否定个体的自我价值'。"希特勒对灭绝其他人种的偏执、对土地和"健康的农民阶层"的崇拜，以及试图在乌克兰和高加索地区建成"世界上最可爱的花园"式的有组织的集体农庄的憧憬，我对此并不感到惊讶。而使我感到震惊的却是，"希特勒关于大众的幻想中与知识分子的普遍模式相一致的另一个方面是：他把大众分成了资产阶级和工人。对于前者，他和所有知识分子一样持鄙视态度；而对于后者，他（像一些左翼知识分子一样）对他们表达了深深的崇敬。他声称纳粹运动绝不能指望'没有思想的资产阶级选民'，相反，它将利用'工人大众'，减少他们的痛苦，并提高他们的文化水平。资产阶级是愚蠢的、懦弱的和拘谨的，而工人是高贵的"。他还在埃森的克虏伯钢铁公司的工人身上看到了"留有贵族特点的印记"。尽管希特勒和贵族知识分子们将大众以国别、民族和人种加以区分，但是，将他放在阶级的天平上进行衡量却使我大大地意外。显然，希特勒痛恨资产阶级是因为他们制造了工业文明和商业文化，为诱惑大众走入魔境提供了充分的资源，这一点是不难理解的。然而，希特勒一方面诋毁马克思主义和社会主义对犹太大众的教化，另一方面，又竭力地赞美工人阶级，这是和资本主义的价值观完全背道而驰的左派观点。但是，他的观点难道和马克思主义的无产阶级价值观相同吗？答案却又是否定的。因为，希特勒和欧洲的那些老派的贵族知识分子是站在封建君主制的价值立场上来反对资本主义文化的，他们想将历史的列车拉回到贵族集权统治之中。而马克思主义却立足于无情批判和抨击资本主义在自身的发展过程中所存在着的种种弊端，使之更加人性化地克服缺点，让社会朝着人类发展的正确轨道前行。这才是一个真正的现代公共知识分子的眼光和应有立场，这就是现代知识分子和封建贵族知识分子之间的根本区别所在。所以，西方的马克思主义学者得出的结论是，马克思主义从根本上是一种人道主义的理论和方法，其剩余价值的发现克服了人类在资本发展中的种种非人道主义的因素，从而走向良性循环的道路。同样是维护工人阶级的利益，希特勒是为如何驯化工人成为贵族群体中的奴仆或一分子而奋斗，而马克思却是站在工人阶级自身的立场上来向资本主义世界讨要公道，是无产阶级向资产阶级发出的争取利益权力的宣言。就此而言，我以为，希特勒和马克思的根本区别就决定了他们的思维起点和所运用的方法的区别：希特勒是站在贵族知识分子所谓的"艺术至上"的立场上来诋毁，甚至是消灭大众；而马克思却是站在大众的立场上来对人类社会的"历史的必然"做出合理的判断，这是一个现代知识分子所必须具备的底层意识。虽然工人阶级还有许多值得批判的缺陷，但是，这和希特勒式的封建君主意识是相悖的，同样是"解放"，其目标却是大相径庭的，同样是对资本主义的仇恨，出发点却有天壤之别。

于是，我们的许多人在没根本弄清楚其中之悖论的奥秘时，就盲目地提出种种崇尚艺术的过激理论，很容易落入像希特勒那样的知识分子们所设计的理论圈套！一味地强调艺术至高无上的强权，过分地夸大大众文化在其发展过程中的种种弊端，以此来贬低和诋毁大众文化，从某种意义上来说，是有严重问题的。尽管大众文化的许多弊病是可以批判的，但是，出发点却需要甄别。正如约翰·凯里说的那样："希特勒最信奉的是至高无上的'高尚'艺术，永垂不朽的希腊雕塑和建筑，具有卓越价值的古代大师之作和经典音乐，登峰造极的莎士比亚、歌德和其他一些被知识分子们公认的伟大作家的作品，以及激发所有天才创造并使其有别于大众低级娱乐活动的神圣火花。他鄙视'下流的报章杂志'、广告和'电影胡扯'，支持贵族的原则，并把女人和孩子比作'愚蠢的多数'。这些都是本书①读者轻易就能从知识分子的言论里发现对应之处的另一些特点。对这样的读者来说，他对大众的种种改写——该灭绝的低级人类，没有思想的资产阶级群体，高贵的工人，农民的田园诗——也是我们熟知的知识分子的设想，《我的奋斗》的可悲之处在于，它在许多方面没有偏离标准，而深深根植于欧洲知识分子的正统观点。"这段话启发我们思考的是什么呢？我们应该意识到，约翰·凯里所说的欧洲知识分子普遍存在的这种所谓"正统观点"，在中国许多自称为现代知识分子的群体的头脑中也同样存在。如何看待这个问题，已然是一个不可忽视的价值理念的问题了。

首先，对那些归属于"高尚艺术"的人类文学和文化遗产，我们是应该崇敬和膜拜的，但是，将它们和大众文化进行完全的对立也是荒唐的。大众文化需要去其糟粕，但是用其精华更为重要。百年来的文化发展历史证明了被希特勒他们所否定的报刊并没有走向衰败，而是越来越成为人类认识世界、获得信息和汲取知识的不可或缺的媒介；而电影业经过百年的发展，已经成为一个"高尚"的艺术门类，就像今天我们许多批评家藐视电视业没有什么文化含量那样，但未来它的发展前途是任何力量都不可阻止的，人类历史的进步并非是守陈的知识分子所能左右的。

其次，即便是"改写大众"，将他们培养成艺术欣赏的贵族——无非有两种途径，一是消灭大众，二是教育大众——也改变不了人类的生存方式，因为艺术终究不能替代人类科学技术的进步，也不能成为

---

① 指希特勒的《我的奋斗》。——笔者注

指导人类进步的价值观。

总之，艺术可以提升人类的精神生活，这是不容置疑的，但是将它作为一种解决人类一切生存和发展问题的仙丹妙药，则是一种逻辑上的错误，如果再将它提升到毁灭人类大众的理论上，就是十分荒唐的反人性的谬论了。当然，反思大众文化的种种弊病也是刻不容缓的事情，但它是另外一个话题了。

不是总结的总结

约翰·凯里在其"后记"中首先就是以弗吉尼亚·伍尔夫在疯狂和自杀前的 1941 年 2 月 26 日的日记中对周围庸俗女人的愤怒描写开始对贵族知识分子的批判的："知识分子笔下的大众形象常常是一种愤怒、厌恶和恐惧的刺激，因为大众不能与知识分子愉快地共处，虽然他们给予知识分子一种最低限度的愉快感觉，能让知识分子确信他或她与众不同。"所以，像赫彭斯托尔那样的言论也就不奇怪了："对于整个人类，包括阿拉伯人和混血的爱尔兰人，如果仅仅按一下电钮就可以解决掉他们的话，我会高兴地实行彻底的种族灭绝。"（《古怪的大师：赫彭斯托尔日志，一九六九——一九八一》）他们所预测的世界大战后的人口下降会带来人类福祉的理论并没有如愿，恰恰相反，第二次世界大战后，世界人口并没有控制在他们预想的十亿，至今已经繁衍到七十亿以上。但是，大众文化的发展却意外地满足了人类的物质需求，还在报刊和影视媒介的喧闹之中获得了自足性的精神满足，虽然其文化的品位有待提升。人类并没有因为贵族知识分子的想象而进入那样的世界末日，也就足以证明他们的预言和宣判是无效的。好在中国并不存在约翰·凯里所描述的这种知识分子的"正统观点"占据理论高地的情形。如果说"五四"前后的知识分子还或多或少地受了一些欧洲知识分子"正统观点"的影响的话，那么，从 20 世纪 40 年代开始，我们的工农兵大众文学艺术的规训就彻底消除了知识分子对贵族文学艺术的崇拜，使之成为"不齿于人类的狗屎堆"了。后来的几代知识分子，更是想在自己的血脉中离开"阳春白雪"的遗传基因，转而崇拜"下里巴人"的文学艺术欣赏趣味了。这是幸还是不幸的悖论问题暂且不表，我要回到的是问题的原点。

所有这些，仍然还不是我对约翰·凯里理论阐释的兴趣所在，我更关注的是，所谓的"现代主义"思潮和当今中国某些文艺思潮之间的关联性问题。约翰·凯里最后总结性的阐述应该是其"后记"最精彩的段落了，他说："正如读写在'大众'中的普及驱使二十世纪初的知识分子去创造一种大众无法欣赏的文化模式（现代主义）一样，从电视和其他大众传媒获取文化的新途径，驱使知识分子发展出一种反大众的文化模式，即对现存文化再加工，使大多数人都达不到它的水平。这种模式的称谓不一，或称为'后结构主义'，或称为'解构主义'，或简单称为'理论'，它始于二十世纪六十年代雅克·德里达的作品。德里达的作品在学术界吸引了一大批模仿者和渴望被看作知识分子先锋的文学研究者。为确立其反大众的地位，'理论'必须把自身界定为与电视之类大众传媒的显著特征相反，其中最重要的是不同于大众传媒的可理解性。电视必须确保让教育程度不一定高的广大观众理解，而'理论'则必须确保不让他们理解。在一定程度上，通过模仿德里达和其他一些'理论'实践者用的词语和特殊的文字用法，'理论'成功地形成了一种让大多数以英语为母语者费解的语言。"太精妙了！约翰·凯里所总结的不仅是欧洲知识分子的心态和作为，也生动地描述了他所没有能够预料到的中国文学艺术界自 20 世纪 80 年代以来对这种"理论"生吞活剥的现象。我不明白的问题是，那些在中国倡导所谓"后结构主义"和"现代主义"的先锋批评家们，有几个真正了解欧洲知识分子的真实文化心理和他们设定的理论目标呢？抑或他们在一知半解的情况下，拾人牙慧地硬是将那顶帽子强行扣在中国作家的头上，也使一批阿 Q 式的中国作家们感到一种莫名的荣耀。我也不知道他们频频地在报刊上发表言论，以及在电视荧屏上屡屡出镜，是受了商业文化的诱惑，还是有意对德里达理论的背叛。

"在强烈反对大众传媒的显著特征的过程中，'理论'获得成功的第二点在于对人类趣味故事的反对。聚焦名人是电视吸引力能达到深广程度的一个要素，在文化报道中，它的一般形式是采访作家、演员或导演与记录有关作家及艺术家生平的传记节目，而'理论'却认为这种传记方法既微不足道又离题万里，并因此摒弃了这种传记方法。'理论'否认作家或艺术家与其作品的意义之间有确定的关系。在这些方面，'理论'与二十世纪初克莱夫·贝尔的《艺术》和奥尔特加·加塞特的《艺术非人化》等艺术论文的观点一致。如我们前面所见，这些作品教导我们，只有那些具有那样艺术情感的人，才在艺术作品中寻求人类趣味故事和其他这类'多情的不相干的事物'，而且'诗人背后的人的激情与痛苦'是堕落的大作，而不是特别有天分的少数人的视域。'理论'（我们毫不奇怪地发现，总是对尼采毕恭毕敬）宣扬的是：艺术和文学是'自我指示'或'自我发动'的——也就是说，它们与现实社会或普通人的生活毫不相干。这一观点完全与布鲁姆斯伯里集团的唯美主义者对'粗俗大众'强烈要求的'摄影般的'现实主义的恐惧相同。正是出于这种恐惧，克莱夫·贝尔把十七世纪荷兰的艺术贬损为一堆'彩色照片'。"读到这里，我首先想到的是中国在 20 世纪 80 年代兴起的所谓"现代主义"思潮的昙花一现，许多理论家和批评家在对西方理论和背景无知的境况下，简直是在中国文学艺术理论的舞台上"复制"演出了一出活生生的、并不相关的闹剧。

在约翰·凯里所列举的林林总总的西方大师级的理论家和批评家面前，我们重新回眸这 39 年中国文化及文学理论界和批评界所走过的道路，其值得我们反思的问题还远远不止这些。但愿中国的文学艺术在这一面镜子的映照下能够走好一些。

"白银时代文学"的最后回望者（一）

——解读《苏联的心灵：共产主义时代的俄国文化》
并与中国现代文学比较*

———————— ◎ ————————

引言

原美国布鲁金斯学会主席斯特罗布·塔尔博特这样评价以赛亚·伯林的信念观："以赛亚·伯林相信观念起着非凡的作用，它不仅仅是知识分子头脑里的产物，而且是制度的创造者、治国的指南、政策的制定者，是文化的灵感和历史的引擎。"我不敢说以赛亚·伯林对整个人文学科领域的贡献有多伟大，但是说他的思想观念是"文化的灵感"，更确切地说是"文学的灵感"，大抵是不错的。

在谈论这些访谈录时首先遇到的一个不可回避的问题是，以赛亚·伯林所采访和论述的这些文学家几乎都是俄罗斯"白银时代文学"

———————————————

* 本文引文均出自 [英] 以赛亚·伯林《苏联的心灵：共产主义时代的俄国文化》，潘永强、刘北成译，译林出版社，2010 年版。

的伟大作家，而且大多数都是"阿克梅主义"文学流派的中坚力量。我以为，从某种意义上来说，在这个世界上，没有哪个国家比20世纪中国历史（包括文学史）的进程更像苏联历史（包括文学史思潮）了。因此，当代著名汉学家李福清先生在《俄罗斯白银时代文学史》一书的序言《致本书的中国读者》里说出了这样的话："说中国读者非常熟悉俄罗斯文学，这话并不夸张；如果我们说中国几乎翻译了俄罗斯作家的所有作品，比其他国家翻译得都多，这说法也未必过分。"是的，从新文学运动的源头开始，我们就不缺少俄罗斯文学的滋养，当然，也不缺乏其极左文学思潮的戕害。从新文学先驱鲁迅到"左联"的无产阶级文学运动，再到中华人民共和国时期"十七年"当中的苏联红色经典文学的传播热潮，乃至后来"解冻文学"的影响，我们无不在20世纪的中国文学中找到苏联文学的影子，甚至在今天的一些老作家的作品中还难以抹去苏联文学创作方法的痕迹。但是，除了少数研究俄罗斯文学的专家以外，中国有多少知识分子知晓那个曾经辉煌的"白银文学"时代呢？用李福清的话来说就是十月革命以后"崭新的苏维埃文学的出现，遮蔽了丰富而独特的白银时代的文学"。而"白银时代文学"就是"把十九世纪末二十世纪初的俄罗斯文学称呼为白银时代的文学，用以区别普希金时代的俄罗斯文学"，我以为李福清的话只说了一半，其划界只说了上限，而没有说出下限——与1917年十月革命后的苏维埃文学相区别，才是以赛亚·伯林要在《苏联的心灵：共产主义时代的俄国文化》中表达的核心理念。在俄罗斯，也是从20世纪60年代以后才逐渐有人开始研究"白银时代文学"，尽管谢苗·阿法纳西耶维奇·文格罗夫早在1914年就在其所著的三卷本的《二十世纪俄国文学史》中将这一段文学史概括为"新浪漫主义阶段"，但是，可以看出当时的俄国知识分子在没有后来出现的苏维埃文学巨大反差的比照当中，是很难鉴别和认清那段文学史的真正本质的。

所谓"白银时代"与"黄金时代"完全是一种比附，始作俑者将拉丁文学中的公元前70年至公元18年称作"黄金时代"，而将其后的公元18年至公元133年称作"白银时代"。此种比附的结果是将19世纪中期至19世纪末的普希金时代说成"黄金时代"，而将19世纪末至20世纪20年代这段众声喧哗的时代，这个后来被苏联文学压制但逐渐为世界文学所公认的大师级人物辈出的时代称为"白银时代"。当然，也有不同看法，有人认为这段文学史甚至比普希金时代的"黄金时代"的成就还要高，所以应该称作"白金时代"！因为它产生了一大批作家和思想家，他们中还有别林斯基（车尔尼雪夫斯基在以赛亚·伯林眼里则是民粹主义者）、屠格涅夫、巴枯宁、赫尔岑（这些人被以赛亚·伯林在《俄国思想家》中称为俄国"知识阶层"）这样的批评家，当然也包括别尔嘉耶夫这样的批评家在内，还有许多我们眼里著名和不著名的作家和批评家，所有这些，构成的一支庞大的文学队伍，也足以自立于世界文学之林。

可是，我更感兴趣的问题是，俄国的许许多多的研究者对这段文学史的时间划分却各有不同的说法，最典型的分法有两种：一是将"黄金时代"一并纳入"白银时代"，使这一时期向前推进到19世纪中期；二是将其从发端时间19世纪末一直延长至20世纪60年代以后。无疑这两种分法都被许多专家否定了。但是，在19世纪末的起始时段没有异议的情况下，对其终点究竟是止于1913年、1915年、1917年还是1934年，苏联第一次作家代表大会上诸多代表的观点产生了分歧。我以为他们所遇到的问题与中国新文学开端究竟是1915年、1917年、1919年还是1912年的问题一样，不过一个是终点、一个是发端而已。但是，最终聚焦的问题乃是文学史划界的价值标准——究竟是以文学内部的变化为标准，还是以这个国家民族文化、政治、社会外部的巨变为依据来划界，亦即以微观的眼光，还是以宏观的视野来对阶段文学做一科学的判断。我以为，在俄国，十月革命无疑是宣告了一个旧时代的终结，一个崭新的无产阶级专政的时代到来 —— 请不要忘记，她的名字叫"苏联"！同样，在中国，1912年元旦宣告了最后一个封建帝国的终结，从此开始的是"中华民国"的历史（当然包括文学史在内），而我们有什么理由一定要强调以所谓的1919年的五四新文化运动为划界的标准呢？我要反诘一句：没有民国，何来"五四"？同理，没有十月革命的产儿"苏联"，何来"白银时代"的终结？正如《俄罗斯白银时代文学史》序言中所言："在暴风骤雨的历史时期，艺术的命运与社会历史的联系往往更加深刻，并且更加贯彻始终，不像在其他年代那样显得比较'平静'。"因此，我很同意普希金之家文学研究所编纂的四卷本《俄罗斯文学史 —— 十九世纪末二十世纪初的文学（一八八一——一九一七）》的划界观点。虽然"苏联时期的文学出版物，依然把一九一七年十月视为划分界限的分水岭，这种观点至今风行"有"左"倾理念包含其中，然而，不管是出于何种动机，我们仍然应该坚持以政治、社会、文化巨变为依据的大视野来看待文学史划界的观念，用研究专家瓦季姆·克赖德的话说就是，"一九一七年以后，国内战争开始"，"以个人的创作和共同的劳动创造了白银时代的大部分诗人、作家、批评家、哲学家、画家、导演、作曲家还活着，但时代本身结束了"。多么精当的描述啊！我想这也是与以赛亚·伯林一系列分析俄国文学史和作家的观点相吻合的。于是，我就想把1998年俄罗斯教育科学院院士、莫斯科师范大学教授弗·阿格诺索夫在南京大学的演讲稿中将"白银时代文学"作家分为三类的观点呈现给大家，因为我觉得他的说法是有一定道理的。

"没有解决农民命运的一八六一年改革的失败导致俄国出现了新的革命阶级，这个阶级准备把实现人民的理想——建立公正、平等和自由的社会的斗争进行到底。在政治领域，这标志着摒弃早期民粹派的启蒙运动和后期民粹派的恐怖主义，转向有组织的群众斗争，直至用暴力推翻旧制度，确立无产阶级对所有阶级的专政。流氓造反者、工人革命者成为高尔基和追随他的一批作家之作品中的主人公。

"另一群作家（伊·布宁、列·安德列耶夫、早期的弗·马雅可夫斯基）痛苦地意识到俄罗斯的不幸，在他们描绘的现实主义的或表现主义的图景中得出了悲观主义的或无政府主义的结论。

"第三类作家在一八八一年三月一日的悲剧性事件（按，指'解放者'沙皇遇刺身亡）之后，特别是在一九〇五年革命失败以后，确信革命道路缺少人性而产生了进行精神革命的思想，于是专注于人的个性世界。普希金关于人的内心和谐的思想成为他们不可企及的理想，而后普希金时期的果戈理、莱蒙托夫、丘特切夫、陀思妥耶夫斯基则成为他们精神上相近的作家，因为这些作家感到了和谐破坏的悲剧，但是渴望并寄希望于未来恢复这种和谐。"

诚然，以赛亚·伯林笔下所描述的人物大多数都是第三类作家，他对这些作家的访谈和分析往往围绕一个轴心来进行——将"白银时代文学"的价值观、艺术观与"苏联时代文学"的价值观、艺术观进行比较，从中寻找出俄罗斯作家和艺术家的良知。最后，我想用当代批评家谢尔盖·马科夫斯基的话作为总结："白银时代富有叛逆精神，寻找上帝，热衷于美，就是今天它也不会被遗忘。至今还响彻着它的表达者的声音，虽然有点不一样……这最好地说明了传统得到了继承。它成为非马克思主义的、非规训和缺少精神的新俄罗斯具有创造力的源泉。"我之所以啰啰唆唆地介绍"白银时代文学"的背景，正是为了更好地解读以赛亚·伯林与这些生活在苏联文化语境中的旧时代"遗老"的访谈与对话内涵。

为了寻觅以赛亚·伯林思想发展的逻辑，我按他的写作时间的顺序编排，然后一篇一篇地解析并与中国文学进行比较。

《访问列宁格勒》

同样又是 1945 年，在以赛亚·伯林的笔下，第二次世界大战后的列宁格勒（1991 年恢复原名为圣彼得堡），"更多的是衣衫褴褛的旧派知识分子或给人类似印象的人，他们身上破旧的衣衫被刺骨的风雪掀起的样子，看起来要比披在更为粗鲁、吃得更好的莫斯科居民身上更让人同情"。这是一幅知识分子的肖像画，他们拥挤在涅瓦大街熙熙攘攘的人群中和电车里，但是饥饿与贫困并没有妨碍他们去观看芭蕾舞和欣赏交响乐、歌剧。以赛亚·伯林不无悲凉地感叹："一座曾经威严堂皇、笑傲四方的古老帝都，如今却被那些莫斯科的新贵们看作过气的老古董。"也正是故都里有这样的"老古董"对俄罗斯文学艺术的执着精神，才使其对俄罗斯文学艺术的承传有了巨大的支撑作用，即便是残酷的战争摧残，即便是无情的阶级斗争的整肃，也磨洗不掉一个城市古老的文化痕迹。从这个意义上来说，我更喜欢圣彼得堡，因为那里有真正的属于俄罗斯的文化和文学，她更是出品文化人和文学家的圣地。我以为圣彼得堡才是俄罗斯的文化灵魂，其深厚的文化底蕴滋养和造就着一代又一代贵族式的文学艺术家和知识分子，那里才是俄罗斯文学艺术家成长的摇篮和驻足停泊的诗意栖居地。很多人都有这样的感觉，而我也在以赛亚·伯林 75 年前的这篇文章里找到了有力的印证。

以赛亚·伯林用简约而明快的手法很快就完成了一个人物速写，一个名叫根纳季·莫伊谢耶维奇·拉赫林的犹太人，这个人物并非以赛亚·伯林笔下的主人公，似乎就是一个闲来之笔的小人物，却成为以赛亚·伯林串联事件和人物的重要纽带，从中可以窥见第二次世界大战后列宁格勒的文学艺术状况。作为一个销售商，拉赫林不仅是文学书籍的出版者，同时还是文学艺术的传播者，用以赛亚·伯林的话来说，"他一直怀有某种浪漫主义文学梦想"，他不仅推销书籍，更令人敬佩的是，他还组织文学艺术沙龙，结交了许多著名的作家。"在这个小沙龙里人们轻松自由地谈论着文学、艺术乃至政治等各种话题。……和他交往是一件令人愉快的事，因为他扮演着整个列宁格勒的费加罗的角色，他能弄到剧院的门票，开设各类讲座，举办每月一次的文学晚宴，传播知识，散布流言，总之从事无数琐碎的工作，而他所做的这些让生活变得更加有趣，更加愉快，事实上是变得更加可以忍受。"把文学作为一种信仰，以一种虔诚敬畏的心情去膜拜她，文学能不在神圣中变得可爱吗？正因为圣彼得堡拥有了像拉赫林这样不名的文学工作者，她才能洗尽铅华，走进文学艺术的最高殿堂。拉赫林在毫无功利目的的工作中一次又一次地完成对许多文学艺术爱好者的精神洗礼，这样的人才是俄罗斯文学艺术的脊梁。我十分欣赏以赛亚·伯林这段话中的最后一句话，因为文学艺术在通常的情况下是给人们带来身心的愉悦，使"生活变得更加有趣，更加愉快"，但是，当生活的境遇变得十分恐怖时，当人们无法忍受生活的折磨时，文学艺术让生活"变得更加可以忍受"。这就是俄罗斯人从最残酷的战争和最无情的阶级斗争中走出来的真正原因，文学艺术的巨大潜能在圣彼得堡得以应验。

以赛亚·伯林在这次对列宁格勒的访问中，接触了一些文学家和文学评论家，他们不无自豪地表达了一种理念，就是诋毁当前（1945年）许多粗制滥造的宣传品，认为这些宣传品"导致鼓励和宣扬一大批假冒的古代抒情诗、伪造的民谣和史诗以及普遍意义上的官体诗。这些作品完全失去了原本创作于这些原始或半原始的民族中的任何原创性。他们非常自豪地宣称列宁格勒的文学作品很好地避免了这一问题，莫斯科的文学周刊充斥着这样的作品……就他们自身而言，他们一直都为拥有普希金和勃洛克、波德莱尔和凡尔哈伦的传统而自豪"，而不愿意"遵循相同路线的文学作品来取代他们的传统"。他们不希望用所谓"标准化"的方式来培养下一代，包括文学教育，他们更加注重的是"人文主义的价值"。从这里，我们看到的是这些自命不凡的人，继承"黄金时代"和"白银时代"文学精神的肖像，他们"深信在经历了十月事件的人的创作中，白银时代的精神，它以黄金时代为方向，它那对铁时代的敏锐的和不接受的态度依然继续着"。可惜在中国20世纪的文学史词典当中，我们没有过"黄金时代"和"白银时代"，即便有过辉煌的"五四"时期——20世纪20年代，我们也没有去"敏锐"地坚持过，因为我们除了缺乏能力以外，我们还缺乏勇气。

当以赛亚·伯林在访问中小心翼翼地问及文学体制问题时，人们对将作协主席这样的文学寡头称作"老板"的现象避讳言谈，"给我的总体印象是人们对苏联作家作品的真实质量几乎不抱什么幻想，开诚布公的讨论也有，但公开发表的文字还实属罕见。因此所有人似乎都想当然，比如鲍里斯·帕斯捷尔纳克是一位天才的诗人，而西蒙诺夫是一个伶牙俐齿的记者，仅此而已"。从中，我们可以看出圣彼得堡的文学居民们对文学的看法是准确的，70多年过去了，历史证明了这个城市文学人的眼光是经得起考验的，因为他们的文学传统的直觉会告诉他们怎样去选择和取舍。

当然，由于当时的文化语境的限制，苏联和世界的隔阂，尤其是与西方文化和文学的隔阂，造成了他们知识的缺失和判断事物参照系的模糊。他们除了知道海明威那样的作家外，"不知道弗吉尼亚·伍尔夫和福斯特曾在普里斯利特的文章里提到过的名字，却听说过梅森、格林伍德和阿尔德里奇"。这些现象足以使 1945 年生活在西方文化语境中的以赛亚·伯林感到惊讶，但是，对于那些长期生活在苏联政治文化体制下的文学艺术家来说，这却是再正常不过的事情了。而在中国 20 世纪 40 年代以后，由于推行以工农兵为主体的作家制度，那种对世界文学和文化的认知缺乏令人讶然，其造成的后果也比苏联还要严重得多。问题就在于圣彼得堡的作家们"已经非常深刻地感受到他们与世界的隔阂"，而莫斯科以及中国 20 世纪 50 年代的作家们却沉浸在文学的自我陶醉中不能自拔呢。我们不能说这种夜郎自大的观念就是典型的阿 Q 精神，但是，我们可以看出一种排外思想能够在圣彼得堡得到自觉的扼制，却是出乎意料的，"在列宁格勒我没有发现任何仇外的迹象，而在莫斯科，即使是一些最开明的知识分子的思想也能看到这种仇外的情绪，更别说诸如政府官员这类人了。事实上，列宁格勒仍在某种程度上把自己看作'向西看'的思想家和艺术家的家园"。我们不能说一个作家"向西看"就能够成为一个好作家，但是，没有世界文学，尤其是西方文学作为自己创作的参照系，是有可能不会成为文学创作大家的。

以赛亚·伯林 1945 年笔下的列宁格勒——一座经过战火洗礼的文化城堡——还承载着如此巨大的俄罗斯文学的重任，她使我们看到了俄罗斯文学的过去、现在和未来之希望！

《在苏联的四个星期》

以赛亚·伯林说："一九四五年我在莫斯科待了四个月一直到年底，时隔十一年之后，一九五六年八月，我又重返莫斯科。"于是，我们就又看到了以赛亚·伯林眼里 1956 年的苏联景象。在这篇文章里，以赛亚·伯林最大的观感就是对两种人的分析——"苏联社会中最深刻的裂痕是统治者与被统治者之间的差异"。"被统治者大多是一些性情温和、彬彬有礼、柔弱温顺、谨小慎微、充满想象力而又天性淳朴的人，他们的道德信念、审美情趣和价值观念带有浓厚的维多利亚时代的色彩，他们看待外部世界的眼光充满了好奇而又略带敌意，甚至恐惧。"在谈及被统治者中的作家时，以赛亚·伯林认为其中有一部分人对斯大林主义保持着批判的态度，"这些在他们的言辞中可以说表达得非常大胆、激烈而又无所畏惧。他们读他们所能获得的外国读物并有他们自己封闭的圈子，外人很难有机会见到他们，很难有机会与他们进行自由而坦诚的交流。尽管官方没有提到过他们，但在广大知识分子中都知道他们的存在，而且对他们推崇备至，敬仰有加，因为他们自己还做不到像他们那样特立独行、愤世嫉俗的程度"。正因为 1956 年的苏联在工业化的道路上走得很远，且取得了巨大成绩，但是其专制的恐惧仍然存在，所以，俄罗斯作家对社会的坚韧批判精神的承传显得尤为珍贵。它就是俄罗斯民族良知的火种，正如以赛亚·伯林所言："虽然被统治者已经接受了这个政权，但他们为通向自由化的每一步而欢欣鼓舞。"

而"统治者完全是另一番模样……他们是一帮强硬、冷酷、好斗、国家至上的无赖，他们憎恨他们自己的知识分子，这种情感主要源于他们的社会出身和社会感情，以及他们可能已经接受的某种意识形态。他们讨厌文雅，讨厌文明的举止，讨厌知识阶层等任何同样出身的权力集团，怀着对中产阶级教养老板的积怨，面对这类事物都会如此表现"。"从这个意义上说，斯大林的传统和政策依然延续不变。苏联的文化，只要存在一天就不是一种无阶级社会的文化（就此而言我们至少可以说新西兰是一个通往无阶级社会的例子），而是一种被解放的奴隶阶级的文化，他们仍然没有改变对原来主人的整个文化的敌意，仍然在面对这种文化时感到极度的社会不适，特别是在面对或对待西方的外交代表和其他访问者时表现得尤为明显。在这方面，他们的感受与美国中西部更为原始的那些人的感受比起来并没有什么两样。在我看来，与其说是自觉的意识形态政策或大俄罗斯爱国主义，不如说是这种社会道德观念，在更大程度上导致了对知识分子的迫害以及与西方的摩擦。"

20世纪50年代苏联两类截然不同的人群被以赛亚·伯林分成了被统治者和统治者，"你能在苏联的任何一个社会团体中清楚地分辨出谁属于被统治阶级——他们说的是日常的语言，没有非分的野心，做的是任何地方的人都在做的事情，在他们身上体现着某些俄罗斯传统的性格特征，他们是伟大的小说家和短篇小说作家描写的那类俄国人形象最纯正的原型。另一方面，你也能从其粗俗的话语、虚伪的温情……对上司的阿谀奉承、对下属的蛮横欺压看出，这帮人根本就不配做统治者。他们为全体人民所敬畏、所憎恨但又不得不接受。在我看来他们之间的鸿沟是不可逾越的"。在严酷的文化语境当中，以赛亚·伯林在被统治者中看到了"某些俄罗斯传统的性格特征"，他们究竟囊括的是哪些人呢？

《鲍里斯·帕斯捷尔纳克》

显然，以赛亚·伯林在寻找"俄罗斯性格"的时候，把目光投向了鲍里斯·帕斯捷尔纳克和安娜·阿赫玛托娃这样的知识分子作家。这篇评析帕斯捷尔纳克的文章写于1958年，应该是在当年9月《日瓦戈医生》在英国出版、10月帕斯捷尔纳克获得诺贝文学奖之前，关于这一点亨利·哈代在编者序言中已经说明，不过最终付梓在1958年岁末。《星期日泰晤士报》上的关于《日瓦戈医生》的赏析文章与本文有所不同，我们不妨先来看看以赛亚·伯林对《日瓦戈医生》的评价吧："鲍里斯·帕斯捷尔纳克的《日瓦戈医生》在我看来是一部天才之作，它的出版是我们这个时代无与伦比的文学和道德事件。这部书在意大利出版的特殊背景，特别是铁幕两边出于政治宣传目的对该书粗俗而又可耻的滥用，或许使人忽略了这样一个更为重要的事实：它是俄罗斯文学传统主流中一部伟大的史诗性的杰作，或许是这个传统中的最后一部，同时也是自然世界以及根植于他们那个时代历史与道德的社会的产物，是一份绝对直率、高贵和深刻的个人声明。"以赛亚·伯林毫无保留地发表了一个真知灼见："它的主题是普世性的，与大多数人的生活（人的出生、衰老和死亡）密切相关。与屠格涅夫、托尔斯泰和契诃夫作品中的主人公一样，该书的主人公处于社会的边缘，与社会发展的趋势和命运密切相连，但又不与之同流合污，在面对各种毁灭社会、摧残和消灭许许多多其他同类的残暴事件时，仍然保持着人性、内在的良知和是非感。"显然，对一个伟大作家的评判会有不同的评价标准，那其实都是意识形态在作祟，真正的伟大作品的衡量标准就是以赛亚·伯林在这里提出来的"普世性"——永远"保持着人性、内在的良知和是非感"。这就是以赛亚·伯林一直在寻找的"俄罗斯的文学传统"，它不仅适合于俄国（当然也包括苏联时期）作家，同样也适用于任何时空中的作家。它应该是超阶级、超国家、超民族的作家价值标准。所以，以赛亚·伯林不无感慨地宣称"他赢得了共产主义者、非共产主义者和反共产主义者的一致尊敬。在我们这个时代，其他作家没有哪位获得过与之相同的地位"。以赛亚·伯林对文学的观念和定义是令人信服的，他对伟大作家的定义也是独到的："有些作家——包括一些伟大的诗人——他们的诗与他们的生活和散文毫不相干。布朗宁、马洛礼或 T. S.艾略特他们所过的生活和从事的其他活动并不是只有诗人才能做的。而帕斯捷尔纳克身上则不存在这些差别。他所说、所写的每一件事都富有诗意，他的散文不是散文作家的散文，而是诗人的散文，带有诗人所具有的一切优缺点：他的观念，他对生活的感悟，他的政治观点，他对俄国、对十月革命、对未来的新世界所抱有的极其坚定的信念，都带有诗人清澈透明而又具体形象的视域。他是俄罗斯文学史上所谓'白银时代'的最后一位也是其中最伟大的一位代表。在世界上任何地方都很难再想出一位在天赋、活力、无可动摇的正直品行、道德勇气和坚定不移方面可与之相比的人。"是的，这个世界上有着很多在艺术表现层面十分优秀的作家，但是这些技术型的作家永远成不了伟大的作家，其关键就在于他们没有是非标准，他们没有人文情怀，他们更没有对社会与世事的批判能力。回眸我们那些东施效颦的所谓"先锋""新潮"作家们的作品，你能在其中寻觅到人文精神吗？所以那些扬言作家要和知识分子划清界限的鼓吹者，俨然是与多年来鄙视知识分子的无知观念紧紧相连的。俄罗斯"白银时代文学"为我们提供的不仅仅是那些异彩纷呈、数量巨大的文学文本，更重要的是它为我们展示了一个国家与民族文学精神强大的感召力和自觉的生命力。

以赛亚·伯林对帕斯捷尔纳克的作品的分析，尤其是对《日瓦戈医生》中爱情描写的分析可谓入木三分、鞭辟入里，其艺术见解令人叹为观止。但是，我还是更欣赏以赛亚·伯林在对帕斯捷尔纳克作品中的那种知识分子良知进行分析时的表达方式："多年来苏联批评家一直指责他太深奥、复杂、烦琐，远离当代苏联现实。我想他们指的是他的诗既没有宣传性，也没有粉饰性。……帕斯捷尔纳克遵循着所有伟大的俄罗斯创作的主流，根据自己的亲身经历来创作，包括个人的、社会的，当然还有政治方面的经验。……那是因为他的艺术本质是为了变形而不是为了记录。有一种说法认为所有俄罗斯作家的作品都是一份个人的忏悔书，一份供词，而帕斯捷尔纳克却没有像果戈理、陀思妥耶夫斯基、托尔斯泰乃至屠格涅夫经常做的那样进行直接的说教，在这个意义上，他或许倒像一个西方派。"其实，这个道理恩格斯在《致拉斐尔·济金根》中早已阐释过了："观点越隐蔽对作品就越好！"从这个意义上来说，接受主体如果具有一定的艺术的感悟能力和阅读能力，就会更加青睐这样的作品。伟大的作品绝不是伺候那些低能的读者的，更不能成为政治的宣传品。而我们中国的许许多多作品至今尚未脱离出宣传品的窠臼。艺术品不能成为宣传品，这是文学的常识，但是并不意味着它不需要表达一个作家正确的价值观——创作主体良知的表达。这就是文学艺术的辩证法。

"白银时代文学"的最后回望者（二）

—— 解读《苏联的心灵：共产主义时代的俄国文化》
并与中国现代文学比较[*]

——————◎——————

《一位伟大的俄罗斯作家》

在整整 20 年后的 1965 年，以赛亚·伯林又一次来到了苏联，写下了这篇文章，悼念死于集中营里的伟大诗人 —— 奥西普·艾米里耶维奇·曼德尔施塔姆，这个陌生的名字没有出现在苏联文学史的教科书里。与 1945 年相比，这时的以赛亚·伯林在思想和艺术上都更加成熟深刻了。难能可贵的是，在又经历了苏联 20 年革命历程后，他几乎洞穿了苏联社会的本质，尤其是对知识分子思想状态的认识更加鞭辟入里。我以为，以赛亚·伯林之所以用文学评论随笔的文体来评判一个被苏联文学遗弃的作家，在"大清洗"的废墟中

————————————

* 本文引文均出自 [英] 以赛亚·伯林《苏联的心灵：共产主义时代的俄国文化》，潘永强、刘北成译，译林出版社，2010 年版。

挖掘出象征着俄罗斯文学艺术灵魂的"舍利子"来，就是想在这位被埋没的文学艺术大师身上寻觅到俄罗斯文学的良知和诗意的精神栖居地。

从英诺肯季·安年斯基到普希金，以赛亚·伯林叙述了曼德尔施塔姆与他们的渊源关系，也谈到了曼德尔施塔姆与古米廖夫、阿赫玛托娃共同创立的"诗人行会"对诗歌观念的阐释："诗歌不是一种生活方式，也不是宗教启示，而是一种技艺，一种将词语排列成行的艺术，是创造一种与创造者个人生活无关的公共物品。"当然，作为这个流派的领袖诗人，曼德尔施塔姆"拥有一种俄国文学再也没有达到过的纯粹与完美的形式"。但是，在一个需要为专制服务的时代里，诗人能够以一种所谓的纯美的姿态苟活下去吗？

以赛亚·伯林的文学评论眼光是犀利的，他把诗人分成两类进行比较，所得出的结论是令人回味过后转而佩服的："有一些诗人，只有当他们写诗的时候他们才是诗人，他们的散文是没有写过任何诗的人都能写出来的。还有些诗人（好坏都有），他们是一切表现都透着诗人的特质，有时这会危害到他们的整体作品。普希金的小说、历史著作和书信无一不是优美流畅的散文典范。当他不写诗的时候，他就不再是一位诗人，弥尔顿、拜伦、维尼、瓦莱里、艾略特或奥登都是如此。而济慈、邓南遮，尤其是亚历山大·勃洛克则不同。曼德尔施塔姆的全部作品都透着诗人的特质，他的散文是诗人的散文——在这一点上他与帕斯捷尔纳克完全不同，但仅此而已。他们既是朋友，又身处同一时代，地位还相当（作为作家，他们彼此倒不大认同），只不过帕斯捷尔纳克对他那个时代的历史，对他自己在其中所处的位置，以及他作为一个大丈夫、一个天才、一个代言人和预言家所负的职责太过于敏感。无论他有多么天真和叛逆，他都是或者说变成了一个政治动物。

他与俄罗斯和俄罗斯历史的关系一直困扰着他——自始至终他一直对他的人民宣讲公共责任，证明它的存在，并在晚年将这份沉重的责任完全承担起来。"无疑，以赛亚·伯林把俄国和苏联时期的诗人分为两类的做法是有些武断的。但是仔细想想，也不无道理：平庸的诗人只会单纯地写诗，而一个有"公共责任"意识的诗人，即使他的诗歌再高蹈、再唯美，即使"诗歌是他生活的全部，是他的整个世界"，他的内心深处仍然保存着那份沉重的"公共责任"！这种所谓的"公共责任"恰恰是苏联大多数作家所缺少的。这些致命的弱点，也许是由于推行工农兵文艺造成了作家的非知识分子化，而文化修养的严重缺失，知识分子钙质的流失，都是形成无视"公共责任"现象的主要原因。而"曼德尔施塔姆凝聚了丰富的人生经历，大量的文学修养滋养了他极为丰富的内心生活，加之他对现实的洞悉，使他像列奥帕第一样既有悲天悯人的情怀又有不受迷惑的眼光，这些都让他与更强调主观感受、更爱自我表现的同时代俄国人得以区分开来。"与俄罗斯作家相比较，我们缺少的是俄罗斯文学的那种文化与文学的语境；尽管苏联的政治高压击垮了一部分作家的精神，但是，毕竟他们还生活在"一个接受忏悔文学教育、强调或过分强调艺术家的社会责任和道德责任的国家里"。所以，他们还时不时地发出一种"不合时宜"的声音。

以赛亚·伯林说曼德尔施塔姆是一个具有英雄气概的作家，"十月革命对他来说无疑是致命的。由于他不愿意，事实上也无法改变自己的天性以适应新社会的要求，因而他无法说服自己与新生活的保民官、组织者和建立者合作。羞怯、瘦弱、亲切、充满爱心、多愁善感，在他的朋友看来他就像是一只温文尔雅但又略显滑稽的小鸟，但他却能做出惊人之举；这样一个羞怯而又容易受到惊吓的人，却具有大无畏的英雄气概"。就是这样一个看似胆小懦弱的唯美诗人，却表现出一个诗人应有的执着和勇敢。以赛亚·伯林为我们讲述了这样一个故事：夜晚，在咖啡厅里，一个契卡军官正在抄写秘密处决名单，曼德尔施塔姆突然在众目睽睽之下抢过名单并撕成碎片，消失在夜幕中。虽然后来他被托洛茨基的姐姐救了，但是最终还是被终身流放。"《哀歌》恰好是他的第二部诗集的名字。他是一个国内的流亡者，一个在万能的独裁者面前无助的奥维德。"1934年他写了一首讽刺斯大林的小诗，导致斯大林大发雷霆，1938年他在流放地的符拉迪沃斯托克（海参崴）集中营里被残酷地迫害致死。故事到此并没有结束，更加令人匪夷所思的情节是，当斯大林在电话里一再追问帕斯捷尔纳克，曼德尔施塔姆在朗诵这首讽刺诗的时候他是否在场时，"帕斯捷尔纳克避而不答，而是一味强调与斯大林会面的重要性"。即便是"大清洗"的制造者也懂得一个人的正义立场和"公共责任"操守对于一个作家的重要性，说实话，一般的作家和知识分子都是无法做到在那样的场合下飞蛾扑火的，我们就不能苛求帕斯捷尔纳克做出自杀性的行为。所以，斯大林冷冷地说："我要是曼德尔施塔姆的朋友，我本应该更清楚如何去保护他。"随后，斯大林挂断了电话，而帕斯捷尔纳克却不得不一再忏悔，"终生背负着这段记忆度过他的余生"。帕斯捷尔纳克的忏悔与自我批判构成了俄罗斯作家整体的心灵救赎，只有在忏悔之中，他们才能找到前行的方向，只有在忏悔中，他们才能找到精神的沉疴而加以疗救。

在这里，我想到的是两个问题。第一，俄罗斯文学精神与传统为什么能滋养和造就诸多的知识分子型作家？这与其文化、历史有着深刻的关系。可以说，表象懦弱而内心坚韧的曼德尔施塔姆只有在俄罗斯文学土壤中才能得以充分展示自己无尽的勇气与才华，尽管他被扼杀了。第二，俄罗斯也存在着怯懦的知识分子，像帕斯捷尔纳克那样瞬间怯懦（之所以如此说，是因他在后来的表现中，尤其是在其作品的表达中呈现出了非凡的勇气）的人也不是少数，但是，在这个群体之中，尚有一大部分人具有忏悔意识，因为他们知道自己错了！然而，在中国作家群体当中，甚至在知识分子群体当中，我们罕见忏悔者，即便错了，即便在不承担任何历史责任的情况下，也不见忏悔者的身影出现。一个民族文化与文学的昌盛与复兴，倘若没有这种精神的自我修复能力，那将是一个毫无文化与文学希望的民族。

"曼德尔施塔姆为了坚持自己做人的尊严，付出了常人几乎无法想象的代价。他欢迎革命，但在二十世纪三十年代，据我们所知，他又是对革命所必然产生的后果最不妥协的一个。我真的再想不出还有其他哪位诗人比他更坚决地抵抗这个敌人。"从这里，我才深深地体会到以赛亚·伯林为什么把曼德尔施塔姆标榜为"一个伟大的俄罗斯作家"——一个革命的作家对革命的反思使他付诸行动，用自己的血肉之躯完成了伟大的杰作，尽管这个作品有点儿幼稚可笑，但是它嵌入的是俄罗斯民族精英的灵魂。

以赛亚·伯林对曼德尔施塔姆作品的艺术分析也是独具慧眼的，那种精到与透彻时时让我们这些人羞赧。他往往是以开阔的眼光去剖析作品，拿它们和一流的作家作品相比较，其宏观的视野喷射出一个思想家的烈焰与光芒。以赛亚·伯林把霍夫曼、陀思妥耶夫斯基、贝娄，乃至音乐家巴赫、莫扎特、贝多芬、舒伯特、柴可夫斯基、斯克里亚宾等文学艺术大腕"一网打尽"，并入曼德尔施塔姆作品所要表达的两个主题：一个是"苦闷而又畏缩的犹太人形象"，另一个是"不同层面上的"音乐家的艺术表现。以赛亚·伯林用他们作品的主题和艺术表现来烘托曼德尔施塔姆天才般的文学艺术表达。在精细的微观艺术分析当中，比赛亚·伯林也同样表现出他对曼德尔施塔姆作品多才多艺、高屋建瓴式的分析才能："《时间之喧器》中亚历山大·赫尔岑暴风骤雨般的政治雄辩术与贝多芬的一首奏鸣曲之间的比照，就是这些比喻中最为典型和精彩的一例。在那段对两个形成鲜明对照的波罗的海海滨胜地的精彩描写中，这两个主题交汇在一起。一个是德国人的海滨胜地，在那里演奏的是理查德·施特劳斯的曲子，而犹太人早已被排斥在听众之外。另一个则是犹太人的海滨胜地，那里萦绕着的则是柴可夫斯基的乐曲和各种小提琴的曲子。在他的抒情诗里，那首关于忧郁的犹太音乐家赫尔泽维奇，可能不是最好的，却是最直接地表露了他的情感。在这首诗里，也会看到两个主题的交汇。这是一篇感人至深、令人心碎的作品，就像舒伯特那支被音乐家们一遍又一遍演奏的奏鸣曲单曲一样。"我之所以不厌其烦地引用以赛亚·伯林对曼德尔施塔姆作品的分析，就是要说明，正因为俄罗斯民族中还有一批像曼德尔施塔姆那样真正称得上"伟大作家"的知识分子，他们的文学承传才不会被任何外在的力量摧毁。因此，以赛亚·伯林才满怀希望地说出了这样激动的语言："东方欲晓，光明不会遥远，到那时，新一代的俄罗斯人将会知道，在苏维埃共和国早期那段饥渴而又荒芜的年代里，还曾经存在过一个怎样丰富而不可思议的世界；而且它没有自生自灭，而是仍然在渴望着充实和完成，从而不让自己湮没在某一段不可挽回的历史之中。"这就是"白银时代文学"精神的延续。

反躬自问，在中国，我们也有过"那段饥渴而又荒芜的年代"，但是，我们没有曼德尔施塔姆那样"伟大的作家"诞生！你们（我以为不仅是以赛亚·伯林所说的作家，而且包括那些所谓的评论家和文学史家们）可以有权利"让自己湮没在某一段不可挽回的历史之中"，但是，你没有权力遮蔽历史，剥夺后一代人对这一段历史的真实记忆。尽管我们没有伟大的作家，那段历史也十分苍白，然而，我们应该在反思中总结经验，才有可能缔造"伟大的作家"。

《与阿赫玛托娃和帕斯捷尔纳克的交谈》

时间的指针指向了 1980 年，当已经 71 岁的以赛亚·伯林回忆 35 年前，也就是"一九四五年秋天的一个温暖而又阳光明媚的下午"去拜访帕斯捷尔纳克时的情形，心中仍然保留着那份眷恋之情，因为，"在所有俄国诗人当中，最著名最受推崇的是鲍里斯·帕斯捷尔纳克。他是我在苏联最想见到的人"。同样，对于阿赫玛托娃，以赛亚·伯林说："我一直都期待着能够见到她。"

在这篇回忆长文中，以赛亚·伯林首先不忘介绍的是当时的政治文化背景："十月革命在俄国的各个艺术领域激起了巨大的创作浪潮；大胆的实验精神处处得到鼓励；只要能体现给资产阶级趣味'一记耳光'，那些新的文化监控者就不加干涉，不管你是马克思主义的还是非马克思主义的。"是的，十月革命以后虽然有内战，但是无产阶级文化力量以其巨大的能量使得知识分子和作家得到进一步的规训，直到"三十年代中期成立作协以强化官方的正统思想。于是不再有争论，不再有人们思想的骚动。接下来是死水一潭的顺从。最终惨剧降临——'大清洗'、作秀的政治审判、一九三七至一九三八年间愈演愈烈的恐怖，野蛮地、不分皂白地摧残个人和团体，然后是整个民族。我无须细述那个杀人时代的血淋淋的事实，这在俄罗斯历史上既不是头一回，恐怕也不是最后一回。有关那个时期知识分子生活的真实记录我们可以从比如娜杰日达·曼德尔施塔姆、莉季娅·楚科夫斯卡娅等人的回忆录，以及在另一层意义上从阿赫玛托娃的诗歌《安魂曲》中找到。一九三九年，斯大林停止了各种迫害活动。俄国文学、艺术和思想所表现出的境况就像一个刚刚遭受过轰炸的地区，只有几座像样的建筑还相对完好，孤零零地站立在已经荒无人烟、满目疮痍的街道上"。这个比喻以赛亚·伯林不止一次地运用过，可见在他心里对这种文化和文学的屠戮是何等的愤慨与痛心。

在交谈中，只有谈及创作、分析作品时，帕斯捷尔纳克才表现出极大的兴奋，他在极力地回避他生活的语境。所以，以赛亚·伯林才敏锐地发现："对于俄国的现状，他无话可说。我不得不意识到俄国（我注意到，不论是他还是我拜访过的其他作家都不曾说'苏联'这个词）的历史已经停在了一九二八年前后，那时它与外部世界的一切联系事实上都被切断了。"其实，就在与以赛亚·伯林交谈的时候，帕斯捷尔纳克已经完成了《日瓦戈医生》前几章的草稿。我以为，这种沉默的态度应该是当时内心有想法但是不愿意表达的大多数知识分子的姿态，他们认为自己是属于俄罗斯文学"黄金时代"或"白银时代"的，而非规训了的"苏联文学"模式中的作家。像帕斯捷尔纳克这样一批俄罗斯文学的火种，虽然不言反抗，但是他们的心里却很清楚，"我们"与"他们"是有所区别的。

虽然以赛亚·伯林在这次访谈当中又一次与帕斯捷尔纳克谈及了他与斯大林的那次通话，因为斯大林指摘他没有为曼德尔施塔姆辩护，他就忏悔一辈子，因为在他的道德词典里，没有为"我们"的同类辩护，那是一种耻辱。为什么会如此呢？用帕斯捷尔纳克的话来说，"他是在托尔斯泰的影响下长大的——对他来说，托尔斯泰是一位无与伦比的天才，比狄更斯或陀思妥耶夫斯基更加伟大，是一位堪与莎士比亚、歌德和普希金比肩的作家"。毫无疑问，他们都遵循着文学的最后底线，同时也是最高目标——以人性与自由为描写轴心的原则。于是，以赛亚·伯林才可以十分武断地说："帕斯捷尔纳克深爱着俄国，心甘情愿地包容祖国的所有缺点，除了斯大林的野蛮统治；尽管如此，他还是把一九四五年看作黎明前的黑暗，他睁大双眼来发现那黑暗中的晨曦——他在《日瓦戈医生》最后几章中表达了这一希望。他相信自己将与俄罗斯民族的精神生活交融在一起，共同分担她的恐惧，分享她的希望和梦想，将像丘特切夫、托尔斯泰、陀思妥耶夫斯基、契诃夫和勃洛克一样，以他们各自独特的风格，表达出她的心声（这时我才知道他对涅克拉索夫一点儿也不认同）。"但是，所有的解释能够消除他与斯大林通话的负面影响吗？帕斯捷尔纳克担心的问题是"有人会把这归结为他为摆平当局做了一些不该做的事，为逃避迫害不惜让良心做出一些卑鄙的妥协"。试想，倘若这件事情放在一个中国作家身上，他会怎么做呢？无疑，对多数人来说，能够不昧着良心去说假话就算是最高境界了。而从"白银时代"走过来的帕斯捷尔纳克那样的作家们却是永远过不了这道"良知"的坎，这就是俄罗斯作家的灵魂！

但是，以赛亚·伯林严肃地批判了帕斯捷尔纳克对革命的幻想，因为帕斯捷尔纳克认为要充分理解战争和十月革命带来的巨变，认为它们"是一系列超越了所有道德和历史范畴的改天换地的事件。因此那些关于背叛、清洗、对无辜者进行大屠杀的梦魇和紧随其来的一场令人恐惧的战争，在他看来似乎也变成了实现某种不可避免的、前所未闻的精神胜利的必要前奏"。不管是对革命抱有不切实际的幻想，还是政治上阿Q式的幼稚，他那种如高尔基在革命前的理想主义激情（散文诗《海燕》）曾经激励过无数的俄罗斯作家，同时也深深地影响了中国几代文学人。但是，革命后的失望会使他们说出一些"不合时宜的话"来，鲁迅批评这种人不知道"革命会有污秽和血"，那是因为鲁迅先生并不真正了解十月革命以后的真实情形，也没有看到 1937 年至 1938 年斯大林的"大清洗"运动，当然更没有看到它后来的发展和结果。的确，像帕斯捷尔纳克这样为人性与自由的文学迷狂的作家，一旦被革命的假象迷惑，就不会理智地思考问题了。"涅高兹一遍又一遍地反复说帕斯捷尔纳克是一个圣徒：他太不谙世故了——他指望苏联当局会允许出版他的《日瓦戈医生》，这简直太荒谬了——牺牲作者反倒更可能。帕斯捷尔纳克是这几十年俄国涌现出的最伟大的作家，因而他也会像许多人一样遭到政府的迫害。这是独裁政治的内在要求。传统俄国和新俄国之间无论有什么样的差别，对作家和艺术家的怀疑和迫害都是共同的。"我们能够容忍一个伟大作家在政治上的幼稚，但是不能容忍他对人性与自由界限的模糊，好在帕斯捷尔纳克是遵守人性与自由这一底线的俄罗斯作家，而非那些专门为政治服务的苏联作家。

　　所以，当以赛亚·伯林向他说明"全世界有教养的人都非常钦佩他，不仅仅因为他是一位作家，而且因为他是一位自由而独立的人时"，他才进行了这样发人深省的宣誓："我敢像海涅那样说：'作为诗人，我或许不值得被记住，但作为为人类自由而战的战士，我必将被人们永远铭记。'"裴多菲的那首"若为自由故"的诗早就在中国流行，但是我们有多少作家能够像俄罗斯作家那样为自由和人性而战呢？当然，这样的理念也影响了帕斯捷尔纳克的创作观念与方法，他在阐释与阿赫玛托娃之间分歧时的那种激动的情绪就不难理解了，当伯林说道："阿赫玛托娃曾经对我说她无法理解为什么会推崇契诃夫。他的世界完全是灰暗的，从未闪耀过阳光，没有刀光剑影，一切都被可怕的灰雾所笼罩，契诃夫的世界就是一潭泥淖，悲惨的人物深陷其中，无依无靠。这是对生活的扭曲。帕斯捷尔纳克说，阿赫玛托娃大错特错。'你见到她的时候告诉她——我们无法像你一样能随意到列宁格勒去——是我们这里的所有人对她说的，所有的俄国作家都在对读者进行说教：连屠格涅夫都告诫我们说时间是一剂良药，是一种可以医伤痛的药物；契诃夫却没有这样做。他是一位纯粹的艺术家——完全融入艺术——他就是我们的福楼拜。'"在这里，帕斯捷尔纳克不仅是在阐释现实主义的创作方法问题，更是在宣扬一种写作的立场——契诃夫才是真正代表俄罗斯民族创作思想灵魂的作家，这也是帕斯捷尔纳克之所以最终获得诺贝尔文学奖的真正原因所在。

作为"白银时代"两个阿克梅派的代表作家，鲍里斯·帕斯捷尔纳克与安娜·阿赫玛托娃，虽然在创作方法上略有不同，但是总体的人文理念却是一致的，正如有些俄国学者所说，他们是"崇拜尘世，接受生活……他们笔下的'日常生活'与自然主义没有丝毫共同之处：无论是在米·库兹明、安娜·阿赫玛托娃、奥·曼德尔施塔姆笔下，还是在鲍·帕斯捷尔纳克笔下，它总是充满着人的高尚精神，成为存在的一部分——'在个别中发现永恒'（谢·阿韦林采夫）。而且，他们很快就确信了，生活既包含着阴暗面，也包孕着光明面……正是在尼·古米廖夫、安娜·阿赫玛托娃和奥·曼德尔施塔姆的创作中流露出从普希金（'世上没有幸福，但有安宁自由'）开始的斯多葛派思想，而十九、二十世纪之交的象征派诗人亚·勃洛克、倾心于未来派的鲍·帕斯捷尔纳克、中立的马·沃洛申、以自己悲剧性之死证明忠于这一思想的农民诗人们都继续着这一思想"。

我曾两度去瞻仰这个盛产作家和艺术家的美丽摇篮，每一次都使我震惊，它那美丽的建筑，它那安谧氤氲的氛围，它那赋有文化底蕴的非凡气质，都会使每一个有教养的文化人肃然起敬、流连忘返。在这样的环境中，以赛亚·伯林回忆起第二次世界大战后的那次与阿赫玛托娃的晤面，当然是深刻难忘的。

"穿过阿尼奇科夫桥，接着再向左拐，沿着喷泉河的河堤一直向前走。喷泉宫，原是谢列梅捷夫伯爵的宫殿，是一座华丽的巴洛克晚期风格的建筑，宽敞的庭院（和牛津或剑桥中一个比较大的学院的方庭差不多），而建筑的精致铁门是列宁格勒一个著名的标志。我们爬上一段昏暗陡峭的楼梯，来到上一层，并得到许可进入阿赫玛托娃的房间。""安娜·阿赫玛托娃极为雍容高贵。她举止从容，道德高尚，容貌端庄而略显严肃，而且表情总是流露出一种深深的忧郁。看起来我做得非常得体，因为她的尊容和举止就像悲剧中的一位女王。"这是以赛亚·伯林与阿赫玛托娃见面时的场景，这个画面似乎永远定格在以赛亚·伯林的记忆之中。在这样的环境中，当以赛亚·伯林在聆听阿赫玛托娃朗读拜伦的《唐璜》和她本人那时尚未完成的《没有主人公的长诗》时，那简直就是在谛听天籁。虽然以赛亚·伯林说"当时我还无法像今天一样完全领略这首诗的多重内涵和绝妙之处"，但是直觉告诉他，"这是一篇神秘而又触动灵魂的作品：它很快就被汗牛充栋的评论所掩埋"。请注意，当她朗读自己的《安魂曲》的时候，她突然就与以赛亚·伯林絮絮叨叨谈起了1937年至1938年她的丈夫和儿子被送进集中营时的心情，"苏联的城市笼罩在一张死亡的大幕之下，数百万无辜者还在经受着折磨和屠杀"。在她断断续续的哽咽声中，她提到了曼德尔施塔姆打阿·托尔斯泰①的那一记耳光带来的无可挽回的悲剧命运。所有这些都是构成这个被日丹诺夫斥为"半是修女，半是荡妇"的伟大诗人的内在因素。她斥责列夫·托尔斯泰②是"自负的魔鬼，自由的敌人"！她喜欢陀思妥耶夫斯基，更喜爱普希金，这是因为她

---

① 是指写《苦难的历程》的小托尔斯泰。——笔者注
② 是指写《战争与和平》的老托尔斯泰。——笔者注

把文艺复兴看成"一个想象的世界"，理想主义才是诗人最终的追求。"她怀念那个世界——正如歌德和施莱格尔曾经构想的，她渴求一种曼德尔施塔姆所说的普世的文化——渴求那些已经变成艺术和思想的东西：本性、爱情、死亡、绝望和牺牲——一种不受历史限制，没有任何例外的（放之五湖四海而皆准的）真实。"以赛亚·伯林的分析很透彻，但是，我以为用阿赫玛托娃自己的话来表述则更有说服力："相信我，包括帕斯捷尔纳克、我、曼德尔施塔姆还有茨维塔耶娃，我们这帮人是从十九世纪开始经过长期苦心孤诣的结果。我和我的朋友们都认为我们说的是二十世纪的声音。"她甚至认为马雅可夫斯基是因为"朋友的背叛把他推向了绝望的深渊"。她认为自己的《没有主人公的长诗》就是伴随着他们这一代人走向坟墓的作品——它是那个时代生活和人性的见证——"它不是写给永恒的未来，甚至不是写给子孙后代的；唯有过去对诗人才有意义……那是他们渴望重生、渴望复活的情结。"

以赛亚·伯林不无深情地为阿赫玛托娃的一生作结，其感人至深不亚于恩格斯的《在马克思墓前的讲话》。"阿赫玛托娃生活在一个可怕的时代，但如娜杰日达·曼德尔施塔姆所说，她表现得非常英勇。她从未公开地，或私下地对我说过一句反对苏联政府的话。但她的一生，如赫尔岑描述俄国文学状况时曾经说过的，在不断地对俄国的现实进行控诉。今天在苏联，对她的怀念和崇敬虽然没有公开表达却非常广泛，据我所知，无人可比。她一直坚持抵制她认为对她的祖国和她自己来说那些可耻的事，使她（如别林斯基曾经对赫尔岑的预言）不单成为俄国文学界的重要人物，而且成为我们这个时代俄国历史上的重要人物。"倘若，哪一天有哪一位思想家能够在一个伟大的中国作家的墓前说出这样的话，且不是盲目而夸张的语言，那我们的文学就达到了一个真正辉煌的高度。起码，我们现在还没有资格来说这样的话。

以赛亚·伯林在《苏联的心灵：共产主义时代的俄国文化》这本书里寻觅的是俄罗斯文学传统中最富有活力的元素 —— 真诚的人性和自由 —— 应该是每一个具有良知的作家必须具备的人文素养，如果舍弃了这一点，一切形式上的技巧都是徒劳的，它就不可能具备一个伟大作品的内在素质，如果用这个标准去衡量中国现代作品，我们有多少作家作品可以进入我们文学史的序列之中呢？

中国当代文艺批评生态及批评观念与方法考释

—————◎—————

　　马克思主义文艺批评的精髓是怀疑与批判的精神。如果没有这种批判意识，马克思主义就不可能发扬光大，但就是这样的人文社会科学常识，在我们今天的批评界却成为一个难以解决的问题。这是时代批评的悲哀，也是几代批评家的悲哀。谁来打捞具有批判精神的文艺批评呢？这或许是批评界面临的最大危机。也正是由于这种危机的存在，我们这一代研究者才负有重新建构文化与文艺批评话语体系的责任。除去种种外在因素，我以为这一状况与所谓"后现代批评"在20世纪90年代以后进入国内理论界有很大关系。正如卡林内斯库所言："詹姆逊的思想和著述风格要松散得多，而且可以说它表明当代西方马克思主义正经历的严重理智问题。（西方）晚近马克思主义最明显地丧失了的，是它早先所具有的方法论完整性，以及使它能从其他各种社会思想模式中被辨认出来的内在历史主义逻辑。（西方）今日马克思主义批评家似乎乐于甚至是急于采纳任何碰巧在理论上时髦的方法或'反方法'（从形式主义到结构主义到后结构主义的最高深形式），却不考虑这种兼收并蓄可能会导致马克思主义参照系的爆裂，而他们却自称代表了马克思主义。"①

因此，"后现代批评"对中国"学院派"批评家的巨大影响，是对文化与文艺批评向正常轨道回归的一次严重干扰。我只想针对文化和文艺批评领域中存在的弊端进行论述，并针对批评界缺乏基本常识与规范的许多症状做出评判与纠正，以期引起批评界的注意。同时，我也不得不对文艺批评做出一些必要的考释和梳理。如果我们连文艺批评的本质特征都搞不清楚，那么中国当下的文艺批评就将永远陷入"盲人骑瞎马"和"盲人摸象"的泥淖之中，徘徊于濒死的境地。

批评词义考释与批评现状

文艺批评在中国自古有之，然而其在今天的理论模式却是从西方引进的。它的内涵与外延在西方历经了几千年的变化与发展，形成了许多思潮和流派，但在中国学界的运用与借鉴中，它的内涵却发生了本质性的改变。尤其是这半个多世纪以来，虽然我们像"过电影"那样跨越了从封建到现代、再到后现代的历史过程，但我们的文艺批评始终都没有走出"颂歌"与"战歌"模式的怪圈。② 即便是当下充满着铜臭味儿的商业化文艺批评，也正是利用了"颂歌"

① ［美］马泰·卡林内斯库：《现代性的五副面孔》，顾爱彬、李瑞华译，译林出版社，2015 年版，第 320—321 页。
② 丁帆、王世城：《十七年文学："人"与"自我"的失落》，河南大学出版社，1999 年版，第 45—83 页。

的批评模式，肆意将交易的利润无限扩大，导致了全社会对文艺批评的不屑。

通过查阅高等教育出版社出版的《英语学习与交际大词典》，我发现"批评"和"评论"是在同一个词条下的，试看其中三个词条：

> Critic：批评者，吹毛求疵者（文学、艺术或音乐作品等的批评家、评论家）。
>
> Critical：①吹毛求疵的、批评的、评论性的；②善于评论的，从事评论工作的；③附有异文校勘材料的；④危机的、危急的，决定性的、关键的；⑤达到临界状态的。
>
> Criticism：①批评、指责、非难，批评意见，指责的话；②（某评论家的）作品评论，评论文章。①

我们由此可以看出所谓批评是涵盖一切评论的，而评论也包含着批评的职责。而中国的批评与评论却不知从什么时候开始分道扬镳了。

雷蒙·威廉士在考察"Criticism"一词的演变过程时谈道：

"Criticism已经变成一个难解的字，因为虽然其普遍通用的含义是'挑剔'（Fault-finding），然而它有一个潜在'判断'的意义，以及一个与文学、艺术有关且非常令人困惑的特别意义……这个英文字在十七世纪初期形成，是从十六世纪中叶的Critic（批评家、批评者）与Critical（批评的）衍生而来……Criticism这个字早期普遍通用的意义就是'挑剔'：'处在批评的焦点（Marks of criticism）……众矢

---

① 邱述德：《英语学习与交际大词典》，高等教育出版社，2007年版，第430页。

之的'。Criticism 这个字也被用作对文学的评论，尤其是从十七世纪末期以来，被用来当成'评断'文学或文章。最有趣的是，这个普遍意义——亦即'挑剔'，或者至少是'负面的评论'——持续沿用，终成主流。"①

或许，我们可以从威廉士的论述中看到其中蕴含的马克思主义批判精神。如果这样的溯源还不足以说明批评的本义，那么我们就只能追溯到它的源头——古罗马文艺批评。"古罗马文艺批评是从公元前2世纪中期后随着文学发展的高涨而兴起的。"②它的缘起是围绕着罗马文化是否应该吸收希腊文化的意识形态斗争而展开的："这时的文艺批评关心的主要是与吸收希腊文学成就和在此基础上发展民族文学相关的一些实际问题，如关于希腊文学作品的利用、文体概念、写作手法和技巧、诗歌文体、文学语言问题等。这时的文艺批评主要散见于诗人、作家的各种类型的著作中，因此我们可以说第一批罗马诗人、作家同时也是第一批文艺批评家。"③这里起码给我们三点启示：首先，文艺批评应该争论问题，而不是吹捧式的评论，它区别于鉴赏性质的歌功颂德；其次，它涉及意识形态领域，也就是说，政治领域的问题是可以争论的，就像我国战国时期的"百家争鸣"；最后，也是中国当代文艺批评沦落的关键原因之一，就是西方的许多批评家同时也是作家，因而他们总是能在创作实践中取得优先发言权，获得足够的资格进行批评。检视中国这70余年来的文艺批评"家"们，又有几个同时是创作者呢？当然，我们不能排斥有独到见地的大理论家参与文艺

① ［英］雷蒙·威廉士：《关键词：文化与社会的词汇》，刘建基译，台湾巨流图书有限公司，2003年版，第75页。
② 王焕生：《古罗马文艺批评史纲》，译林出版社，1998年版，第24页。
③ 王焕生：《古罗马文艺批评史纲》，译林出版社，1998年版，第25页。

批评，但绝不能够容忍那种连作品都没有读懂就指手画脚的批评家大行其道。

诚然，我们不能忽略"罗马文法批评"的存在："古代存在过三个不同的批评术语，这就是语文家（Philologos）、批评家（Critikos）和文法家（Grammatikos）……关于批评家，亚里士多德曾在《论动物的结构》中说：'我们认为，只有受过全面教育的人才有能力批评各种事物。'后来'批评家'用来指对文艺作品进行分析的学者。在附于柏拉图名下的一篇佚名作者的对话录《阿克西奥科斯》（公元前4世纪末）中，'批评家'系学校里的高级文学教师，与低级文学教师 Grammatikos（文法家）相对。塞克斯图斯·恩皮里库斯（公元3世纪后期）曾经根据克拉特斯的看法，对'批评家'和'文法家'做过如下界定：'批评家应该精通于各门属于精神起源的科学，而文法家则仅仅需要知道词语解释、音韵理论等。'①我之所以引用这段话，与下文分析中国当代文艺批评的现状有关。而这里我要强调以下几点：首先，应该清楚西方文艺批评史自古以来就将"批评家"和"文法家"区别开来。"批评家"必须具有较高的文化素养，"精通于各门属于精神起源的科学"，具有广博的人文知识积累。这一点也恰恰是中国当代批评家无法企及的，因此才会出现一些连最起码的文史知识都不知道，却也能够横行于文艺批评界的"怪胎"。反观我们几十年来的所谓"评论"，恐怕也就至多属于"文法家"的层次。其次，"批评家"担当的是审视与评判的职责，只有这样才能在文艺批评中居高临下地指出作品的优劣与高下。他们的批评文章只有在充分发挥批判的功能后，才能达到文学艺术的审美高级阶段，其中暗含的"审判"意识应该成为文艺批评的自觉。而"文法家"

---

① 王焕生：《古罗马文艺批评史纲》，译林出版社，1998年版，第80—81页。

担当的职责则是在作品鉴赏层面的"评论"。作为大众阅读的引领者，"文法家"只是作品的解读者而非批判者。这就划清了"批评"与"评论"的界限，两者所承担的对文学艺术阐释的职责与功能不尽相同。而我们的评论家恰恰混淆了这两者的区别，浑浑噩噩地进行当代文艺批评。说到底，我们只有作为"文法家"的评论者，而鲜有真正具有批判自觉的"批评家"。正是缺少了批判的风骨，我们的文艺批评才会让那些三流乃至十流的作品流布于市、妖言惑众。

我们不能忽略的问题是批评家素养的升华，即从一般性的讽刺指谬的"批评家"上升到有自觉批判意识的文艺"批评家"。这需要大量的人文知识储备，还要具有历史哲学的识见和不畏强权的批判勇气。以伟大的批评家琉善为例：

> 琉善虽然是一个修辞学家，并且在其早年受到第二期诡辩派的影响，但他终能以批判的态度克服诡辩派的各种弊端，成为当时最杰出的讽刺作家之一。他的讽刺矛头指向正在瓦解的古代希腊罗马社会的各种思想意识形态，包括哲学、宗教、修辞学等。正像他严厉批评他生活时代的各种哲学流派和宗教迷信一样，他也严厉批评他生活时代的历史著述和文学创作，在这些批评中表现出他的文艺观点……他反对虚假的、美化真实的写作，肯定真实的、非虚伪的文学，号召作家（包括历史学家和其他方面的作家）深入地观察生活。他认为："作家最好写他亲自见到的、观察过的东西。"他认为作家的思想应该有如镜子，真实地反映出所接受的东西，不歪曲、不美化、不改变原貌……他认为，一个历史学家，首先要能够独立思考，不趋炎附势，对任何人都无所畏惧，这样才能胜任历史著述的首要任务——如实地叙述事件……史家

作史应该能千古流传，而不要追求同时代人的一时激赏；不应用一些传说取悦于人，而应给后代留下对事件的真实叙述。他认为这就是历史学家应遵循的原则。与这种原则相适应，历史的叙述风格应该平易流畅，文笔简洁，不雕饰，不浮夸。[①]

这里需要说明的是，在琉善生活的年代，文体的分类还不是很严格，他所说的"历史"包括一切叙述和议论的文体。也许很多文艺理论家会认为这种古老文艺学见解已经过时了，但正是这个朴实的文艺学理论在检验几千年来的世界文学史，尤其是中国文学史的过程中，焕发出强大的生命力。当我们一直相信文艺创作应比生活更高、更集中、更伟大时，我们却背离了生活的本质，离真实的生活更加遥远了。我一直以为作家只能对历史进行真实的摹写，绝对没有篡改和美化历史的权力。像《大秦帝国》这样为封建帝王歌功颂德的作品，非但在文法技巧和艺术造诣层面上乏善可陈，而且对历史唯物主义进行肆意的践踏和亵渎，却得到了许多"评论家"的高度评价。这不仅表明那些评论家的修养和审美水平出了问题，更可悲的恐怕是他们并不知道批评的最高阶段是既有艺术感悟的灵性，又兼备历史批判的责任，而绝不是政治投机。反观当代文艺批评的历史，我们的批评家哪一次不是踏着雕饰和浮夸的节奏在前行呢？那种能独立思考的批评少之又少，即便有，也往往马上就被投机的文艺批评家剿杀殆尽了。文艺批评一旦失去了"独立之精神，自由之思想"，批评的本质就被阉割了。所谓不歪曲历史，往往不止于作家对历史的刻画，更在于批评家的理性分

---

① 王焕生：《古罗马文艺批评史纲》，译林出版社，1998年版，第313—314页。

析和深度的哲学批判阐释。

雷蒙·威廉士在谈"Censure"一词的含义时提道：

> Censure（责备、严厉批评）。当 Criticism 的最普遍的意义朝向"Censure"解释时，其专门特别的意义却是指向 Taste（品位、鉴赏力），Criticism 与 Cultivation（教化）、Culture（文化）、Discrimination（识别力）有着意义分歧，它具有正面的"良好的或有见识的判断"之意义……问题的症结不仅是在于"批评"（Criticism）与"挑剔"（Fault-finding）两者之间的关系，还在于"批评"与"权威式的"（Authoritative）评论两者之间存在着更基本的相关性：二者皆被视为普遍的、自然的过程。作为表示社会的或专业的普遍化过程的一个词，Criticism 是带有意识形态的……将 Criticism 提升到"判断"的意义……在复杂而活跃的关系与整个情境、脉络里，这种反应——不管它是正面或负面的——是一个明确的实践（Practice）。[①]

回眸 70 多年来的中国当代文艺批评史，我们的批评始终停滞在对作家、作品进行鉴赏的层面。这不仅仅是因为大部分批评家的理论基础和人文修养先天不足，更重要的是因为我们的批评家根本就没有意识到批评与评论是两个不同层次的文学活动。前者是熔形上与形下于一炉的哲思，而后者却只是一种文法阐释和欣赏活动。也就是说，当"批评"上升到"判断"（即"批判"）的层面时，其批判精神就起主导

---

① ［英］雷蒙·威廉士：《关键词：文化与社会的词汇》，刘建基译，台湾巨流图书有限公司，2003 年版，第 75—77 页。

作用了。这就是雷蒙·威廉士所说的"带有意识形态的"哲学批判式的文艺批评。

文艺批评当然可以赞颂，西塞罗就声称"文学称赞是对德行的最高奖赏"。王焕生指出，西塞罗认为"对一个杰出人物的颂扬实际上也是对一个民族的颂扬，对一个民族的颂扬可以激励人们为荣誉而奋斗。因此，国家应该尊重诗人，重视文学。西塞罗的上述看法反映了当时罗马社会文学观念的变化……从上面的举例可以看出，罗马上层社会人士也正极力利用文学的这种功能，为自己树碑立传，以求扬名后世"①。我们不反对为国家、民族以及英雄歌功颂德，但它只能是批评观念与方法的一种，而且这只是"文法家"的工作范畴。我们千万不能将其当作文艺评论的唯一标准和衡量评论家水平高低的标尺。一个批评家如果像鲁迅批评的"京派"和"海派"文人那样被"商家"或别的什么豢养，他就不可能有独立的精神和自由的思想，同时也就放弃了批评的尊严。70多年来，我们给予作家的待遇让全世界羡慕和瞩目。这在体制层面上就规定了作家和艺术家享有至高的荣誉和权力。在这一体制下，我们不得不承认，只有"歌德派"才能获取更大利益，绝大多数批评家都失去了直面现实的勇气和能力，缺乏真正有生命力的批评精神。

其实，直面现实不仅是作家的品格，而且也应该是批评家的品格。奥威尔曾这样评价阿纳托尔·法朗士和马克·吐温："跟马克·吐温相比，那位法国人（指阿纳托尔·法朗士）不仅更博学、更文明、更有审美趣味，而且也更有勇气。他敢于攻击自己所不相信的事物；他从没像马克·吐温那样，总是躲在'公众人物'那可亲的面具后面，甘

---

① 王焕生：《古罗马文艺批评史纲》，译林出版社，1998年版，第93页。

心做一个特许的弄臣。他不惧怕得罪教会，在重大的争议中——比如，在德雷福斯案件中——敢于站在少数人一边。反观马克·吐温，则从来没有攻击过社会确定的信仰，生怕惹上麻烦（《什么是人》这个短篇也许是个例外）。他也一直未能摆脱'成功与美德是一回事'这一典型的美国式观念。"①

是的，中国的作家和艺术家像马克·吐温这样的人太多了，却很难见到像阿纳托尔·法朗士那样敢于说"不"的批评家。

奥威尔作为欧洲 20 世纪最伟大的批评家之一，他的批评充满着文化批判的意识和知识分子的责任感，他的犀利之处是敢于进行近乎刻薄的批评。他这样评价自己不喜欢的作品："我所提到的这些书，都是所谓的'逃避'文学。它们在人们的记忆中形成了愉快的区域和安详的角落，都跟现实生活委实没有多大关系。"② 这样敢于"吹毛求疵"的批评家在中国非常罕见，我们看到的更多是那种躲在意识形态皮袍下的唱诗者，连"公众人物"的面具都不敢戴的发言人，他们早就把批判的武器扔进了历史的垃圾堆。

奥威尔一贯秉持现实主义的文艺观，他告诉我们：作家的技巧再好、再时尚、再先锋，如果不能忠实于现实，那么其作品就不会在文学史上留下痕迹。反观文艺界在"十七年文学"时期兴盛起来的"战歌"批评模式，其理论基础是"以阶级斗争为纲"的政治规训。这样的批评模式一旦蔓延开来，就不仅仅是一场文学艺术的灾难，更是一场文化的劫难。这类"批评"一度成为某些批评家捞取政治资本的手段，成为"棍棒"的代名词，致使批评界至今仍规避这个词。

---

① ［英］乔治·奥威尔：《政治与文学》，李存捧译，译林出版社，2011 年版，第 199—200 页。
② ［英］乔治·奥威尔：《政治与文学》，李存捧译，译林出版社，2011 年版，第 262 页。

我们需要的是正常的批评，指陈和批判文艺作品中林林总总的思想缺陷和艺术失误。只要不是人身攻击，就可以亮出批判的利剑，大刀阔斧地驰骋在文学艺术的殿堂上，用学术和学理的手术刀来摘除文艺肌体上的毒瘤，保持批判者的本色，唯此才能使批评正常化。当然，批评需要激情，需要引发争鸣，但前提是需要杜绝"大批判"式的批评文风，使批评回到正确的学术与学理的轨道上来。

不过，在中国的文艺界，一个更加温和的批评术语——评论——开始频繁出现。这40年来，"评论"甚至已经基本替代了哲学层面的"批评"。于是，文艺界充斥着对一切作品的褒扬。这种风气一俟遇到适合的生存环境，便会产生巨大的能量，严重危害文艺批评的声誉。20世纪90年代以降，由于消费文化的侵入，阿谀奉承的"评论"开始大行其道，捧杀了作家，捧杀了作品，最终捧杀了中国的文学艺术。看一看艺术品市场的怪现象：假的说成真的、丑的说成美的、恶的说成善的，黑白颠倒、指鹿为马的现象比比皆是，这难道不是艺术评论家的功劳？而文学评论家不看原作，只读内容简介，就可以写出一大篇评论文章的现象，也早已不足为怪了。"评论"失去了"批评"的锋芒，毫无批判精神可言，跪倒在拜金主义的裙下。没有非难、没有指责、没有吹毛求疵，文艺就没有危机感。当文艺批评成为作家、作品的吹鼓手和抬轿夫，成为金钱的奴仆，死亡的就不仅是批评本身，文艺作品也连着一起走进了坟墓。

我们倡导正常的文艺批评，但最难的不是在面对强权与文艺的堕落时敢于说"不"，而是在面对自己的朋友和亲人的创作时也能够保持批判的姿态。别林斯基临死前对自己培养起来的作家果戈理的严厉批判是批评的伟大典范。果戈理在1847年出版了一本鼓吹恢复农奴制和沙皇统治的小册子，这让别林斯基极为愤怒，并使其在生命的最后阶段奋笔疾书，痛斥果戈理背叛了良知与真理。别林斯基为何如此激动、如此愤慨？就是因为一个批评家的良知和职责让他不得不对自己昔日的朋友发出怒吼。他不能在人民的痛苦和文学的真理面前闭上自己的眼睛。我为一些批评家放弃批评的道德与良知感到悲哀。

由此我联想到的是，如今中国的批评更缺乏的恐怕是那种对自己同党、同派、同宗、同门、同志、同人的批评。"党同伐异"易，"挞伐同党"难！从某种意义上说，当下的"圈子"文艺也是阻碍正常的文艺批评发展的重要因素之一。殊不知，文艺批评的本质与精魂就在于它永远忠实于对思想和艺术的独特阐释，它的天平永远倾斜在艺术的真理一端，而不受任何亲情和友情的干扰。

如果再不恢复文艺批评的批判功能，我们就丧失了批评之魂。当然，我们不需要"狼嚎"式的"战歌"批评，也不需要"莺啼"式的"颂歌"批评，我们需要的是那种建立在科学知识体系上的批评和评论。不做蜷缩在某种指挥棒下的吠者，亦不为带有宗教色彩、放弃怀疑批判精神的批评张目，这应该是批评家所遵循的批评法则。

20 世纪 90 年代以降，大部分批评家们纷纷抹去了观念的棱角和思想的锋芒，自觉或不自觉地完成了"华丽的转身"。他们或成为某种意识形态的"传声筒"，或成为消费文化的谋利"掮客"，唯独失去了"独立之精神，自由之思想"的批评风骨。其实，批评家都知道一个常识：如果没有怀疑与批判的精神作为导向，没有犀利和独到的批判精神作为基础，文艺批评是毫无意义的。当 20 世纪 90 年代人们都在高声呼吁"人文精神"的时候，我们恰恰丢失了人文学科的灵魂。这是一个"丧魂落魄"的时代，只有极少数人还在苦苦寻觅那条人文学科的"黄金通道"——在没有批判的年代里寻找批判的武器。"破"是手段，"立"才是根本，试图重建一个有序的批评话语体系，寻觅一种倾向于真理而不屈从于话语权力、追求正义而不臣服于规训的勇气，成为 21 世纪一代学者的批评之梦。

我们今天的批评要为将来的文艺批评留下历史的底片。当文艺批评抽掉了批判的内涵，变成了一味吹捧的"评论"时，就意味着这个时代的批评死了，而文化也就死了！这其实是一个简单的常识，但要让人们理解它却十分艰难。因此，我们有必要将它的内涵延展到人类文化的价值底线上来，把人性的诉求和文化的进步作为批评的本义，批判一切阻碍人类文化进步的不合理现象，为建构一个理想的文艺批评体系而努力。不要以为文坛上的"评论"十分热闹，殊不知，它恰恰是一个时代的文化失去活力的表征。所以，重拾马克思主义批判精神才是文艺批评的首要任务。要知道，一个社会要想进步，就应该不断洗涤其身上的文化污垢，不断疗治其自身的文化疾病。

"学院派"的"批判理论"与"现代批评"的出路

随着"法兰克福学派"的兴起，"批判理论"成为西方现代批评的重要武器，其领袖人物阿多诺、霍克海姆以及本雅明等，在马克思主义理论的基础上建立了"政治美学"。

"在阿多诺最具挑战性的论点里，他针对当代社会的矛盾，提出了缜密的论证分析，虽然受惠于马克思主义，但他关注的不是有组织之劳工阶级传统的能动性，而是现代文学与音乐（贝克特、荀白克）里强烈的形式困难和自主性，以寻求反对资本主义的对抗性感受（Sensibility）。他和学派里的其他成员认为文化工业会破坏政治意识，并且威胁要吸纳最不妥协的'真正'艺术以外的一切事物。"①

这种决绝的"批判"意识和姿态几乎成为西方批评最重要的理论武器。"批判理论"通过批判社会来提升美学的自我觉醒意识，对霸权意识形态和媒体操控进行严厉的批判。这一理论在20世纪80年代登陆中国，逐渐为学界所推崇。到了20世纪90年代，"伊格顿（Terry Eagleton）指出，批判与批评不同。后者指涉的是位于文本或事件之外的中立有利立场，批判则是在研究对象内部采取位置，试图引出矛盾倾向，并突显其有效特质"。如果这一解释尚不够清晰的话，那么，约翰逊表述得就更加明确了："我所说的批判是最全面的意思：不只是批评，甚至也不是争论，而是一种程序，借此可以同时理解其他传统的可能性和禁制。批判牵涉了窃取比较有用的成分，抛弃其余部分。从这个观点来看，文化研究是个过程，是生产有用知识的炼金术。"②从中我们不难看出中国内地"学院派"学者纷纷由文学批评转向文化批评的缘由。然而这种理论的盛行往往又成为一把批评的双刃剑，利弊都十分明显：对西方"批判理论"的吸纳，一方面使我们能够对西方后现代社会进行有效的批判；另一方面却让我们对中国社会自身的文化弊端视而不见。在批评实践中，"学院派"批评家大量使用空洞理论，并在文章中植入后现代理论家们佶屈聱牙、含混不清的名词。这些批评家的工作不过是像堂吉诃德那样与风车作战，却被许多人看作"横移"西方现代和后现代文化理论的硕果。殊不知，这种"横移"是皇帝的新装，只是没有学者愿意去揭穿事实的真相。因为"学院派"批评家，包

---

① ［英］彼得·布鲁克：《文化理论词汇》，王志弘、李根芳译，台湾巨流图书有限公司，2004年版，第77页。
② ［英］彼得·布鲁克：《文化理论词汇》，王志弘、李根芳译，台湾巨流图书有限公司，2004年版，第78页。

括我本人在内，谁也不愿意承认自己对时尚的西方理论一窍不通。于是，运用这些西方理论去评论中国作品的"新批评家"就雨后春笋般出现了，这些"遗传基因"甚至明显地体现在某些"80后"批评家身上。

从20世纪80年代后期开始，中国的文艺批评似乎进入了一个"黄金时代"。在虚假繁荣的背后，"学院派"批评家开始通过西方批判理论名词对作家、作品进行轰炸。这类解读往往很容易被并不懂西方批判理论的中国作家接受，因为在飞速发展的中国社会，作家的心灵深处有着20世纪末的文化恐惧，一旦有批评家搬弄西方批判理论为中国作家的作品镀上一层"先锋""新潮"或"实验"的金箔，作家就欣然接受了这份理论的馈赠，参与到这场"批评术语革命"的狂欢中来。在中国的读者群中，即便是能够解剖"先锋"作品"全尸"的"学院派"批评家也很少能领会作家真正在表现什么吧。

"学院派"为何会在21世纪突然从文艺批评转向了文化批评呢？追根溯源，一是对文艺创作的失望；二是认为广阔的文化批评更适合"学院派"的学术路径；三是因为批判资本主义的文化没有政治风险。有学者指出：

> 文化评论是18世纪资本主义、都市生活的产物，也是印刷文化（Print Culture）兴盛时期的产物。由于市场原则与专业倾向，文化批评家在地位上开始具备独立自主性，并且在媒体、公共舆论的批评与理性论述空间里，拓展对话、辩论及多元思考的余地，将当下的文化生态及其现象当作批评的对象，让读者或听众一起感知或了解切身的文化问题，进而设想其对策或解决之道。从18世纪起，小说就对内在价值、家庭生活、情感伦理、虚拟人物及其共同背景的理解等现代文化现象的向度，以具体写实的语

言与再现的方式提出种种形塑组构（Configuration）与重新解读（Refiguration）的可能性……虽然18世纪以来，大众媒体如何操作新闻事件、艺术展览、影像再现，以及"自然"如何日渐荡然无存而成为"工业革命"祭坛上的献祭品，都是批评家重点批评的对象，都是现代主义的"文化批评"，仍有另一个层面，力图采取救赎式的美学政治，以诗去取代已在后资本主义社会中销声匿迹的宗教——以这种角度进行的"文化批评"，由浪漫主义到新批评，都是某种形式的现代主义"文化批评"。[①]

而反观中国近二三十年来的文化批评，虽然它在文艺批评界刮起了一股借鉴消费文化理论的批评旋风，但这股旋风并没有对中国文化资本市场做出宏观的理论把握，也没有对文学艺术作品中的"内在价值、家庭生活、情感伦理、虚拟人物"的"形塑组构"进行鞭辟入里的剖析，而是用被"误读"的后现代理论作为挡箭牌，去遮掩其批评的空洞和解读的紊乱。这样的批评与美国文化批评有何关联呢？他们失去的正是对工业革命的种种弊端进行深刻批判的批评本质。

肇始于第一次世界大战期间的"新批评"是西方形式主义文论的重要一支。这一理论以美国批评家兰塞姆于1941年出版的《新批评》为标志，定义了"现代批评""本体论批评""反讽批评""张力诗学""结构批评""分析批评""语境批评""本文批评""客观主义理论"以及"诗歌语义学评论"等一系列批评概念，大大丰富了批评的内涵与外延。值得注意的是，美国"新批评"理论进入中国理论界、

① 廖炳惠：《关键词200——文学与批评研究的通用词汇编》，江苏教育出版社，2006年版，第49—51页。

批评界和文学史界，改变了中国文学理论、批评观念和文学史观的格局。因此不对"新批评"做出客观的分析，我们就不能从根本上厘清中国当代文艺批评史上这种具有革命性意义的变化。我们不能只在技术层面上吸纳"新批评"理论，而缺乏对其人文主义批判意识的认识。

无疑，韦勒克在中国学术界的影响不逊于西方任何一位当代文学理论家，他那本与奥斯汀·沃伦合著的《文学理论》几乎成为文学系师生人手一本的文学理论教科书。正如有学者指出的："该书十分强调以新批评为代表的艺术形式分析的美学意义和价值，通过对文学性质、功用、文学理论、文学批评、文学史及总体文学、比较文学、民族文学等各方面的定义和研究，力图廓清文学方法存在的问题。通过大量的资料准备，作者讨论了文学与诸多相邻学科，如传记学、心理学、社会学、哲学的关系，最后建构起自己的一套理论。"[①] 为什么韦勒克的文学理论自 20 世纪 90 年代后对中国文学界和学术界有如此大的影响呢？尤其是书中"文学理论、文学批评和文学史"三元合一的批评观念与方法，就像灯塔似的引导着中国现当代文学研究。因为他的观点和方法不但适合于欧美文学界，而且似乎更加适合当代中国的治学语境。这样的理论既注重中国传统义理考据的方法，又旁及人文学科的各个领域，同时也没有西方文学理论常有的枯燥艰涩。更重要的是，其理论的阐释恰恰与这些年中国社会文化结构高度吻合，其对美国资本主义文化发展中的许多弊端的阐释，恰恰成为中国当下文化的一面镜子。可惜的是，在我们的文学批评领域，真正吸纳其精华者甚少。

对中国理论界和批评界来说，韦勒克最为精彩的理论无疑是"文学理论、文学批评和文学史"三元合一的批评体系。这是提升一个批

---

① 王治河：《后现代主义辞典》，中央编译出版社，2004 年版，第 666—667 页。

评家（也是理论家和文学史家）修养的不可或缺的方法。正像韦勒克和沃伦所说的："文学理论不包括文学批评或文学史，文学批评中没有文学理论和文学史，或者文学史里欠缺文学理论与文学批评，这些都是难以想象的。"① 这段话可谓点到了中国文艺理论界的"死穴"。由于学科分工过细，中国文学研究界的这三个领域成为互不联系的独立机构，使得本应该更博学的治学者变成流水线上工匠式的操作工人，在"学院派"的冠冕下做着精致的作坊式的工作。这种学术生态严重阻碍了中国文艺理论的创新和发展。

中国的文艺批评往往呈现出以下两种模式。首先，"学院派"批评家会从文学史的角度，大量引征文献资料，"掉书袋"成了他们评论文章的主体结构。殊不知，这恰恰背离了文艺批评对于文本应有的独特阐释，使得评论文章被大量引经据典的注释湮没。我并不反对运用各类古典文献来分析当下的文艺创作，但面对当下文艺作品中那些古人无法遭遇的生活经验，这种"掉书袋"式的批评只能是阉割当代作品中对现实生活的鲜活感受。当然，我并不反对借鉴古人的文学艺术经验，但是面对日新月异的文明、文化和文学的变化，对现实问题做出新的读解才是批评的价值所在。我们只有用自己独特的判断来完成"批评在当下"的工作，才能真正担负起批评家独立思考的批评职责，才有可能使"批评"起死回生。其次，是那些非"学院派"批评家的评论模式。虽然这类批评家对作家、作品有着较为敏锐的感悟，但是他们的文学评论往往缺乏理论的支撑以及文学史的整体意识，甚至缺乏起码的人文常识。这使得其批评往往停滞在平面化的分析和对作品

---

① ［美］韦勒克、沃伦：《文学理论》，刘象愚、邢培明、陈圣生、李哲明译，生活·读书·新知三联书店，1984年版，第32页。

自说自话的误读中。这些评论家虽有一些才情，却难以将平面化的评论提升到深刻的形而上的哲学批评层面。

此外，针对文学批评和文学史的重构，"新批评"理论中作家、作品应具有历史穿透力的看法也击中了中国评论家的命门："不过，作家的'创作意图'就是文学史的主要课题这样一种观念，看来是十分错误的。一件艺术作品的意义绝不仅仅止于，也不等同于其创作意图；作为体现种种价值的系统，一件艺术品有它独特的生命。一件艺术品的全部意义，是不能仅仅以其作者和作者的同时代人的看法来界定的。它是一个积累过程的结果，亦即历代的无数读者对此作品批评过程的结果。"① 按照作家的"创作意图"去按图索骥的批评观念与方法，已经成为中国很多评论家的惯性思维。尽管近25年来这种情况有所改善，但多数评论家还是习惯首先去揣摩作家写某个情节和细节时的意图。他们不知道批评的"独特的生命"是在批评家的"二次创造"中获得的，却对同时代的"大"理论家的看法很在意。即便那些"大"理论家对文艺评论并不在行，也会有很多的评论家为其批评进行趋之若鹜的"深度阐释"。批评家总是生活在先验的理论之中，这不能不说是中国当代批评弱化的深层次原因。另外，很多批评家不知道，作家的"创作意图"其实也是根据某种先验意识形成的。即使他们了解这一点，他们也会把它视为"深化意图"的理由和资本。因为这些评论家和作家在共同建构着一种只适用于当下的评论和作品，而文艺作品的恒久生命力则被忽视了。回顾几十年来的中国当代文学史，那些一度被评论家捧红的文艺作品有一大批被逐出教科书。

---

① ［美］韦勒克、沃伦：《文学理论》，刘象愚、邢培明、陈圣生、李哲明译，生活·读书·新知三联书店，1984年版，第35页。

不难看出，几十年来"颂歌"之所以流行，皆因中国文艺批评界形成的根深蒂固的陋习——评论家习惯于匍匐在作家，尤其是大作家的足下讨生活。仰人鼻息、仰视作品，已然成为一种评论的潜规则。如果说得刻薄些，那就是当今的许多评论家是被孵在作家卵翼之下生活的雏鸡，是站在犀牛背上觅食的寄生鸟，是生活在囚笼中的金丝雀。

在韦勒克和沃伦看来，"历史派的学者不会满足于仅用我们这个时代的观点去评判一件艺术品，但是这种评判却是一般文学批评家的特权；一般的文学批评家都要根据今天的文学风格或文学运动的要求，来重新评估过去的作品。对历史派的学者来说，如果能从第三时代的观点——既不是他的时代观点，也不是原作者的时代观点——去看待一件艺术品，或去纵观历来对这一作品的解释和批评，以此作为探求他的全部意义的途径，将是十分有益的"①。或许这种批评方法对欧美的历史派批评家来说，是一个并不艰难的选择，而对中国的批评家来说，则是一种奢望。用"第三时代的观点"去看待一件艺术品，的确可以超越先验的意识形态羁绊，对文艺作品进行客观的评判，但这样的"特权"在中国是不会出现的。因此，克罗齐的著名论断——"一切历史都是当代史"便成为许多批评家歪曲和"误读"文艺作品时最响亮的理论口号，也成为许多投机的文化评论家的理论资源。"新批评"的"第三时代的观点"理论为什么没有引起中国理论界足够的重视？其中的奥妙不难理解，因为我们的批评家很少有，也不太需要文学史的自觉意识与前瞻意识。

中国的当代批评家很少要求文艺作品具有永恒性，而"新批评"

---

① ［美］韦勒克、沃伦：《文学理论》，刘象愚、邢培明、陈圣生、李哲明译，生活·读书·新知三联书店，1984年版，第36页。

的理论则认为：

　　我们要研究某一艺术作品，就必须能够指出该作品在它自己
那个时代的和以后历代的价值。一件艺术品既是"永恒的"（即
永久保有某种特质），又是"历史的"（即经过有迹可循的发展过
程）。相对主义把文学史降为一系列散乱的、不连续的残编断简，
而大部分的绝对主义论调，不是为了趋奉即将消逝的当代风尚，
就是设定一些抽象的、非文学的理想（如新人文主义、新托马斯
主义等批评流派的标准，不适合于历史有关文学的许多变化的观
念）。"透视主义"的意思就是把诗和其他类型的文学，看作一个
整体，这个整体在不同时代都在发展着、变化着，可以互相比较，
而且充满着各种可能性。文学不是一系列独特的、没有相通性的
作品，也不是被某个时期（如浪漫主义时期和古典主义时期，蒲
柏的时代和华兹华斯的时代）的观念完全束缚的一长串作品。文
学当然也不是一个均匀划一的、一成不变的"封闭体系"——这
是早期古典主义的理想体系。绝对主义和相对主义二者都是错误
的。实际上，任何文学史都不会没有自己的选择原则，都要做某
种分析和评价的工作。文学史家否认批评的重要性，而他们本身
就是不自觉的批评家，并且往往是引证性的批评家，只接受传统
的标准和评价。今天一般来说都是落伍的浪漫主义信徒，拒斥其
他性质的艺术，尤其是拒斥现代文学。①

------

① ［美］韦勒克、沃伦：《文学理论》，刘象愚、邢培明、陈圣生、李哲明译，生活·读
书·新知三联书店，1984年版，第36—37页。

因为中国的部分批评家没有追求永恒的批评意识，所以他们看不到"不适合于历史有关文学的许多变化的观念"。趋奉"当代风尚"成了他们唯一的宗旨和目的。这种流行于英美的相对主义理论被韦勒克诟病为"造成了价值混乱，放弃了文学批评的职责"，但是却被一些理论家引入中国后无限放大，成为"学院派"理论批评的滥觞，被这30多年来的文艺理论与文艺批评奉为圭臬。

　　在中国，研究现当代文学的人往往被研究古典文学的"学问家"鄙夷。这种陈旧的"学院派"论调虽然近年来有所改观，但仍然阴魂不散。殊不知，任何人的研究水平都不取决于其研究对象，而是取决于他的研究能力和思想深度。韦勒克和沃伦曾指出，"现代文学之所以被排斥在严肃的研究范围之外，就是那种'学者'态度的极坏的结果。'现代'文学一语被学院派学者做了如此广泛的解释"。当然也有例外，"在学院派之中，也有少数坚毅的学者捍卫并研究当代文学"[1]。有趣的是，韦勒克对20世纪欧美理论界状况的论述，就好像在描述中国"学院派"研究者的病症。而我们是否要做他所说的那种少数捍卫并研究当代文学的学者呢？我们是否能够在研究当代作家和艺术家时用自己独特的喉咙发声呢？这才是问题的关键。

　　韦勒克和沃伦为现当代文学研究所做的辩护极为精彩，他们认为：

　　　　反对研究现存作家的人只有一个理由，即研究者无法预示现存作家毕生的著作，因为他的创作生涯尚未结束，而且他以后的著作可能为他早期的著作提出解释。可是，这一不利的因素，只

---

[1] ［美］韦勒克、沃伦：《文学理论》，刘象愚、邢培明、陈圣生、李哲明译，生活·读书·新知三联书店，1984年版，第37页。

限于尚在发展前进的现存作家；但是我们能够认识现存作家的环境、时代，有机会结识并讨论，或者至少可以与他们通信，这些优越性大大压倒那一不利的因素。如果过去许多二流的，甚至十流的作家值得我们研究，那么与我们同时代的一流和二流的作家自然也值得研究。"学院派"人士不愿评估当代作家，通常是因为他们缺乏洞察力或胆怯的缘故。他们宣称要等待"时间的评判"，殊不知时间的评判不过也是其他批评家和读者（包括其他教授）的评判而已。①

也就是说，盖棺论定的研究方法不适用于研究当下的文艺创作，因为研究者的理论和批评本身就是在创造历史，建构有意味的文学史。对那些被文学史淘汰的作家、作品重新大张旗鼓地进行研究，是对文学史研究的亵渎。大量的学术垃圾就是由此产生的。

此外，今天中国的文艺界还有一种现象相当普遍，即作家对文学史一知半解以及艺术家对艺术史一无所知。由于中国许多作家、艺术家的文化修养有限，使得他们往往以无视文学史和艺术理论为骄傲，将批评家当作自己的"吹鼓手"和"擦鞋匠"。这一怪现象使得中国的文艺批评也形成了无视文艺发展史的弊病，因为对文艺发展史装聋作哑可以少读些书，这就自然地把"批评"庸俗化和浅表化了。没有文艺发展史的自觉意识，对作家、作品的评论就不会深刻。正像韦勒克和沃伦所言："反过来说，文学史对于文学批评也是极其重要的，因为文学批评必须超越单凭个人好恶的最主观的判断。一个批评家，倘若

---

① ［美］韦勒克、沃伦：《文学理论》，刘象愚、邢培明、陈圣生、李哲明译，生活·读书·新知三联书店，1984年版，第37—38页。

满足于无视所有文学史上的关系，便会常常发生判断的错误。他将会搞不清楚哪些作品是创新的，哪些是师承前人的；而且由于不了解历史上的情况，他将常常误解许多具体的文学艺术作品。批评家缺乏或全然不懂文学史知识，便很可能马马虎虎，瞎蒙乱猜，或者沾沾自喜于描述自己'在名著中的历险记'；一般说来，这种批评家会避免讨论较远古的作品，而心安理得地把他们交给考古学家和'语文学家'去研究。"①

　　这真是一针见血地指出了当下批评家的通病。换言之，一个好的批评家必须具有丰富的文学史知识。只有以古今中外优秀的作家、作品为参照，批评家才能准确地判断一部作品的价值。而今天的中国有多少这样的批评家呢？

　　总之，我在这篇文章中梳理了目前中国文艺批评界出现的种种怪现象，并在理论上分析了造成这些现象的深层次原因。可以说，中国当下的文艺批评已经到了非整治不可的地步。因此，重建一个具有马克思主义批判精神的多元文艺批评体系是目前刻不容缓的时代诉求。

---

① ［美］韦勒克、沃伦:《文学理论》，刘象愚、邢培明、陈圣生、李哲明译，生活·读书·新知三联书店，1984 年版，第 38 页。

第二辑

从五四"人的文学"到"文学是人学"

——重读钱谷融先生的《论"文学是人学"》*

———————————◎———————————

  1918 年 12 月《新青年》刊登了周作人的《人的文学》,遂成为"五四文学革命"的大纛。周作人从个性解放的要求出发,充分肯定了人道主义,提出以"人道主义为本,对于人生诸问题,加以记录研究的文字,便谓之人的文学",认为新文学即"人的文学",应充分表现"灵肉一致"的人性,并主张"以真为主,以美即在其中"的文学观念。这就成为"五四文学"的重要标志,同时也是指导"为人生派"现实主义创作思潮的核心观念。其实,这样的创作观念和学术观念一直在中国百年文学史的进程中起着重要的引导作用,尽管历经多次政治思潮和社会思潮的冲击,但仍旧绽放出它经久不息的生命力。毫无疑问,钱谷融先生"人学"(亦即"人道主义")理论的提出,乃是对五四"人的文学"的传承。

---

* 本文引文均出自钱谷融《论"文学是人学"》,人民出版社,1981 年版。

在中国，一个学者一生之中即便有再多的著述，倘若没有建立自己的理论体系，则算不上理论家；但只要有一个理论观点让人记住，哪怕就是一句话让人过目不忘，也十分难能可贵了。在这个理论爆炸、论著狂泻的时代，我们就像匆匆过客一样，刚刚登上历史舞台，还没有让人看清自己的面目，就走进了历史的坟场。

有人说钱谷融先生一生著述不多，能够留下来的就是《论"文学是人学"》和《〈雷雨〉人物谈》了。我个人以为，仅仅《论"文学是人学"》这一篇就足以奠定钱先生在中国当代文学史上的地位了。谁能在那个风雨如磐的岁月里喊出真理的口号，谁就占据了文学史的制高点，谁就会让人们记住他的英名。因为我们文学史的书写是离不开那千头万绪的政治缠绕的，唯有用"真的猛士"的勇气，方能够在险峻的时刻揭开真理的面纱，钱先生就是那个在历史的关键时刻，揭开真理面纱的学者。

钱先生拿到了打开文学创作之门的"总钥匙"，打开了探讨文学本质的大门，然而，难道中华人民共和国成立以后我们在苏联文艺理论指导下的许许多多的理论家就没有拿到这把"总钥匙"吗？非也，他们许多人手中都有这一把"总钥匙"，只是谁也不敢第一个去打开这个文学之门而已。钱先生却重启了这扇被关闭的文学之门。就像那个可爱幼稚又敢于说出真话的儿童指出皇帝没有穿衣服那样，钱先生用他的童真喊出了常识性的真理，而我们所处的时代往往就是把常识当作创新的真理来追求的，它需要的是勇气和胆识，而非理论的创新。这是时代的悲哀，还是学术的悲哀呢？

诚如钱先生当年所言："高尔基曾经提过这样的建议：把文学叫作'人学'。我们在说明文学必须以人为描写的中心，必须创造出生动的典型形象时，也常常引用高尔基的这一意见。但我们的理解也就到此为止——只知道逗留在强调写人的重要一点上，再也不能向前多走一步。其实，这句话的含义是极为深广的。我们简直可以把它当作理解一切文学问题的一把总钥匙，谁想要深入文艺的堂奥，不管他是创作家也好，理论家也好，就非得掌握这把钥匙不可。理论家离开了这把钥匙，就无法解释文艺上的一系列的现象；创作家忘记了这把钥匙，就写不出激动人心的真正的艺术作品来。这句话也并不是高尔基一个人的新发明，过去许许多多的哲人，许许多多的文学大师都曾表示过类似的意见。而过去所有杰出的文学作品，也都充分证明着这一意见的正确。高尔基正是在大量地阅读了过去杰出的文学作品，和广泛地吸收了过去的哲人们、文学大师们关于文学的意见后，才能以这样明确简括的语句，说出了文学的根本特点的。"可见这样的真理并不是钱先生的新发现，也不是高尔基的"新发明"，而是"吸收了过去的哲人们、文学大师们关于文学的意见后"的理论概括。问题是，在中国文学思潮演变的关键时期，有谁能够站出来坚持真理呢？

纵观中华人民共和国70年来的文学史，我们需要反思的问题恰恰就是我们的理论家和文学史家能不能在文学思潮的大风大浪中保有坚持真理的勇气和敢于讲真话的胆识。钱先生在那个关键时刻说出了真话，虽然日后遇到了一些挫折，但是历史为他坚持真理的勇气做出了最公正的评断。这便是文学史的吊诡之处，同时也是其全部的意义所在。

用钱先生的话来说："我这篇文章，就是想为高尔基的这一意见做一些必要的阐释；并根据这一意见来观察目前文艺界所争论的一些问题。"在那个时代，钱先生用这个观点来观察"文艺界所争论的一些问题"肯定是十分敏感的，他要回答的是文学的本质是什么的问题，在那个时代，这显然就是一种不合时宜的时代杂音。"文艺的对象，文学的题材，应该是人，应该是时时在行动中的人，应该是处在各种各样复杂的社会关系中的人，这已经成了常识，无须再加说明了。但一般人往往把描写人仅仅看作文学的一种手段，一种工具，如季摩菲耶夫在《文学原理》中这样说：'人的描写是艺术家反映整体现实所使用的工具。'这就是说，艺术家的目的，艺术家的任务，是在反映'整体现实'，他之所以要描写人，不过是为了达到他要反映'整体现实'的目的，完成他要反映'整体现实'的任务罢了。这样，人在作品中，就只居于从属的地位，作家对人本身并无兴趣，他的笔下在描画着人，但心中所想的，所注意的，却是所谓'整体现实'，那么这个人又怎么能成为活生生的、有血有肉的、有着自己的真正的个性的人呢？"回顾20世纪50年代中期的文化与文学语境，"整体现实"是压在作家头顶上的一座大山，它无时无刻不在左右着创作思潮，让"大写的人"脱离"这一个"的独特表现，而朝着"整体现实"的无个性特征的"共性人"方向发展，意即一切按照预设的人物性格路线走向光辉的顶点——这就是后来发展成为"高大全""三突出"创作模式的理论滥觞。文学史如果不吸取这样的历史教训，我们还得重新蹚进同一条河流。

钱谷融先生竟敢说出这样偏离中心话语的狂言，也是当时政治环境所不能允许的："所谓'整体现实'，这又是何等空洞、何等抽象的一个概念！假使一个作家给自己规定的任务是'反映整体的现实'，假使他是从这样一个抽象空洞的原则出发来进行创作的，那么，为了使他的人物能够适合这一原则，能够充分体现这一原则，他就只能使他的人物成为他心目中的现实现象的图解，他就只能抽去这个人物的思想感情，抽去这个人物的灵魂，把他写成一个十足的傀儡了。"诚然，这是在向戴着桂冠的伪现实主义创作方法挑战。但我始终不能理解的是，像钱先生这样一个一向温文尔雅的学者，竟也会出离愤怒，用如此激烈的言辞来表达自己的文学主张。殊不知，钱先生只是按照文学艺术的本质和规律，说出了别人想说而不敢说的文学常识而已。

我们当然知道，在那个时代文学要"反映现实生活"就是要成为仅仅服务于政治的代名词，但是，在究竟如何深刻地看待这个问题方面，却无人敢于突破这道红线，所以钱先生这样说则是一种另类的声音："文学当然是能够，而且也是必须反映现实的。但我反对把反映现实当作文学的直接的、首要的任务；尤其反对把描写人仅仅当作反映现实的一种工具，一种手段。我认为这样来理解文学的任务，是把文学和一般社会科学等同起来了，是违反文学的性质、特点的。这样来对待人的描写，是绝写不出真正的人来的，是会使作品流于概念化的。"能够说出反映现实不能成为首要任务，不能作为一种工具来使用，不能被当成文学艺术唯一的标准已经是十分了不起的事情了。而这一切都是通向钱先生对文学的最高期待——反对概念化，反对庸俗社会学，让文学作品进入对"这一个"文学塑造的美学境界。"假使作家所着眼的是所谓'整体的现实'，或者像另一些人所说的是所谓'生活的本质''生活发展的规律'，而把人仅仅当作借以反映这些东西的一种工具的话，那么，他就再也写不出这样激动人心的作品来，再也收不到这样巨大的效果了。"对"整体现实"的破壁，就是对文学美学的回归，就是对"人的文学"的尊重和礼赞，"生活的本质"就是一切以人为本的艺术颤音，它建构在对"大写的人"的描摹之中。这样的理论是放之四海而皆准的普世文学真理，是人类社会发展到任何时期都应该遵循的文学创作规律。

还有一点，就是对于当时文学阶级论的破解，钱先生的理论当然有其突破的地方："我们从每一个具体的人身上，都可以看到时代、社会和阶级的烙印。这些烙印，是谁也无法给他除去的。曹雪芹难道是为了要反映封建社会的日趋崩溃的征兆，为了要反映官僚士大夫阶级的必然没落的命运而写《红楼梦》的吗？当然不是的。他是因为受到了对于贾宝玉、林黛玉等人的一种无法排解的、异常深厚复杂的感情的驱迫，才来写《红楼梦》的。但是我们通过这部作品所看到的，却绝不是贾宝玉等人的个人生活史，而是当时的整个时代，整个社会。对于《哈姆雷特》《堂吉诃德》《奥勃洛莫夫》以及《阿Q正传》等等，我们都可以这样说。"

无疑，钱先生是用辩证唯物主义"一分为二"的观点来解释这个现象的，也就是既承认了阶级性的客观存在，它是作品先天携带的文学基因；同时，又承认了它是作家在塑造人物时的主观意识渗透的必然结果。用钱先生的理论来说，就是"古往今来的一切伟大的诗人都把他一生的心血，交付给了他所创造的人物，他是通过他所创造的人物来为自己的祖国、为自己的人民服务的。……在文学领域内，既然一切都决定于怎样描写人、怎样对待人，那么，作家的对人的看法、作家的美学理想和人道主义精神，就是作家世界观中起决定作用的部分了"。这样看起来，钱先生的理论就十分圆满了。如今看来，如果文章到此打住，也就无话可说了。但是，紧接着的一个问题就让我们陷入了历史的沉思之中，那就是世界观和创作方法的悖论这个关键问题。

钱先生的天真和伟大是并举的，他在《论"文学是人学"》中居然敢于不同意伟大的革命导师恩格斯的理论，他认为自己是站在一个纯粹的学术层面来争鸣的。如果说，这是一种学者"无意后注意"的本能冲动的话，那么，他对胡风文艺思想的批判似乎多少还带有些许时代批判思潮的印痕，但是，这一点点阅读时的直感并不能够掩盖我重新阅读这篇宏文时对钱先生坚持真理的勇气的赞叹与敬佩。

钱先生是以巴尔扎克和托尔斯泰为例，来引证自己的辩证法观点的正确性的："这两个人，就他们的阶级立场、政治理想来说，都是反动的。但是他们的作品，就其主要倾向来说，却是有利于人民的，却是起着进步的作用的。这应该怎样解释呢？过去，都是根据恩格斯对巴尔扎克的评论，认为是他们先进的创作方法突破了他们落后的世界观，把这种现象归结为现实主义的胜利。但是这种解释总不能十分令人信服。因为，这等于是说，创作方法和世界观是可以割裂的了；等于是说，一个作家对现实的理解明明是这样，但他却可以把它写成那样，而且还仍然可以是好作品，仍然可以收到影响人、教育人的效果。这即使就常识来说，也是很难说得过去的。胡风集团就抓住了恩格斯的这一说法，极力宣扬他们的否定世界观对创作方法的决定作用的反动理论。另一些人则从作家的主观思想与作品的客观思想之间的矛盾来说明这一问题，但这仍然是说不通的。因为，作家的主观思想与作品的客观思想之间，尽管确乎存在着矛盾，但这种矛盾主要也只是深度和广度方面的互有差别，而绝不会是属于全然抵触的性质。因此又有一些人企图从这两位作家的世界观的本身找寻说明。他们引证了大量的材料，来证明这两个人的世界观内部原就存在着矛盾，其中既有反动的成分，也有进步的成分；并且断定，起主导作用的还是其进步的一面。于是得出结论说：他们的创作方法是和他们的世界观完全一致的。但这依然缺乏具体的分析。究竟在他们的世界观中有哪些是属于进步的因素？又有哪些是属于反动的因素？又是根据什么理由来断定他们的世界观主要是进步的呢？狭义的世界观主要是指哲学观点而言，按照我们一般的理解，是很难把巴尔扎克和托尔斯泰的哲学观点说成进步的观点的。"这个问题正是纠缠了我们数十年的一个艰难命题，胡风的"创作方法大于世界观"和"主观战斗精神"的理论经过了多少理论家的甄别，已经还其合法的理论地位了，但是我们并不认为他的理论就是唯一正确的理论，我们至今仍然可以进行学术和学理上的辩论。就我本人而言，几十年来的教学和著文一直遵循着恩格斯的这一理论，并激赏胡风的这一理论的发现与强调，这当然只是我个人的理论选择而已，并不妨碍持钱先生这样相反观点的理论合理的存在。在林林总总的世界文学宝库中，像这样价值立场反动，而在人物塑造上超越了其本阶级和本党派价值立场的作家作品比比皆是。那也恰恰就是钱先生主张的作家在塑造自己心爱的人物形象时，无疑是突破了阶级性的困囿的。从某种意义上来说，钱胡二者的理论在本质上是殊途同归的，它们都是突破阶级论包围的具有同质意义的理论，不过钱先生在破解这一阶级悖论的两难命题时更偏重使用人道主义的价值观：

> 托尔斯泰对待人民的革命斗争一贯是采取反对的态度的，虽然后来在 1905 年的革命中，也曾表示过某些赞同的意见，但这些意见在他的全部观点中所占的比重是很小的。然而，在《复活》中，他却把革命家们主要描写为一群勇敢、正直的，"为了人民而牺牲自己的特权、自由的生命"的人。甚至，他还违反了他一贯主张的"勿以暴力抗恶"的教义，同情并赞扬起革命者的暴力斗争手段来，认为这"不但不是罪恶，而且是光荣的行为"。为什么会这样的呢？因为，这时托尔斯泰所面对的，已经不是他自己的思想，不是什么抽象的原则、教条，不是政治主张或社会理想的问题了，而是一些具体的人的具体的行为。他看到这些革命者是"在损失自由、生命和一切人的宝贵的东西的危险中"才采取这样的暴力手段的；是在别人十分残忍地对待他们时，他们才

"自然而然地采用别人用来对付他们的那同样的方法"的。一个真正的人道主义者能够对这些革命者的行动表示反对吗？在这里，又是表现出作为"暴虐与奴役的敌人，被迫害者的友人"的托尔斯泰的伟大的人道主义精神，战胜了他对革命所持的反动观点的。

巴尔扎克虽然出身平民，却钦慕着贵族，要在他的姓氏前加一个"德"（de）字。在政治上，他更是一个保皇党，他的同情是完全在贵族一方面的。然而，他在他的作品里，却以"最尖刻的讽刺""最毒辣的嘲弄"来对付他所同情的阶级；而带着"不可掩饰的赞赏"去描述他政治上的死敌。为什么会是这样的呢？那就是因为：伟大的人道主义者的巴尔扎克，绝不能用别一种态度对待他笔下的人物。贵族，作为一个阶级来说，是他所同情的、寄以希望的；共和主义，作为一种政治主张来说，是他所仇恨的、坚决反对的。然而，他在他的作品里所描写的、所评论的，却既不是作为一个阶级的贵族，也不是作为一种政治主张的共和主义，而是一些具体的人和他的具体的行动。他就是根据这些人的具体的行动来确定对待他们的态度，给他们以一定的评价的。他嘲笑了应该嘲笑的人，赞扬了应该赞扬的人，而我们也因此喜爱他的作品，因此尊敬他为伟大的作家。

巴尔扎克和托尔斯泰两个人的例子，充分向我们证明：在文艺创作中，一切都是以具体的感性的形式出现的，一切都是以人来对待人，以心来接触心的。抽象空洞的信念，笼统一般的原则，在这里没有它们的用武之地。因此，在"人间喜剧"中，保皇党的巴尔扎克，天主教徒的巴尔扎克，就不得不让位于人道主义者的巴尔扎克。同样，在《战争与和平》中，在《安娜·卡列尼娜》和《复活》中，清晰地呈现在我们眼前的也是充满了对被压迫者和被剥削者的同情的托尔斯泰，而那"基督教无政府主义者"的托尔斯泰，就只能留下一个淡淡的影子了。

我是不是过分推崇了人道主义，过高地估计了人道主义精神的作用呢？我以为，如果是就文艺而论，那么，人道主义精神的作用，恐怕还要远比我上面所说的大得多。

我之所以引述了这一大段钱先生的原文，就是生怕篡改和曲解了先生的本意，如果我理解得不错的话，钱先生之所以敢于挑战恩格斯的定论，就是因为他手中握有对整个世界文学亘古不变的描写真理——人道主义原则在文学作品中是高于一切的核心元素。如果非得让我在恩格斯和钱先生两种观念之间进行选择的话，显然，用现实主义创作方法来克服世界观的不足，虽然也振聋发聩，但是就没有钱先生巧妙运用高尔基的理论，绕开了阶级论的障碍，直取伟大的人道主义精神为大纛来得更有普适性和说服力。用此来阐释一切有着阶级悖论的中外作家作品都是有效的，并且也充满着智慧。所以钱先生相信世界上的大作家都是千篇一律地遵循着这一条铁律的，无论他是什么流派的作家（因为除了现实主义作家作品，大量的浪漫主义作家作品是不能被排斥在世界优秀作家作品之外的）。钱先生不厌其烦地举出了许多著名作家，而这些作家都是归拢在人道主义大旗之下的："伟大的现实主义者巴尔扎克和狄更斯，是伟大的人道主义者。伟大的浪漫主义者拜伦与雨果也是伟大的人道主义者。我们并不是因为巴尔扎克和狄更斯是现实主义者，才喜欢他们、尊敬他们的。同样，我们之所以喜欢和尊敬拜伦、雨果，也并不是因为他们是浪漫主义者的缘故。这四个人之所以受我们的称颂，是因为他们在他们的作品里，对剥削阶级进行了严厉的抨击，对被压迫者表示了深厚的同情；是因为他们的作品渗透着尊敬人、关怀人的人道主义精神的缘故。"无须赘言，当钱先生把人道主义的伟大旗帜高高举起来的时候，他就不再顾忌其他的政治因素了。

钱先生紧接着对于自然主义和人道主义区别的分析，也是纠缠于自新文学以来的中国文学创作界的严重问题，早在"五四新文学"之初，茅盾就专门论述过这个问题，并为其正名过，但是自"左翼"文学崛起以后，尤其是1934年苏联作家协会在高尔基的倡导下提出了"社会主义现实主义"口号后，自然主义就更加招致诟病，成为日后中华人民共和国文学理论重点批判的对象。用今天的眼光来看，自然主义并不是洪水猛兽，也不是一个绝对的坏东西，它在反映客观世界时产生的那种艺术震慑力，还是对文学描写有着很大冲击力的，比如左拉，你能说他不是一个伟大的作家吗？其实自然主义与现实主义之间并没有一条天然的鸿沟，它们的中间物是"写实主义"，当年的意大利的"新现实主义"电影浪潮中的把摄像机扛到大街上去，也是源于自然主义和写实主义。而在20世纪80年代中国文坛上兴起的"新写实小说"浪潮也是一例。但是，在那个特殊的语境当中，钱先生要与之划清界限也是可以理解的。不过，钱先生还是用自己的人道主义理论来压倒自然主义思潮："所以，假如一个自然主义者而同时又是个人道主义者的话，那么他的作品就很难成为严格的自然主义的作品，就必然要散发出浓厚的现实主义的气息来。反过来，假如一个服膺现实主义创作原则的人，而缺少人道主义的精神，他就只能成为一个自然主义者，而无法成为一个现实主义者。或者，当一个现实主义者在对待某一种人生现象，刻画某一个具体人物的时候，假如他的人道主义的热情忽然衰退下去了，那么，他的作品，也就不免要降低为自然主义的作品了。""因此，关于自然主义与现实主义，我们可以这样说：在它们之间，横隔着一条人道主义的鸿沟，这就标明了两者的原则性的区别。但这条鸿沟也并不是不可逾越的，例如左拉与莫泊桑，就常常跨过了它。不过，我们也应该指出，假如左拉与莫泊桑不接受自然主义的理论，没有受到实证主义哲学的有害影响，那他们的成就，一定要远较现在所达到的为大。所以自然主义仍是我们所必须反对的。"任何一种理论的阐释都不可能是十全十美、无懈可击的，但是，能够在那个时代阐释出无限的普遍真理就十分令人敬佩了。虽然从中我们可以清晰地看出那个理论思想大一统的时代留下的缺痕，然而，一种理论的建构是一件多么艰难的事情啊，要绕过重重礁石险滩，就要有应和时代的理论精神。在那场理论大辩论的热潮中，无论钱先生赞同的是何其芳还是李希凡，这都不重要，重要的是钱先生把他们的理论机智地统统装进了自己理论的壳中。所以在"阶级性""个性"与"共性"的辩论中，钱先生巧妙地将它们归在了人道主义的论域当中，从而在文学的本质上否定了阶级性的主导地位，同时也巧妙地把人物的个性置于文学创作的首要位置；突出了"典型环境中的典型性格"，也就是提高了人道主义在文学创作中的核心地位。"文学作品中的典型人物，必须是一个在一定历史条件下的具体的、活生生的人，在阶级社会里，他必然要从属于一定的阶级，因而也就不能不带着他所属阶级的阶级性。这是不成问题的。譬如，阿Q是农民，就不能没有农民的特性；奥勃洛莫夫是地主，就不能没有地主的特性；福玛·高尔杰耶夫是商人，就不能没有商人的特性。但我们能不能就说，所有阿Q的特性，都是农民的共性；所有奥勃洛莫夫的特性，都是地主的共性；所有福玛·高尔杰耶夫的特性，都是商人的共性呢？把阿Q当作农民的阶级性的体现者，谁都要说是对农民的诬蔑。而把奥勃洛莫夫当作地主的阶级性的体现者，那更是对现实的严重歪曲，地主难道都像奥勃洛莫夫那样善良仁慈吗？同样，商业资本家假如都像福玛·高尔杰耶夫那样纯洁、真诚，那样反对人压迫人、人剥削人，阶级斗争就真的可以熄灭了。阿Q、奥勃洛莫夫、福玛·高尔杰耶夫，以及文学作品中的所有的典型，正像我们现实生活中的每一个人一样，他们身上，除了阶级的共性以外，难道就不能有他们各自所特有的个性吗？难道就不能有作为一个人所共有的人性吗？假如说，个性只是阶级性'在特殊的时间和地点的条件下的具体表现'，那么，我们也可以说，阶级性只是人性'在特殊的时间、地点和条件下的具体表现'。这样，不但否定了个性，就连阶级性也给否定掉了。"与生俱来的阶级性的论点和对泛化共性的回避，无疑是给人道主义的个性让路的。

用高尔基和车尔尼雪夫斯基作为理论的挡箭牌，巧妙地运用饶舌的循环理论来破解当时理论的荒唐与尴尬局面，这才是钱先生对文学史的巨大贡献所在。"车尔尼雪夫斯基曾经十分明确地表达过这样的意思，他认为：艺术之所以别于历史，是在于历史讲的是人类的生活，而艺术讲的是人的生活。高尔基把文学叫作'人学'，这个'人'当然也并不是整个人类之'人'，或者某一整个阶级之'人'，而是具体的、个别的人。记住文学是'人学'，那么，我们在文艺方面所犯的许多错误，所招致的许多不健康的现象或者就都可以避免了。"其实，我想说的是，钱先生的"人学"内涵和外延未必与高尔基的"人学"内涵和外延是一致的。因为高尔基从意大利回到苏联后，尤其是1934年以后在组建苏联作家协会时，所提出的一系列言论是有悖于人道主义"人学"的，可是钱先生的"人学"却是地地道道的钱氏人道主义的"人学"。鉴于此，我们可以在文学史的长河中进一步体味"人学"的本质意义。

从五四"人的文学"到"论文学是'人学'"，我们跨越了多少时空，却始终摆脱不了这个永恒的话题，这是文学之幸还是不幸呢？好在我们还有像钱先生这样的学者在呐喊，所以我们才在不断地彷徨中找到前行的脚印。

今天，钱先生也离我们远去了，他留下的"人学"遗产能否在这个时代被继承下去呢？

我以为继承其遗产的最好方式就是，只有大家像钱先生那样有勇气讲真话、讲实话，我们的文学理论才能在百家争鸣中走上正确的学术轨道。

谨以此文悼念刚刚逝去的钱谷融先生。先生的文化品格长存！先生的"人学"理论不朽！

动荡年代里知识分子的"文化休克"

—— 从新文学史重构的视角重读《废都》

———— ◎ ————

为了写这篇文章，我反反复复在思考的问题是：世界文学史自启蒙时代以来遴选作家作品的标准是什么？其中最重要的因素应该是看其国家的长篇小说创作是否达到了巅峰状态，而综观世界上林林总总的长篇名著，许多巨制的产生都是瞄准了其国家和民族命运关键的历史转折的时代节点，并将其作为创作大构架的构思契合点；不要说像托尔斯泰的《战争与和平》和司汤达的《红与黑》那样的鸿篇巨制；即便是伏尼契那反映动荡年代里人物命运的小制作《牛虻》也不放弃对那个革命年代背景的刻画；更不要说雨果的《九三年》直接以革命年代为题，通过两个主人公的命运激越地表达了对法国大革命的判断，凸显了一个有良知的作家对人性高于一切的创作理念的膜拜。这才是一个有正义感的大作家对人类灵魂救赎的伟大贡献。2013年，恰恰是距离 1793 年"法国大革命狂风暴雨时期"220 周年纪念，同时也是《废都》出版 20 周年，从这个历史时间的偶然巧合当中，我似乎看到了一种"历史的必然"（马克思语）——在某一个历史的节点上，一个作家如果能够迅速地对这个国家和民族的人性动荡和异化做出深刻的剖析，那他必然是抢占了文学创作的制高点的。当然，如果与当时的历史拉开一段距离，也许就能够站在一个更清醒的高度来描写他笔下的人物，像雨果那样，在几十年后，其临终前去写《九三年》，或许比《悲惨世界》更成熟，更能实现人性哲理的高度升华。但是，与亲身经历一场动荡的社会巨变不同的是，对处于极度亢奋的当事者来说，那种写作的创作灵感与冲动是任何外部力量都不可能阻挡与遏制的。从这个意义上来说，1992年乃是中国社会转型的历史重要关口，也是贾平凹个人生活转折的年代。在这个历史的节点上，贾平凹以一个作家敏锐的艺术感觉，嗅到了人性的巨变与畸变。作为一个历史生活的亲历者与忠实"记录员"，他为文学史打造的，是从动荡历史时光隧道中各色人等，尤其是从知识分子灵魂中提炼出来的一块"心灵活化石"。今天，我们能否从中发现一些新的文化与文学的思想价值和艺术元素呢？

一

经过20世纪80年代改革的洗礼后，中国的农耕文明和游牧文明在20世纪90年代初的改革大潮中被颠覆。随着农村人口涌入城市的"移民运动"大迁徙，延续了几千年的宗法式的乡土社会"差序格局"①第一次被真正地撼动和颠覆，而且异常激烈。此时也正是中国文学从

---

① 这是费孝通在《乡土中国》中道出的最著名的论点，几十年来一直被学者们公认为概括和阐释中国乡土社会本质特征的学术贡献。

思想向技巧的魔方"向内转"的关键时期。

在这种文化语境下，我想到的是被称为"一代人的冷峻良知"的英国作家乔治·奥威尔于 1945 年写下的《好的坏书》中那篇批评那种逃避现实的文学作品的文章。有些作家在艺术技巧上虽然是一流的，他们的作品却是不能长留于文学史显著位置的："我担保《汤姆叔叔的小屋》将比弗吉尼亚·伍尔夫或者乔治·莫尔的全部作品流传得更久远，尽管我不知道，从严格的文学标准判断，《汤姆叔叔的小屋》到底好在哪里。"[①]这才是一个作家兼批评家独特的眼光，历史已经证实了他的价值判断：无论哪种艺术，如果抽掉了思想的元素，艺术的表达将是无解和空洞的。从这个角度来说，《废都》的思想性是大于艺术性的。

西京作为一个农业文明历史悠久的文化帝都的象征，在现代商品文化大潮席卷而来之时，必然会在礼崩乐坏的过程中呈现出各种各样的文化断裂现象。这个文化断裂过程中，必定是知识分子首先感觉到它的阵痛。作为一个敏感的作家，贾平凹从本能的意识出发，选择了一拨儿他最熟悉的旧京里的文人士子作为描写对象，不管贾平凹承认与否，我都坚信《废都》是一部作家将本人的形象和心态融入其中的带有自传性的作品。就像曹雪芹写《红楼梦》那样，你能说我们看不到作家的面影吗？我以为，文学史多次证明了这样一种创作规律：凡是大构思的划时代作品，都是作家将自身的心路历程倾注在某个主人公身上的。这种灵魂附体的创作现象，只能说明一个道理，那就是情感介入越深，作家消耗的心血就越多，心血消耗得越多，作品就更加真切地呈现出作家记录那个时代文化的深刻印记和最为珍贵

---

① ［英］乔治·奥威尔：《政治与文学》，李存捧译，译林出版社，2011 年版，第 265 页。

的原始经验。

作为世纪性的阵痛，改革给中国人，尤其是知识分子带来了巨大的心灵创伤，其最大的悲剧莫过于精神的炫惑，然而历史又必然伴随着这些心灵的丑恶与痛苦同行。就此而言，在物欲横流的社会里，人性的扭曲已是马克思多次提到的原始资本积累过程中不可避免的精神副产品。在这心灵世界的异化中，首先觉醒的应该是知识分子，而非那浑浑噩噩的子民们。但是，知识分子的自我启蒙从五四运动到 20 世纪 80 年代的"二次启蒙"都宣告了失败，那种"五四"先驱者们强烈的社会改造意识在 20 世纪末已化作一声声长长的悲叹继而灰飞烟灭，其根本原因就在于知识分子的自我启蒙始终不能完成。从这个意义上说，贾平凹《废都》中的知识分子的自我批判意识就显得更为突出了。可以说，贾平凹是在描绘当时社会文人在变革大潮中一片心灵废墟的"悲惨世界"，是中国式的《九三年》，因为贾平凹与雨果的共同特征就是把人性放在动荡年代里的革命（或改革）的烈火上炙烤，那种对知识分子心灵无情的曝光就足以构成人们对历史的批判性审视，尽管贾平凹往往饱含着无限同情甚至怜悯的情感去抒写其笔下的西京文人。倘使以此为阅读视角，《废都》似乎就有了"新儒林外史"的意味。但是，就整个小说呈现出的西京社会文化景观来看，它的描写触角已然触及社会的各个阶层，尤其是官场、文场、商界……。它所描写的人物的数量和力度虽不及《红楼梦》那样宏阔与深刻，然而，就主要人物，尤其是对庄之蝶的心灵世界的展示而言，它却更具"历史的必然性"和性格的立体感。就单个人物来说，庄之蝶的描写和贾宝玉的描写相比照，前者心灵世界的复杂性强于后者。如果说《红楼梦》是以多个艺术典型勾勒出那个时代上层贵族生活的全貌，那么《废都》则是着重描写一个从农耕文明向工业文明转型时的旧知识分子心灵世界的"彷徨"与"呐喊"，主旨是以放大变形的手法来镌刻出那个时代的人性异化的本质特征。亦如维多克·雨果在《九三年》结尾中所说的那样："于是这两个灵魂，这两个凄惨的姐妹，一同飞去了，一个暗影和另一个光辉混合起来了。"①雨果是以两个人物——革命者戈万和反革命者西穆尔丹肉体的同时死亡表达了他们同时向伟大的人性投降和皈依的主题；而贾平凹却是在一个主人公庄之蝶身上投射出在那个动荡年代里黑暗与光明搏战无果的"文化休克"主题。

　　贾平凹在《废都》的扉页上写上了"唯有心灵真实，任人笑骂评说"的语句。这"心灵真实"作为当时文化人的心灵悲剧，是通过对人物行为与心理的变形和夸张来加以证实的。问题就在于许多人看不到这心灵悲剧后面隐匿着的作者的真情表达。我以为，这部著作，是贾平凹经过了十多年的艺术准备，用血和泪写成的自我心灵史，这并不比曹雪芹对他那个所处时代的哲学体悟和艺术感觉差。当时有一些批评家批评《废都》思想混乱和艺术不成熟，殊不知，一个时代有一个时代的文学，一个时代亦有一个时代的批评标准，其美学意义并非是一成不变的。然而，一个最重要的标准被他们忽略了，那就是人性的裸露和叩问才是决定一部作品在文学史上地位的关键所在，因为人性元素的表达是文学的永恒主题，谁把握了它，谁就把握住了时代的脉搏。从这个意义上来说，《废都》作为贾平凹全部创作历程中的一个里程碑意义的作品，它是"前无旧作"的；而作为一部耗尽了作者全部创作心血和艺术体验的杰作，或许也是"后无来者"的——这就是我在历次贾平凹新作讨论会上始终坚持其后来的所有长篇都没有超越

---

① ［法］雨果：《九三年》，郑永慧译，人民文学出版社，1996年版，第367页。

《废都》的理由。

贾平凹所说的"心灵真实"就是用自己充盈着血和泪的情感完成了他对当时中国知识分子内心世界的情感历程的忠实描摹。历史的进程要求中国旧文人在那20世纪末短短的十几年之中，把西方近300年的文化情感历程的演化压缩成一个团块结构，在很短的时间内加速吸收消化和鉴别摈弃，这的确是十分困难的。20世纪80年代至90年代初，经济变革所带来的文化开放局面，使得这段文化心路历程显得比"五四"时期来得更加突然与复杂，更加宏阔悲壮而深沉低回。被誉为20世纪30年代"长篇小说年"代表作的《子夜》原先的构思是"城乡立交型"地去表现那个动荡革命年代的力作，最后却把重心移到了大都市上海，它的全景式描写虽然宏大，但它并非完全是知识分子题材作品，而更多的是关注世界资本主义经济危机给中国社会带来的动荡。于是，在20世纪的中国，能像《废都》那样在那一种时间节点上波澜壮阔地表现出知识分子悲剧心灵历程的杰作并不多见。鲁迅的《伤逝》哀婉地表达出了"出走的娜拉"回到生活原点的哲思主题，深刻地抨击了知识分子的懦弱性，但毕竟受篇幅的局限而显得不够宏大；钱锺书《围城》的揶揄、幽默、调侃，甚至形成的整体的反讽结构，都为活画出知识分子心灵世界的惰性做出了最精妙的诠释，堪称20世纪的经典之作。钱锺书的描写视角似乎是站在"局外人"立场上冷峻俯视其笔下的知识分子，堪称大手笔。

然而，从某种意义上来说，由于风格的不同，由于时代赋予作家的使命不同，由于与钱锺书本身就是一个有着贵族气质的学者不同，对于从乡土社会走进大都市、脚踩两种文化的贾平凹来说，《废都》是他蘸着乡村知识分子之血泪，写出的那个动荡时代中有着深厚传统文化历史积淀的旧都知识分子最具悲剧性苦难历程的心灵记录。它虽没有小托尔斯泰《苦难历程》的时间跨度之大，亦没有老托尔斯泰《战争与和平》的空间跨度之阔，但贾平凹在一个没落的文化故都短短几年的社会变迁中，就抒写出了使人觉得灵魂出窍的心灵悲剧实属不易，亦如当年茅盾写《蚀》三部曲那样有着即时性的原生态感觉。或许，我们能从中隐约谛听到远处传来的《悲惨世界》《忏悔录》《红与黑》《老人与海》《喧哗与骚动》《百年孤独》等作品的旋律。但我们更能清晰地听到犹如萦绕在整个"废都"之上驱之不散的埙声，这埙声象征着一种人性错位的哀悯，象征着一种心灵死灭的悲怆，象征着一个旧时代终结的哀婉，象征着一种传统观念逝去的叹息，象征着一个不能由人主宰的世界降临的恐惧……。这种20世纪末的孤独很容易使人联想起狄更斯在《双城记》中所说的那句名言："那是最好的时代，也是愚蠢的时代；那是信仰的时代，也是怀疑的时代；那是光明的时季，也是黑暗的时季；那是希望的春天，也是绝望的冬天；我们的前途有着一切，我们的前途什么也没有；我们大家在一起走向天堂，我们大家在一起走向地狱。"①

《废都》中西京四大名人死的死、疯的疯、瞎的瞎，这无疑是隐喻知识分子心灵异化的悲剧。虽然他们并不像《子夜》中的吴老太爷那样一进入灯红酒绿、声色犬马的花花世界就像一具僵尸一样迅速"风化"，但他们在这时代动荡中走完了人生心灵骤变的悲剧历程，正如茅盾《蚀》三部曲中史循、章秋柳、孙舞阳等人物的悲剧命运一样，真正的悲剧不是肉体的消亡，而是精神的死灭。我总以为《废都》的结局太仓促了些，四大名人的精神逃路勾勒得并不十分清晰。当然，从艺术效果上来说，它很有些《红楼梦》之遗韵，问题是《红楼梦》

---

① ［英］狄更斯：《双城记》，克健译，台湾大众书局，1971年版，第1页。

的悲剧结局毕竟是"狗尾续貂"。《废都》的悲剧效应并非如人们预想的那样悲烈，更何况当今的悲剧美学观已发生了根本的变化，仅用"色空"二字是难以说清楚当时知识分子悲剧的本质特征的。

历史和伦理形成的二律背反，将一代知识分子推到了尴尬的窘境，西京四大名人的不同悲剧结局，尤数庄之蝶更具典型意义。"庄生晓梦迷蝴蝶"，何为庄生，何为蝴蝶？这正是一代知识分子的精神迷惘，"自我"的失落。寻找精神家园而不得的痛苦与不愿做"垮了的一代"的挣扎，形成了小说形而上的哲学意蕴，成为小说心灵悲剧的主旋律；也许，从另一个视角来观察，小说恰恰呈现出的是形而下的直觉泛滥。然而，就作品的底蕴来说，它表现的是不是叔本华的悲剧理论呢？"当看到悲剧结尾的那一刹那，我们必更明晰地醒悟和确信：'人生原来是这么一场悲惨的梦！'在这一点来说，悲剧的效果，似是一种崇高的力量，此两者都能使我们超脱意志及其利害，而使感情产生变化。悲剧的事件不论采取任何形式来表现，为了使我们的情绪高扬，都会赋予特殊的跳跃。悲剧中所以带有这种性质，是因为它产生'世界和人生并不真能使我们满足，也没有让我们沉迷的价值'的认识。悲剧的精神在于此，也由于如此，而引导我们走向'绝望'。"①也许贾平凹发现自己也像庄之蝶一样跋涉在精神文化的沙漠之中，生命的个体在腐朽、衰亡、虚假、堕落的泥沼中不能自拔，而寻觅不到精神的家园。正如尼采在《悲剧的诞生》中阐释的那样："在每一个被抛入现时代的真正艺术家的生活道路上，充满着危险和失望。"②

---

① ［德］叔本华：《文学的美学》，《生存空虚说》，陈晓南译，作家出版社，1987 年版，第 204 页。

② ［德］尼采：《悲剧的诞生：尼采美学文选》，周国平译，生活·读书·新知三联书店，1986 年版，第 116 页。

尼采所呼唤的"成为你自己"的时代强音并不能拯救20世纪末中国知识分子的灵魂。我想，贾平凹亦不可能不深刻地体悟到这点，因为在《废都》对人物悲剧心灵的描绘中，所流露出的主人公对传统和现代文化的选择上的尴尬，以及对生命形式的选择，都表现出一种无所归宿和迷失的情绪。庄之蝶就是在这种文化的迷狂中不能自拔而最终导致"中风"的。毫无疑问，这种"文化休克"现象正是一代知识分子心理极度萎缩的外化形式。我以为《废都》的全部悲剧意义就在于作者写出了庄之蝶们在这个时代精神逃路被堵塞后的"文化休克"，或许，这种休克是暂时的。然而，这一母题的呼唤正恰恰承续了"五四"时代哲人们的"呐喊"——救救中国文化！包括救救被异化了的文人骚客。《废都》喊出的正是意大利作家皮兰德娄在现代文明包围中阐释的那种现代人的直觉："我是谁？我有什么证据来证明我是我自己，而不是我的肉体的延续？"[①] 作为一次心灵的震颤，现代儒生们的内心分裂和精神崩溃正隐喻着新的文化心理机制转换这一历史的必然。

《废都》的思想特征是否与"新小说派"有着内在联系呢？不管作者意识到与否，不管人们肯不肯承认，有两种客观事实摆在我们面前：一方面作者是以人为本，写尽了人欲横流的世界的可怕；另一方面，作者又不得不认同人受着物质世界的根本制约，"物本主义"致使人处于无能为力的地位。与"新小说派"理论的交合点就在于："他们还认为，人只是生活在时间长河中的一瞬间，作家也仅能描写转瞬即逝的现在；生活现象循环不息，周而复始，无始无终；在生活中，现实、幻想、回忆、想象、梦境，往往混杂交错或相互重叠，并不能截

① ［美］E.弗洛姆：《逃避自由》，北方文艺出版社，1987年版，第130页。

然分清。"①不同的是，贾平凹的这种"天人合一"的写法中渗透着中国佛和道的色彩，这佛和道的精髓与西方"新小说派"的创作精神又有着何等的默契！我并不想再重复那个已经逝去的历史话题："文化制约人类"的阴影却始终像一个游弋在 20 世纪末中国文坛的幽灵一样反反复复缠绕着一代作家。从这个意义上来说，这样的文化反思是否更有"史诗"的意味呢？在那个新旧文化交替的世纪，在那个文化思想裂变的时代，《废都》并不能埋葬古都的一切旧有的传统文化，使它成为一个真正的文化废墟；更不能把庄之蝶们送上精神的断头台，让他们的精神灰飞烟灭，而重新"蝉蜕"的"新蝶"难保不带有旧的文化基因。庄之蝶能否获得"涅槃"和"新生"呢？蜕变以后的"蝴蝶"又会是一个怎样的情状呢？

《废都》是难以诉说的，也是不可诉说的，同时也是作者不可能企及的。庄之蝶是无路可逃的，他不可能像贾宝玉那样"出走"，其阿Q式的精神逃路也被堵死了。那么，他只能逃离"都市"，返回"乡土"，而"乡土"也已并非"净土"，它同样受到了现代文明的冲击和污染，在没有"净土"的无奈中，作者只能安排庄之蝶暂时规避文化的烦扰，用"文化休克"的方式让他去进行精神疗治——从本质上揭示出当今中国儒生们在文化裂变中的那种尴尬和窘迫、自嘲和自虐。如果说都市是充满着肮脏、贪欲、罪恶的渊薮，那么大自然的乡土还能给现代儒生以安宁的精神栖居吗？庄之蝶亦能如尼采那样厌弃城市后，"回到美丽的大自然中去"吗？"我爱森林。城市里是不良于生活的；在那里，肉欲者太多了。"贾平凹之所以没有让庄之蝶返归大自然，而让其精神无归，暂时"文化休克"，并非是因为尼采的这种审

---

① 龚国杰等：《文学》，四川人民出版社，1988 年版，第 86 页。

美观所引导的普泛艺术归属，恰恰相反，都市的肉欲正象征着贾平凹对这种重归"自然人"的认同，对"自然人"失落的一种悲鸣。因为，他以为在性欲的背后潜藏着的是人的生命本体的觉醒，是生命蓬勃的复生，只可惜这种欲求却成为稍纵即逝的生命流星。

"性爱，它是其他形式爱的创生典型（Generative Type）。在爱中，而且是透过爱，我们寻求自身的永存之道：我们之所以能够永存于世界之上，就只有当我们死亡，当我们把自己的生命托交给他人"，"我们与他人结合，但是那就是分裂自己；最亲密的拥抱即是最亲密的扯离，本质上，肉体爱的喜悦，创生的痉挛，就是一种复活的感觉，一种在别人身上更新自身生命的感觉。因为，只有在别人身上，我们才得以更新自身的生命，进而得以永存"[1]。那我们又能从《废都》的性爱描写中寻觅到什么样的况味呢？又能从中窥视到作者的何种创作动机呢？

二

当阅读《废都》时，我们首先遇到的障碍就是性的难题。即便是20多年后的今天，性，仍然是我们这个古老东方民族最具有禁忌诱惑力的一个文化焦点命题。我们不能否认《废都》中的性描写是其当时能够轰动文坛的一个重要因素，但是，如何看待这一敏感的话题，人们却有不同的观念。20年前有一些评论家对此就颇有微词，为其正统与清白的传统批评观念正名。其实，就中国文学史而言，小说表现这

---

① ［西］乌纳穆诺：《生命的悲剧意识》，北方文艺出版社，1987年版，第85—86页。

一内容自明末清初开始（唐传奇小说，甚至唐以前的文学作品中的性描写，多为"房术"，姑且不论），那时"艳情"书写就进入了高潮期，虽晚于《十日谈》，然先于《查泰莱夫人的情人》。那为什么一直被打入"另册"呢？尤其像《金瓶梅》和诸多的明清"艳情小说"这样至今尚难以评说的林林总总之作，虽学术界近年来对这些作品的学术性评价日渐改善，但这些作品作为传播媒介是绝不能公开褒扬的。尽管有人论述《金瓶梅》主人公西门庆的性攻击带有资本主义原始积累的印痕，从而推演出中国在明朝就出现了资本主义萌芽状态的社会心理，这似乎与《查泰莱夫人的情人》之主题有异曲同工之妙。但无论如何，中国小说中的性欲描写都未能达到西方经典小说中那种主题的凸显——返璞归真，通过性欲描写来体现人的生命潜能，来呈现美的形态，来揭示性欲后面深层的文化内涵，来表现人的潜意识活动的复杂性，来表现重塑"自我"的生命体验。

五四新文学运动以来，一代宗师们在自己的小说中都敢于涉及性欲描写，无论是"创造社"的大师郭沫若、郁达夫；还是"文学研究会"的中坚——茅盾，都有意无意、或明或暗地涉足于此。直到20世纪80年代张贤亮的《绿化树》《男人的一半是女人》，以及王安忆的"三恋"和《岗上的世纪》等作品为止，恐怕尚没有一部小说敢像《废都》这样大胆直面人性之"丑恶"，并酣畅淋漓地表现性欲。有人以为这是一种"广告效应"，然而，即便是广告效应，也应看到它背后的国民文化心态。有人认为《废都》是一枚"病果"，并不足为取，只要一涉及性，就不会产生审美效应，就不会是好作品："所以我们不能不说中国文学内的性欲描写是自始就走进了恶魔道，使中国没有正当的性欲描写的文学。我们要知道性欲描写的目的在表现病的性欲——这是一种社会的心理的病，是值得研究的。"①茅盾将《金瓶梅》一类的小说与莫泊桑的《俊友》《一生》相比较，得出了两者之间的优劣区别就在于性欲描写的"实写"和"虚写"的不同，因而，"淫"和"非淫"的区别也就在于此了。

我想当时茅盾尚未见到 D. H. 劳伦斯的《查泰莱夫人的情人》一书，如果见到，则又是怎样的评说呢？从五四新文学的主体精神来看，高扬"人"的主体是它的一面旗帜，但是由于传统文化伦理道德的压迫力，有时也会使得作家们只想跨出半步，这对作家本人而言，其内心世界的人格分裂往往就会外化成为小说中人物性格的两重性，就在茅盾发表《中国文学内的性欲描写》后的一个月，茅盾就开始穿着"性欲"外衣创作了被人说成自然主义的长、短篇小说，这就是当时震动文坛的《蚀》三部曲和《野蔷薇》（包括《创造》《自杀》《一个女性》《诗与散文》《昙》等）。茅盾是努力通过性欲描写来宣泄自己悲观失望的胸中块垒的。

而"五四"时期的另外一位宿将林语堂在读到了《查泰莱夫人的情人》以后曾有一段著名的论断，他以为："《金瓶梅》描写性交只当性交，劳伦斯描写性交却是另一回事，把人的心灵全解剖了，灵与肉复合为一。劳伦斯可说是一返俗高僧、吃鸡和尚吧"；"《金瓶梅》是客观的写法，劳伦斯是主观的写法"；"在于劳伦斯，性交是含蓄一种主义的"；"当查泰莱夫人裸体给麦洛斯簪花于下身之时，他们正在谈人生骂英人吗？劳伦斯此书是骂英人，骂工业社会，骂机器文明，骂黄金主义，骂理智的。他要人归返于自然的、艺术的、情感的生活。

---

① 茅盾：《中国文论二集》，《茅盾全集·第十九卷》，人民文学出版社，1991年版，第127页。

劳伦斯此书是看见欧战以后人类颓唐失了生气，所以发愤而做的"[1]。

总之，无论是茅盾，还是林语堂，都在《金瓶梅》和《查泰莱夫人的情人》的比照中得出一个结论——在性描写的背后，必须有"主义"（意即文化内涵；亦意即"性"只不过是外衣而已），必须表现一种社会心理，必须用主观而非纯客观的态度来写性。就此而言，《废都》是完全达到这一目标的，不仅达到了，而且颇具艺术性。因为 D. H. 劳伦斯的《查泰莱夫人的情人》所采用的是"散点透视"的象征手法；而《废都》在性描写上采用的是整体象征手法。尽管每次描写都会给人以雷同的感觉，前者在性的描写中往往采用直接明喻的方法；而后者表面上酷似单纯在描写性，似带有自然主义的纯客观色彩，但是在各段描写的综合交叠提炼中，我们从形下的视知觉中抽象出的是形上的理念。也就是说，即使如《金瓶梅》式的客观描写，只要显示出了其背后巨大而清晰的社会意义，便不能归于纯感官刺激的"黄色作品"之列。无疑，《废都》的社会属性是大于其动物属性的，我以为区分"黄色文学"与严肃文学的关键就在于此。

在这 20 多年的授课期间，我常常在解析《废都》时用书中的四位女性来阐释庄之蝶当时所处的文化困境，以及作者贾平凹创作时的文化心态。庄之蝶的原配夫人牛月清代表着传统文化，在那个传统文化已经全面溃退的时代，庄之蝶显然已经不再满足沉浸于旧文化的窠臼之中，他必须突围。在形而下的描写中，庄之蝶只要与牛月清性交，就会阳痿，这种生理状态实际上是文化上的"精神阳痿"，所以与牛月清的离婚是"历史的必然"结果，它象征着庄之蝶们，也包括贾平凹本人正在向传统文化告别。唐宛儿则象征着文化交替转型期新旧文化

---

① 林语堂：《谈劳伦斯》，《人间世》1935 年第 19 期，第 33—36 页。

观念融为一体的女性，既开放又有传统的美德，正契合像庄之蝶那样西京文人的口味，"阳痿"了的庄之蝶在唐宛儿之流身上寻找到了自我的"力比多"，复活出蓬勃的生命力。而当这种非正当途径的宣泄口最后也被堵死后——唐宛儿的失踪，导致了庄之蝶必然"中风"，庄之蝶也就只能暂时处于"文化休克"状态。唐宛儿的出走隐喻的主题是庄之蝶在告别旧文化时，又对洪水猛兽式的消费文化产生了极度的不适应症，一旦试图在两种文化夹缝中求生存的路径被阻塞，庄之蝶们只能被贾平凹处理成"文化休克"的状态。这是整篇作品绝妙精彩的"文眼"，倘若是另外的两种莎士比亚式的结局"是生还是死"，就会完全消解作品所留下的巨大历史和艺术的想象空间，不仅堵塞了不可预料的历史发展通道，而且也阻遏了人物性格未来的走向路径。柳月却是代表着商业文化与消费文化新女性的形象，她最后被交易的命运就充分说明了这一点，她基本上就是满足庄之蝶那样的男人感官刺激的性宣泄"玩偶"，时代赋予她的是畸形消费文化的烙印，是这个时代的"恶之花"。另一个就是往往被读者忽略了的女性形象阿灿，这个人物是庄之蝶，甚至是贾平凹幻化出来的一个具有传统美德的理想主义人物。她代表着那一个逝去的传统文化中的美好影像，带着浓郁的古典浪漫主义的色彩，没有任何功利性的爱欲建立在对文化崇拜的基础之上。这个人物的再次复活是在贾平凹近期的长篇力作《带灯》里的女主人公身上。从这个意义上来说，古典的浪漫主义情怀始终像一个幽灵一样萦绕在贾平凹的创作天空之中。

总之，牛月清也好，唐宛儿也好，柳月也好，阿灿也好，这些人物只不过是一种文化符号的象征，它所蕴含的文化内涵难道没有政治、经济、社会、心理诸方面的深刻因素吗？显然，看到这一点并非难事，只有那种被根深蒂固的传统封建思想长期禁锢而不能自拔的人，才难以看清这其中的奥妙。通常来说，解析这样的语码并不难，尽管《废都》有着玄学的色彩，但正如林语堂所言，只要掌握了用主观心灵去解剖的方法就不难了："劳伦斯有此玄学的意味，写来自然不同，他描写妇人怀孕，描写性交的感觉，是同样带玄学色彩的，是同大地回春、阴阳交泰、花放蕊、兽交尾一样的。而且从西人小说在别方面的描写一样，是主观、用心灵解剖的方法。"[①]我以为，如果将《废都》中的性描写孤立起来看，将人物心理冲突、人格分裂与动荡的社会文化背景割裂开来，将它游离于恰似"好了歌"似的"民谣"之外，当然只能看到赤裸裸的性交，只见其动物属性而不见其社会属性了。

从传统的道德观念出发，性在中国一向是被视为一种最具神秘色彩的人性私密活动，被视为一种丑恶的人性裸露，这与西方，尤其是与古希腊流传下来的性观念相反。这种被固有伦理道德规范了的约定俗成的文化观念，是制约文学作品中的性描写进入艺术审美层次的屏障，这种愉悦快感只有在被异化了的"人"的潜意识中才能得以充分宣泄，这可能就是东方人"含蓄"的性描写表现与西方文学中的性描写再现的区别之处吧。只有当弗洛伊德的幽灵再次在中国大地徘徊时，一些青年作家才又开始重新把"性"作为载体，让它进入更深的审美层次。但是"以丑为美"，这一美学范畴其实并不囊括性描写艺术，这在中国确实是个审美的"误区"。虽然弗洛伊德夸张了"力比多"是文学艺术至关重要的本源这一说法，但性力对于一个艺术家而言，它有可能成为一种强烈艺术创造的冲动，进而使艺术审美进入一个更高的层面。或许，弗洛伊德的美欲、美感都源于爱的本能和性力冲动的理论有偏颇之处，但我们又不能否认其合理的一面："美学所要探讨的

---

① 林语堂：《谈劳伦斯》，《人间世》1935年第19期，第33—36页。

是在什么情况下事物才被人们感觉为美；但是，他不能解释美的本质和根源，而且，正像时常出现的情况一样，这种失败被夸张而空洞的浩瀚辞藻所掩盖。不幸的是，精神分析几乎没有论及美。唯一可以肯定的便是美是性感情领域（Sexual feeling）的派生物，对美的热爱是目的，是受到控制的冲动的最好的例子。'美'和'吸引'最初都是性对象的特征。"①如果我们将性活动作为人类必须进行的活动，只将它作为不带任何功利色彩的人欲的需求，这种性描写进入视知觉就仍不能成为艺术的审美。问题就在于，首先要完成的审美转换是：性活动不仅是人类繁衍的生殖行为，更重要的是它象征着一种蓬勃的生命驱力，这种驱力促使人奋发，同时也驱动着艺术家的创造能力。弗洛伊德认为美根于性感，根于性的对象的鲜美，同时也包括那种"变异"了的性对象。由此看来，性的张力不仅仅止于它所涵盖的社会文化内涵，同时，它的美亦存在于对一种生命本体的认同。作为一个艺术家，当他要表现这种美的形态时，他就必须遵循这一"二度循环"的法则："艺术家原来是这样的人，他离开现实，因为他无法做到放弃最初形成的本能满足。在想象的生活中，则允许他充分地施展性欲和野心。但是，他找到了一种方式，可以从幻想的世界，回到现实中来，他用自己特殊的天赋把幻想塑造成新型的现象，人们承认他们是对现实生活的有价值的反应。"②

在贾平凹的《废都》中，我们碰到了这样一个悖论：一方面，性欲描写的整体象征的多义性和多层面的文化内涵，尤其是对人的病态异

---

① ［奥］弗洛伊德：《文明及其缺憾》，傅雅芳、郝冬瑾译，安徽文艺出版社，1987年版，第23页。

② ［奥］弗洛伊德：《论心理机能的两条原则（1911）》。转引自约翰·里克曼选编：《弗洛伊德著作选》，贺明明译，四川人民出版社，1986年版，第54—55页。

化心理的显示，扩大了小说的社会意义的功能性，性欲描写并不是孤立的存在物，它具有强烈的社会属性；另一方面，作为一种作家的人生体验的宣泄，作为一种美的形态的感官知觉呈现，性力的冲动确实将作家导入一个"忘我"的艺术情境，关键所在是《废都》并没有完全遵循弗洛伊德的本我的快乐原则，这一美的快感对贾平凹不适用。正如贾平凹在《废都》"后记"中所说："我便在未作全书最后一项润色工作前写下这篇短文，目的是让我记住这本书带给我的无法向人说清的苦难，记住在生命的苦难中又唯一能安妥我破碎了的灵魂的这本书。"的确，贾平凹是在"现实"与"幻想"中来回跳跃的："我知道，一走进书桌，书里的庄之蝶、唐宛儿、柳月在纠缠我；一离开书桌躺在床上，又是现实生活中纷乱的人事在困扰我。为了摆脱现实生活中人事的困扰，我只有面对了庄之蝶和庄之蝶的女人，我也就常常处于一种现实与幻想混在一起无法分清的境界里。这本书的写作，实在是上帝给我太大的安慰和太大的惩罚，明明是一朵光亮美艳的火焰，给了我这只黑暗中的飞蛾兴奋和追求，但诱我近去了却把我烧毁。"作为艺术家的贾平凹，他试图以"白日梦"来重新塑造现实，但这现实世界并非是弗洛伊德所形容的那种"非永恒的美感"，而是以快乐原则为核心的性欲快感；恰恰相反的是，贾平凹将此转换成一种苦难的悲剧生命美感："爱的最深处包含着最深沉的永恒的绝望，而从其中跃现出希望和慰藉。因为，从这种肉欲的、原始的爱，从这种夹杂多种感觉的全幅，肉体的爱——这是人类社会的动物性根源，从这一种爱的喜欲（Love fondness）中，产生了精神的与悲苦的爱。"[①]可以说庄之蝶这一人物是倾注了作家全部心血的现实重塑，贾平凹把一种苦难的悲剧快感寄寓于人物的遭际

---

① ［西］乌纳穆诺：《生命的悲剧意识》，北方文艺出版社，1987年版，第87页。

之中。那种在苦难中获得的悲剧快感，似乎更有一种现代审美特质。

　　我以为贾平凹的《废都》的悲剧快感既不来自亚里士多德以来的古典悲剧怜悯和恐惧的原则，又不来自悲壮的人格升华，而是更多地来自苦难所造成的美感，即那种尼采以为的"把痛苦当作欢乐"来咀嚼的美学转换与升华。作者的良苦用心，我们只能通过对庄之蝶心灵悲剧每一个旋律的谛听才能体悟得到，就像那悲哀婉转的古埙声一样，它激活了一种玄思和遐想，使人进入了特定的悲苦情境而获得快感。这不由得使我想起了弗洛伊德那篇100多年前发表的被称为"私生子"的著名论文《米开朗基罗的摩西》。弗洛伊德对于艺术作品的独特见解似乎更贴近生活和艺术的美感及真理，那种对艺术精辟的理解令人叹为观止："艺术家在反映他的主人公的痛苦的意外之事时，出自其内心动机，偏离了《圣经》本文"；"这样，它给摩西塑像增添了某种新的更富人情的东西。于是，有着极大物质力量的巨相只是具体表现了人所能达到的最高精神境界——为了他所献身的事业，同内心感情成功的斗争"；"这是对死去教皇的责备，也是自己内心的反省。艺术家也由此自我批评升华了自己的人格"①。以此来解析贾平凹与《废都》之间的内在联系，似乎更切合其艺术规范。这种审美经验艺术家并不是每次都可以获得的，只有当把他深深的苦难融进了自身的艺术描写之中，倾注其全部的审美能量，才能换来作品的辉煌。所有这些创作经验是与作者当时的生活境况和心灵创痛分不开的。正如弗洛伊德所言："心理小说的独特性在很大程度上大概要归功于现代诗人的倾向，即诗人的自我由于自引监督而分裂成部分的自我，其结果是诗人心灵生活

---

① ［奥］弗洛伊德：《米开朗基罗的摩西》，《弗洛伊德论创造力与无意识》，孙恺祥译，中国展望出版社，1986年版，第33—35页。

中的冲突之流在无数的主人公身上被拟人化了。"① 从这个意义上来说，《废都》的自传体的特征就隐隐约约地呈现在读者的面前，可惜的是许多人未必就能够读得懂。

三

在艺术形式上的深刻解析，我至今仍然信服的是马克思的那一句经典性的概括："如果形式不是内容的形式，那么它就没有任何价值了。"② 一切艺术只要离开了内容的表达，就将是没有灵魂的行尸走肉。

1993 年有一些评论者就认为贾平凹的《废都》又一次显示了现实主义创作方法的艺术魅力。我不想就现实主义的概念和内涵再做一番解释，韦勒克的《文学理论》那本书里已经对此做了最为详尽的解释。但我以为《废都》乃现实主义形式的胜利之说则是一种误读。不要以为大家都能读懂的东西就是现实主义的，这也太轻视现实主义了。问题是，现代小说的价值大小在于读者在阅读过程中究竟读懂了多少、读到了哪一个层次。作为一部典范性的现代心理小说，贾平凹的《废都》的外在形式是雅俗共赏的，但如果脱离了心理小说"拟人化"的原则，只用写实客观的方法看待它，就会造成对更深层次阅读的阻隔。现代心理小说所构成的艺术技巧要素就在于整体的心理对应

---

① ［奥］弗洛伊德：《诗人与幻想》，刘小枫译。收录于中国社会科学院哲学研究所美学研究室：《美学译文》第三辑，中国社会科学出版社，1984 年版，第 335 页。
② ［德］马克思：《第六届莱茵省议会的辩论（第三篇论文）——关于林木盗窃法的辩论》，《马克思恩格斯全集》第 1 卷，人民出版社，1995 年版，第 288 页。

和象征——人物是作家心灵冲突的替代物，他可能是部分"自我"的隐身，也可能是全部"自我"的替代。当然不能断言《废都》就是像海明威《永别了，武器》那样的自传体现代心理小说，但我们可以将此作平实流畅的叙述外衣褪去，从心理视角来观察，可以发现它是一部有着强烈现代"表现"成分的具有"意识流"意味的小说，也许这样的结论过于夸张，但是从作家在对庄之蝶常常在现实与幻觉中来回跳跃的描写中，我们可以看到贾平凹在一种无可名状的焦灼中力图挣破现实描写之网的努力。也有人认为《废都》的理念外露成分太强，这些理念外露成分可能就是指贾平凹用"奶牛"的视角来观察西京世界的那些冗长的议论描写。不可否认，"奶牛"反复出现时的"话语"，乃至于和主人公的"对话"，都是形成"作家→主人公→阅读者"有序的评判循环的要素，当然也不妨将其看作作家的"内心独白"。或许这种方法显得太笨拙，但就多视点转换来说，它却更有效地揭示了文化的荒诞性内涵：将一片文化废墟上的种种畸变的人生形状进行放大、夸张、变形，从而上升到理性的层面。贾平凹意在表达作为"局外人"的奶牛对人性异化的俯视性藐视与反讽，以及同情与怜悯。对于此，如果仅仅是以现实主义的批评标准去衡量它，显然是风马牛不相及的事情。在现代小说中即便有大段的理性议论插入也并非会破坏阅读审美情趣。恰恰相反，不管阅读者同意与否，议论都会刺激阅读者的再创造思维情绪，阅读者的参与和创造是现代小说的重要因素之一。

《废都》虽不能说是旷世奇书，但它明显是一部可入史册的杰作，尤其是小说的结尾写得很精彩。庄之蝶到肉店里买猪苦胆吃，但就连苦胆都买不到，于是恍恍惚惚进入了幻境，值得注意的是，这幻境基本上是取消了"指示代词"和转换标记的。那种恶作剧的报复行为，究竟是真是幻？贾平凹的叙述是故意将此模糊而达到一种心理的真实：

"这一个整夜的折腾，天泛明的时候，庄之蝶仍是分不清与景雪荫的结婚和离婚是一种幻觉还是真实的经历。"这种手段作为对旧小说创作方法追求真实的典型环境的一种反动，它的全部意义就在于力图触及现代人的更深、更复杂的文化心理。

荒诞，不仅是现代人生探求的一大课题，同时也是现代小说艺术技巧追求的目标之一。在描写人性异化时，只具有荒诞感是不行的，它还需要一个荒诞的外在形式作为载体。《废都》所采用的荒诞当然亦和中国古典小说中的怪诞、玄学相通，但就本质来说，这种荒诞除了深化主题外，更重要的是，它是一种对社会心理共性的提炼和折射，是一种 20 世纪末病态人生的艺术表现。这种荒诞的表现手法使《废都》更接近现实内心世界的真实。"奶牛"用哲学家的眼光来抨击古都、抨击人类："城市是一堆水泥嘛""人也是野兽的一种""人的美的标准实在是导致了一种退化""可现在，人已没有了佛心，又丢弃了那猴气、猪气、马气，人还能干什么呢？！"……这反反复复出现的奶牛的"内心独白"，形成了整部作品不可或缺的人性呼唤旋律，使《废都》在这荒诞变异的谶语中得以形成小说的"复调"意味。

荒诞的世界必须用荒诞的形式来表现，《废都》借庄之蝶岳母——那位 80 多岁的半疯老太太之口，不断地预卜未来的凶吉，而且每卜必准，每梦必应。贾平凹在描写中有时有意打破时空的临界，以造成一种扑朔迷离的亦真亦幻的艺术距离感。但是，有许多地方由于他用过多的表述性"指示代词"加以诠释，使读者一眼就能看出老太太的"幻觉"是精神分裂的表现。这无疑不但弱化了表现形式的多变性和艺术美感，而且也部分消解了作品向更深文化内涵突进的可能性。本来疯老太太的卜辞、咒语在作家的艺术整合下，很可能形成强烈的魔幻色彩，然而这条路径被他自行消除了。当然，最具有荒诞魔幻色彩的还是作品的结尾部分，在古都这块文化废墟上出现的千奇百怪的人和事，充分展现了一个异化世界的全部真实性。畸零人、奇闻事、魑魅魍魉、群魔乱舞，真可谓"鬼魅狰狞，上帝无言"。正因为贾平凹把庄之蝶的精神世界的变异放在现实世界中来拷问，使两者之间的反差增大，才产生了幻觉与真实的错位。如果整部作品在这种不断的艺术调试中获得新鲜的美感，《废都》将更有现代心理小说的魅力。

荒诞还有一个重要作用就是使小说形成"黑色幽默"的氛围。黑色幽默"是一种绝望的幽默在文学上的反映，它试图引出人们的笑声，作为人类对生活中显而易见的无意义和荒诞的巨大反响"，是"得以超越那种似乎恰好是他要否定的东西"①。《废都》中的黑色幽默不仅表现在畜类（奶牛）对人的诅咒和讨伐上，诸如牛族们渴望逃离喧嚣而肮脏的城市，返归乡土，返归森林，返归大自然；而且也表现在人的怪异行为上，诸如孟云房迷恋气功，最后算瞎了自己的一只眼。作为贯穿于整个作品中的"民谣"，恰似一支支奇异的乐曲，奏出了这个世界的荒诞之歌。这种黑色幽默只属于我们的民族，那种已经凝固了的民族文化心理在这"民谣"的歌哭中得以最深刻地显示。况且，贾平凹的高明之处就在于他让"民谣"通过一个似疯而不疯的收破烂的老人之口唱出，这就更有韵味，或许这老人不可能作为这一古都废墟的"清道夫"，因为这"破烂"是收不完的（当然连同那些值钱的"古董"在内），但在这个即将废弃的古都，其无疑是一个最好的见证人。尽管这黑色幽默中隐匿着悲哀的血和泪、苦和难，但它是全书的点睛之笔。

奶牛的"内心独白"、疯老太婆的咒语（和死鬼的对话）以及

---

① 《中国百科大辞典》编委会：《中国百科大辞典》第 3 卷，中国大百科全书出版社，1999 年版，第 2179 页。

"民谣"作为小说结构的自然生成，它们不仅具有荒诞意味，而且在整个作品的结构上形成了隐形的"结构现实主义"技巧特征。作为每一章节（无序音乐）的楔子，它们的不断插入，显现了主题多义的斑斓色彩。和贾平凹写于20世纪80年代中期的《商州》比较，《废都》采用的是隐形的、不规则的、不对称的"结构现实主义"技巧手法，而《商州》则是明显地采用显形的、对称的、有规则的"结构现实主义"技巧方法，两者之高下很难比较，因为《废都》是一部无序的、不分章节的长篇小说，它只能采用这种间接插入的技巧。

20多年过去了，正因为《废都》的形式高度契合了它的内容，才使得它具有恒久的艺术魅力。反观这20多年来贾平凹的长篇小说之创作，《废都》所留下的那个时代的巨大文化空洞，尽管作者在以后的长篇小说中不断地填补着，但是这个20世纪末的文化难题始终没有完满的答案。从《怀念狼》中借主人公舅舅生理上的阳痿而表达的人的"精神阳痿"的疗救主题，到《高老庄》中由城乡人的精神领地互换而去寻找清净的传统自然生活，再到《秦腔》中从乡土民俗中去寻觅精神的归宿，直到《带灯》中在一个底层政治社会里去寻觅文化断裂层中人性最后的乌托邦——那个出淤泥而不染的女子形象的塑造，等等，这一切都是贾平凹在苦苦追寻《废都》里创造的那一个人类无法解决的文化困境的空洞。因为这个空洞的存在，才有了《废都》成为文学史里程碑的充分理由，所以，作为艺术家的贾平凹是无须解析这一文化方程式难题的，因为作品本身已经为历史提供了20世纪末人性描写的活化石。《废都》虽不是20世纪长篇小说的"绝唱"，但它的文学史意义不容忽视。

亟待抢救的中华人民共和国文学史料

———————◎———————

作为具有马克思主义唯物辩证法立场的现代研究学者，我们不能回避历史，因为马克思主义文艺观的核心元素就是历史和美学，规避了历史的元素，我们就偏离了马克思主义的本源，所以，敢于直面惨淡的历史，才能更好地推动历史的车轮前行！我想这个普通的道理应该是每一个学者所必须具备的研究识见吧。

常常使我感到惊讶的是，当我们向许多博士生讲述这半个多世纪的许多历史事件的时候，他们会一脸茫然，甚至会提出让人哭笑不得的问题。于是，我深深地体会到我们的文学史展现出的是历史碎片，是断裂的社会史、政治史残片拼接起来的影像。这一切皆源于当代史料的匮乏，甚至于被遮蔽，这不仅仅是文学史料的问题，同样还涉及文学背景的政治社会的史料问题。作为文学史的研究学者，我们有责任去发掘和厘清这些史料，让教科书在历史的真相中呈现出其应有的面貌。

首先，我们需要打破的是一个史料认知的误区，即当代文学无史料可言。

如果从第一次文代会算起，中华人民共和国文学已经走过了70个年头，她的诞生甚至比中华人民共和国的诞生还要早几个月，其中经历过的风风雨雨是每一代作家都难以忘怀的。我们所能够看到的却只是他们发表的作品表层所呈现出来的显在的东西，而其创作背后所看不到的那些大量的文化历史背景的复杂性，以及个体内心潜藏着的巨大波动，却是难以知晓的，它们往往有可能就被湮没在个人的日记和谈话之中。在这种情况下，寻找、发掘和抢救个人资料就成为当务之急。

而从大的方面来说，即使是文学制度中的许多政策也没有得到很规范的整理，除了大量文件未经整理发掘外，更重要的是许多领导人（更是包括许多文化和文学的领导者）对文学的批示，以及他们的内部谈话都无法得到全面的查寻与确认。因此，我们所看到的文学史都是不完全的，或者说是不完整的。只有发现海面之下的巨大冰山，我们才有资格去治史；只有随着中华人民共和国文学的史料大量被发现，一部中国当代文学史才有重写的可能性，或许这种重写是有着观念的颠覆性的。

其次，在目前的情况下，我们需要做哪些具有建设性的史料工作呢？

从当代史料的搜集方法来看，我以为还是因循文学与政治的关系，按照时段，针对各个不同历史时期的特点进行有效的拉网式的清理，也就是分段清理。这样有利于一批断代文学史研究者和作家作品研究专家联合作战，形成一个相对集中的研究共同体，有利于互通有无、研究切磋、辨析真伪。

如果让我进行当代文献史料划段，我仍然坚持那种以中国的政治风云变幻为依据的切分法，因为我们的文学与政治始终是血脉相连的，他们是连体婴儿。所以，从大的方面来说，这70年所经历的政治与文学运动是很多的，用周扬的话来说，"文学是政治的晴雨表"。

如果细分下来应该是 1949 年至 1966 年为第一时段。在这个时段中，历次的政治运动给作家指定的写作任务成为创作的主流，从工农兵题材（被写的客体）到工农兵作家的培养（写作主体的介入），其中能够抢救的史料应该是很多的，除散佚在民间的史料和官方散落在民间的文件史料外（例如"打倒胡风反革命集团"和"大跃进"时期那些非正式出版的铅印本内部资料与中央文件），口述史料的建设应该尽快进行，当事人和有关联的人现在都年事已高，抢救时机刻不容缓。这些史料孤立起来看，虽然不可当作信史，但是，在互为参照和印证下加以客观地辨析，我们是可以寻觅到更接近历史真相的史实的。例如，赵树理在写《三里湾》时，已经感觉到了农业合作化的政治运动即将风行，也许我们可以在他当年出版的《下乡集》的手记中找到蛛丝马迹，但是我们如果能够找到赵树理当时在阅读文件时的体会文字、日记，或者哪怕是在文件上的只言片语式的旁批和眉批，也足以让我们窥见他在文学创作时的复杂而又剧烈变化的心境，也可以看清楚作家为文学史中的乡土题材所做出的历史贡献和其局限所在。当然，像柳青这样的作家也不例外。又如，翻开 1949 年的《人民文学》杂志，你可以看到丁玲、陈企霞批判白刃《战斗到明天》的文章，那时的编辑部与作者通信原件是否安在？这对丁玲日后批判路翎等人的做派变化，以及与自己后来又被别人批判的思想轨迹的勾连，都有十分重要的史料意义，而我们绝不能偏听偏信作家回忆录和一些文学传记所提供的历史"真相"。我以为这种文学史上诸多政治运动中的史料，对于认知一个个作家的心态变化是有很好的实证作用的，许多原始资料的发现，有时足以改变我们对一个作家，乃至一个流派和团体的历史评价。尤其是在 1957 年前后的"反右"斗争中的那些宝贵的历史资料

（包括纸质的文字和原始的录音资料，以及后来录制的口述资料）都是研究一个作家心路历程的历史见证，同时也是我们重新回到文学历史现场来体验历史文化背景的最好素材。包括在"三年困难时期"的许多珍贵的社会学的一手史料，也会成为我们认识那个时代的重要历史背景的参照物。许多作家歌颂"三面红旗"的作品，后来成为我们几十年语文教科书的典范文本，我们在修正文学史观念的时候是否要考虑它们存在的合理性？在19世纪60年代初期，阶级斗争日益尖锐的时刻，我们的作家在其创作的背后，还留下了哪些文字？搜集这样的史料，不仅可以还原许多历史的原貌，还可以窥探到许多作家在那个时代痛苦而复杂的二律背反的内心世界。

无疑，1966年至1976年的"文化大革命"文学是中华人民共和国文学史上不可或缺的一个重要时期，而以往的文学史将它定性为"历史的空白期"，我以为这是一种历史虚无主义的观念。表面上来看，这一时期的文学创作十分稀少，能够入史的东西不多，但是，大量"地下文学"的存在，让我们看见这段文学史中充满着冲破时代限制的地火，虽然只是短暂的十年，但是这十年能够提供给我们的文化意义上的史料（即使是非文学的史料），也足以让我们认清楚"十七年"文学和后几十年文学史的变化过程。作为一个历史的"中间物"，它在中华人民共和国文学史上的重要历史环链作用无疑是巨大的，这一段历史史料不清理出来，我们的中华人民共和国文学史就是断裂的、断片的。可惜的是，最为缺乏的文化和文学史料恰恰就在这个关键的历史环节上。作为人文科学的研究者，我们有责任有义务去发掘整理这段历史资料，由于种种原因，我们能够获得的第一手史料是极少的，但是，搜集整理第二手资料应该是一件并不太难的工作，我们且从这里起航吧。人们都说"文化大革命"研究在国外，这一点我不完全苟同，只能说，到目前为止，国外的研究资料搜集得比我们多，而真正有深度的关于"文化大革命"文学和"文化大革命"文化的研究尚没有充分展开。因为能够真正把握那个时代文化和文学命脉的研究学者还生活在中国，他们对那个时代的深刻认识，只有在条件成熟的情况下，才能凸显出其爆发性的研究当量来。况且，我坚信尚有大量散落和深藏在民间的史料有待我们去发掘和搜寻，一俟见天日，许多具有深刻历史意义的东西就会为我们提供最丰富的研究资源。

1979年直到今天的40年的中华人民共和国文学史往往被人看作一个近在眼前的历史过程，无须再做文章，其实持这种观点的人陷入了另一种历史的盲区。殊不知，正是因为大量的文学史料被一轮一轮的社会经济和文化大潮席卷而去，当人们还没有看清楚一个浪头的真貌时，另一个浪头又迎面扑来。用19世纪80年代后期的一句通俗的话语来描述，就是：现代性像狗一样撵着我们，连撒泡尿的工夫都没有。一波一波的文学思潮、现象如电影镜头一样瞬息闪过，整天陷入口号、名词与概念的狂轰滥炸之中，让人连一点儿思考的空间都没有，所以重新整理这段史实，同时发掘许多被人们忽略的史料，这仍然是刻不容缓的工作。因为，越是短距离的史料越容易发现、搜集和整理，千万不要让许多史料化为纸浆后成为历史的遗憾。

总之，随着中华人民共和国历史不断延长，我们堆积下来的史料会越来越多，只有认清史料发掘的重要意义，我们才有可能真正读懂许多被历史沉淀下来的作品，我们才有治史的资本和资格。

文学制度与百年文学史

　　毋庸置疑，任何一个时代和任何一个国家都会有自己的文学制度，它是有效保障本国的文学运动按照自身规定的轨迹运行的基础，因此，文学与制度的关系应该是一种互动的循环关系。当然，它可以是良性的，也可以是恶性的，这就要看这个制度对文学的制约是否有利于其发展，所以，文学制度在很大程度上取决于制定文学制度者是如何操纵和驾驭这一庞大机器的。

　　美国批评家杰弗里·J.威廉斯在《文学制度》一书的"引言"中说："从各种意义上说，制度产生了我们所称的文学，文学问题与我们的制度实践和制度定位是密不可分的。'制度'（Institution）一词内涵丰富，而且往往带有贬义。它与'官僚主义'（Bureaucracy）、'规训'（Discipline）和'职业化'（Professionalization）同属一类词语。它指代的是当代大众社会与文化的规章与管理机构，与'自由''个性'或'独立'等词语正好处于相反的方向。从一个极端来说，它意味着危险的禁锢……更普遍的说法是，它设定了一些看似难以调和的国家或公务员官僚机构……我们置身其中，我们的所作所为受其管制。"① 毫无疑问，这种管制是国家政权的需要，也是一种对文学意识形态的管控，我将其称为"有形的文学制度"，它是由国家的许多法规条例构成的，经由某一官方机构制定和修改成各种各样的规章与条例，用以规范文学的范畴，以及处理发生的各种文学事件，使文学按照预设的运行轨道前进。在一定程度上，它有着某种强制性的效应。

还有一种是"无形的文学制度"，正如杰弗里·J.威廉斯所言："'制度'还有一层更为模糊、抽象的含义，指的是一种惯例或传统。根据《牛津现代英语用法词典》所载，下午茶在英国文化中属于一种制度。婚姻、板球、伊顿公学亦然。而在美国文化中，我们可以说棒球是一种制度，哈佛也是一种制度，它比位于马萨诸塞州剑桥市的校园具有更深刻的象征意义。"② 也就是说，一种文化形态就是一只无形之手，它所规范的"文学制度"虽然是隐形的，但是其影响也是巨大的，因为它所构成的一种约定俗成的潜在元素是一种更强大的"文学制度"构成要件。我们之所以将这部分各种各样的文化形态称为"无形的文学制度"，就是因为各个时代都有其自身不同的文化形态特点，大到文化思潮、现象，小至各种时尚，都是影响"无形的文学制度"的重要因素。

在我们百年文学制度史中，尤其是在 20 世纪后半叶以来的文学制度史中，文学制度往往是以文学运动、文学思潮、社团流派，乃至于会议交流等形态呈现出来的。它们既与那些"无形的文学制度"有着

---

① ［美］杰弗里·J.威廉斯:《文学制度》，李佳畅、穆雷译，南京大学出版社，2014年版，第1—19页。

② ［美］杰弗里·J.威廉斯:《文学制度》，李佳畅、穆雷译，南京大学出版社，2014年版，第1—19页。

血缘上的关联性，又与国家制定的出版、言论和组织等规章制度有着不可分离的联系；它们之间有时是同步合拍的互动关系，有时却是呈逆向运动的关系。梳理作用与反作用二者之间的历史关系，便是我们撰写这个制度史的初衷。因此，我们更加重视的是整理出百年来有关文学制度的史料。

基于这样一种看法，我们以为，在中国近百年的文学制度的建构和变迁史中，"有形的文学制度"和"无形的文学制度"在不同的时空当中所呈现出的形态是各不相同的，对其进行必要的厘清，是百年文学史不可或缺的一项重要任务。从时间的维度来看百年文学制度史的变迁，随着党派与政权的更迭，中华人民共和国成立前后的文学制度史既有十分相同的"有形"和"无形"的形态特征，也有不同之处。从空间的维度来看，地域特征（不仅仅是两岸）主要是受那些"无形的文学制度"钳制，那些可以用发生学方法来考察的文学现象，却往往会改变"有形的文学制度"的走向。要厘清这些纷繁复杂、犬牙交错的文学制度的演变过程，除了阅读大量的史料外，更重要的就是必须建构一个纵向的历史体系和横向的空间比较体系。但是，这样的体系结构统摄起来的难度是较大的。

在决定做这样一件工作的时候，我们就抱定了一种客观中性的历史主义的治学态度，也无须用"春秋笔法"做过度阐释，只描述历史现象，不做过多评判。后来发现这种方法也是国外一些文学制度史治学者共同使用的方法："我们必须采取更加直接的方式以一致立场来审视文学研究的制度影响力，不要将其视为短暂性的外来干扰，而要承认它对我们的工作具有本质性影响。与此相关，我们需要不偏不倚地看待人们对制度的控诉；制度并不是由任性的妖魔所创造出来的邪恶牢笼，而是人们的现代组织方式。毋庸置疑，我们当前的制度所传播开来的实践与该词的贬义用法相吻合，本书的许多章节都指出了制度的弊端，目的在于以更好的方式来重塑制度。布鲁斯·罗宾斯（Bruce Robbins）精明地建议，我们必须'在断言制度化（Institutionalization）一词时抛开惯有的刻薄讽刺，要区别对待具体的制度选择，而不是一股脑儿对其谴责（或颂扬）'。"[①] 其实，我们也深知这种治史的方法很容易陷入一种观念的二律背反之中，当你在选择陈述一段史实时，选择 A 而忽略了 B，你就将自己的观念渗透到你的描述中了，所以，我们必须尽力呈现双方不同观念的史料，让读者自行判断是非，让历史做出回答。

按照《文学制度》第一章《构建理论框架：史学的解体》撰写者文森特·B.里奇的说法："建构当代理论史有五种方式。关注的焦点既可以是领军人物，或重要文本，或重大问题，也可以是重要的流派和运动，或其他杂类问题。"[②]

毫无疑问，构成文学制度的前提要件肯定是重要文本，没有文本当然也就不会产生与之相对应的许许多多围绕着文学制度而互动的其他要件。就此而言，我们依照历史发展的脉络来梳理每一个时段的文学制度史的时候，都会根据每个历史时期文学制度的不同侧重点来勾勒它形成的重要元素。虽然它们在时段的划分上与文学史的脉络有很多的交合重叠，但是，我们论述的重心却是"有形文学制度"和"无形文学制度"是怎样建构起来，并如何支撑和支配着文学史的发展走向的。

---

① ［美］杰弗里·J.威廉斯：《文学制度》，李佳畅、穆雷译，南京大学出版社，2014年版，第1—19页。
② ［美］杰弗里·J.威廉斯：《文学制度》，李佳畅、穆雷译，南京大学出版社，2014年版，第1—19页。

中国自封建体制渐入现代性以来，无疑是走了一条十分坎坷的路径，我们认为，不管哪个历史时段发生的制度变化，都是有其内在因素的，于是，我们试图从其变化的内在机理来切分时段，从而描述出中国文学发展的脉络。

19 世纪末与 20 世纪初的世界格局的变动带来了中国的大变局，与之相应的中国文学制度便开始有了现代性的元素。清末拉开了中国社会转型的序幕，文学在其中扮演了至关重要的角色，当然，就现代文学制度而言，这一时期还只是新的文学制度的萌芽期。现代文学制度之所以于此时浮出水面，一方面得益于文学观念的转型，另一方面，更在于相关结构性要素的渐趋成熟并建构起一个相对完善的文学、文化运作系统。

无疑，北洋政府对建立文学制度是起了十分重要的作用的，而真正将其现代性的元素进行放大，甚至夸张的，还是新文化运动的勃发。"文学革命"最终完成了文学观念的转型，与此相应，文学制度的相关结构性要素也在中华民国成立之后得到了飞速发展，并形成了一个较前更趋复杂严密的体系。当然，中华民国的文学制度的作用及至后来所带来的负面效应也是不可否认的。

抗日战争时期，中国版图上存在着多股政治势力，国土分裂成了多个碎片化的政治地理空间。以广义的国统区、解放区、沦陷区而论，每一政治地理空间的政治势力都在追求各自的文化领导权，都在推行各自的文化与文学政策。在这种众声喧哗的情势下，文学制度的有效性是发生在不同的时空之中的，当然，最具深刻影响的还是延安的文艺政策，它深刻地影响着以后几十年文学制度的建构。

在中华人民共和国的文学制度史中，之所以将"十七年"作为一个时段，就是因为这个时段的文学制度的建立，对以后几十年的文学运动和文学创作都有着至关重要的作用。最有特点的是，从此开始，文艺政策的制定与调整、文学机构的创建与改革、文学领导层的人事安排，几乎都通过会议来实施。在历次文代会和作代会之中，第一次文代会具有特殊的历史意义。在某种意义上，这次会议奠定了中国当代文学制度的基本框架。解放区文艺被确立为文学的正统，全国文联和全国文协宣告成立，来自解放区、国统区的作家们在不同的工作岗位上各安其位，创办了全国文联、全国文协的机关刊物《文艺报》《人民文学》。在此基础上，各地区、各省市纷纷召开区域性的文代会，成立区域性的文学机构，创办地方性的文学刊物。第一次文代会是当代文学制度建设的奠基石。

文学制度发展演变至20世纪60年代中期，出现了一种极其奇特的现象。即，一方面，相对于中华人民共和国成立前的旧文学制度而言，"十七年"的文学制度在各个层面上业已发生巨大的变革，制度之变与体制之新已经令很多作家深感"力不从心"；而另一方面，相对于意识形态的要求而言，"十七年"文学制度则已经远远落后于时代，成为不得不革除的陈旧落后的体系。这种"新"与"旧"的巨大错位和反差，充分反映了文学制度史的时代复杂性及其独特规律。在这种强烈的"制度焦虑"的驱使下，不仅"十七年"文学制度成为"旧制度"，从衰落到崩溃，而且"新制度"建设也紧锣密鼓、大刀阔斧地开展起来。

经历了十年"文化大革命"后，中国"十七年"间确立和完善的文学制度也被摧毁。几乎所有的文学建制都失去了应有的功能，文学的机构（包括出版传播、文学生产、文学评奖等）也趋于凝滞。因此，随着"文化大革命"的结束，文学制度面临着恢复和重建的迫切任务。在此重建过程中，文学的新的方向——为人民服务、为社会主义服务的"二为方向"得以最终确立。恢复和重建之后的文学制度，起到了党和国家文艺政策得以贯彻执行的重要保障作用。随着文艺政策的钟摆与起伏，文学制度也发生着微妙的变化。

无疑，20世纪80年代是文学制度恢复、波动、起伏最活跃的年代，而1984、1985年之交召开的中国作协第四次代表大会是文学组织和体制的又一次调整。这一组织化、体系化的调整对此后一段时间里的文学创作、批评，乃至文学制度，都产生了一系列的重大影响。

重建文学制度，首先亟待恢复和重建的是文学机构——文联与作协。文联和作协最高层面的机构组织是中国文联和中国作协，各省市地区都恢复和建立了相应的组织建制，全国一体化的、具有隶属关系的各级文联与作协成为文学制度有力的执行机构。这两个层级化的组织机构是整个文学制度的核心。有了这两个机构，所有的体制内外的作家就会以不同的级别而成为每一层级的文学干部，从而充当文学制度这一庞大机器中的齿轮与螺钉，使文学创作的动员与组织成为一种常态性的运作。

当然，20世纪80年代，随着对"文化大革命"及"十七年"期间的回顾、总结、反思的不断深入，文学创作中出现了突破原来既定的政治方向和范围，偶尔出现挑战禁忌或者溢出体制边界的某些倾向。一方面，文学媒体为这些作品提供了发表的平台；另一方面，媒体也成为党进行文学性质的宣传、方向的引导、批评的展开的重要阵地。

20世纪90年代是个意味深长的年代。它尚未远去，但已经成为当代思想文化讨论中一个难以绕开的原点，许多问题可以溯源于此。无疑，消费文化的大潮席卷而来，这对中国的文学制度来说是前所未有的新挑战，中国日益深入世界市场的竞争之中，知识生产和学术活动已经成为全球化过程的一个部分。"人文精神大讨论"骤然兴起，表明了人文知识分子共同感觉到了问题的压迫性，而它无法导向某种具体价值重建的结局，也拉开了一个认同困惑时代的帷幕。20世纪90

年代的人文知识分子面对的问题的复杂性超出了他们所熟悉的历史和知识范畴，许多意想不到的社会与文化的思潮，凸显出让人措手不及的尖锐矛盾。文学在这次文化变异的激烈冲突与重组中被抛到了边缘，文学制度也在悄然发生着深刻的变化，大众文化、消费文化的兴起催发了文学制度的重构，自由写作者的出现和网络文学的出现，也对文学制度的重构提出了新的难题和挑战。

进入 21 世纪以来，文学制度的变化是呈悄然渐变状态的。在 21 世纪第一个十年中，中国基本的格局是继续"中国特色社会主义"文化制度的加强、完善和延伸，尽管出现了新的现象和特征，但并未出现一条明显的文化分界线。在 20 世纪末，公众文化领域和国家政策层面都涌动着一种"世纪末"的总结趋势，但就具体文化发展来看，一种文化裂变的嘉年华并未出现，各项政策法规和文化制度跟随经济变革平稳推进，文学生态环境未发生明显变更。但文学制度有了新的发展，在 20 世纪 90 年代文学制度的基础上，呈现出深化和复杂化特征。新世纪的文学机制正在悄然发生变化：随着文学网站和文学社区的构建，网络文学日益成为一种重要的文学形式。网络文学产业化的运行以及监管制度的建立，对网络文学的稳健发展都具有必要性。随着影视业的发展，影视制作与作家之间形成了新的关系，影视改编将文学接受置入了一种新的格局之中，对当代文学生态产生着重要影响。民间刊物已经成为当代诗歌得以流传的重要形式，民刊官刊化和民刊弥补体制内文学制度的不足，都成为值得关注的话题。在当前的文学评奖方面，官方奖项评选和颁发过程亟待调整，民间奖项需要通过文学观念的调整来获得更大的公信力。从文学激励角度来看，调整后的两者都将大大有助于文学创作质量和积极性的提高。

毋庸置疑，台港百年来的文学制度史与内地文学制度史既有重叠之处，更有相异之处。20世纪台湾文学制度受着殖民化和民国化延展的影响，直到1987年的"解严"之后，才发生了质的变化。而香港的文学制度却是在历经殖民化的过程中，直到1997年才悄悄发生了变化。

在文学制度的研究当中，对于文学社会化过程的考察是必要的。由此，在不同的时空场域下来考察不同地域文学活动背后的无形之手——文学制度的运作，也必须贴近、还原适时的文学活动具体情况。日据时期台湾的文学制度具有自己的独特性，尽管在大的新文学传统范围里面，台湾文学传统与内地文学传统相互呼应，但不可否认的是，由于地理位置的"孤悬"、文化受众的"多元"，日据时期的台湾文学在发展样貌上有着自己的地域特性。文学制度的概念引入，以及对文学制度在形成、发展全过程中诸方面特色的描述，乃至对文学制度诸多组成要素，如文学教育、文学社团、出版传媒等方面的勾勒，可以给予读者一个相较以往文学史的单线描述而言更加复杂、参差的立体文学生态景观，得以窥见在文学史复杂表象背后更具棱角并影响着文学制度建构之另一面。

综上所述，我们在撰写这部制度史的过程中，力图将文学史的发生与制度史的建构之间的关系勾连起来分析：外部结构是法律、规章、出版、会议、文件等大量的制度"软件系统"；而内部结构则是文学思潮、现象、社团、流派、作家、作品等"硬件系统"。只有在两者互动分析模式下，才能看清楚整个制度史发展走向的内在驱力。虽然我们做出了努力，但囿于种种原因，比如我们尚不能看到更多可以解密的文件资料，就会影响我们对某一个时段的文学制度所做出的判断，所以我们只能做到这一步，尽管有遗珠之憾，但我们努力了。

《白鹿原》评论的自我批判与修正

——当代文学的"史诗性"问题的重释

———◎———

> 我们的时代主要是历史的时代。我们的一切思想、一切问题和对于问题的答复，我们的一切活动，都是从历史土壤中，在历史土壤上发展起来的。人类早已经历过坚信不疑的时代；也许，人类会进入比他们以前经历过的更加坚信不疑的时代；可是，我们的时代，是认识、思考、反省的时代。问题——这便是我们时代最主要的东西。
>
> ——别林斯基

衡量一部作品是否有"史诗"的价值和意义，历史的内涵固然十分重要，然而，作品所辐射出来的当下现实意义也是其"史诗性"意义的一项重要的指标。

在文学史的长河之中，有许多作品在它们刚刚问世的时候，并没有受到足够的重视，其原因是各种各样的，有些是缘于时代思潮的局限；有些是缘于历史审美的局限；有些则是缘于不可测的政治因素所制约。然而，一俟作品与时间拉开了距离，当我们再去回顾这些作品时，那种惊鸿一瞥的感觉便油然而生。《白鹿原》就属于这样的作品，如今，拭去历史的尘埃，我们重新审视它的时候，许多新的发现就会彻底颠覆我们从前的价值判断和审美判断。

毋庸置疑，直到今天，对长篇小说《白鹿原》的评价仍然是贬褒不一的，但是，就我个人对其20多年的阅读史而言，无论从哪个角度来看，《白鹿原》都是可以称为"史诗性"著作的。一个时代如果没有"史诗性"的长篇小说产生，就不能说这个时代拥有伟大的作品，那么，这个时代则是一个文学的悲哀时代。而更加悲哀的是，我们的文学评论家和文学史家（尤其是像我当年这样草率判断的评论者）都忽略了一部完全可以彪炳史册的巨著《白鹿原》，或者说是低估了它在文学史上的地位。这种轻忽当然就是对优秀作品的亵渎，同时也是造成文学史失重的滥觞。像《白鹿原》这样的作品一定是要在中华人民共和国文学史上立专章来评析的，因为它的分量远远超越了当代许许多多的作家作品，它可作为20世纪末长篇小说的一座里程碑，只因当时如我之辈，身在此山中，不识庐山真面目。

尤其值得我反思的是，从20世纪80年代起，我便开始试图对"五四"以来的中国乡土小说进行全面的梳理，并总结出乡土小说的"三画"（风俗画、风景画和风情画）特征。随着20世纪90年代《白鹿原》的出版，许多评论家以此为契机，呼唤着中国文学的"史诗性"作品的诞生。但是，因为当时我受现代主义思潮的影响，悲观地认为："随着商品文化时代的到来，一切'流派'和'史诗'都将消亡，这是不以人们的意志为转移的。"如今，当我在观看电视剧《白鹿原》时，将原著找来重读，觉得自己20多年前的论断无疑是阻碍了文学史发展进程的妄言。重新发现《白鹿原》的"史诗性"价值，应该被提到文学史的议题上来——它必须建立在严酷的自我否定、自我批判和自我反省的基础之上。殊不知，作家作品解析只有在文学史的河流里不断地被重识、重释、修正和重构，才能获得更有深度的历史真实与美学价值。像《白鹿原》这样可以被不断重识和重释的作品，才有可能成为具有恒久生命力的入史作品。

26年前，我在《文学评论》杂志上发表了一篇《乡土小说的多元与无序格局》，试图从文学史的角度来分析一些作品寻觅"史诗"情结的破灭，其中举证最多的作品就是《白鹿原》，自以为："在现代文学史中，我们的作家、批评家、文学史家力图在乡土小说这一创作领域内寻觅恢宏壮丽'史诗'的希冀已经成为泡影。在20世纪的最后几年里，中国文学里的'史诗'和'大家'意识无疑正在被创作的多元与困惑所消解和替代，而创作的多元与困惑却推动着小说艺术的发展。因而，本文试图通过这种多元与困惑的描述来窥探乡土小说创作的走势，以期发现中国从农业社会向工业社会乃至后工业社会转型时的小说艺术变化。"①也许，那时下此结论，是被20世纪90年代汹涌澎湃的消费文化思潮表象迷惑，认为随着农耕文明的崩溃，多元社会的格局，尤其是后现代文明的提前到来，必将彻底扫荡一切濒死的农耕文明，千百年来的封建文明没有在五四新文化运动的讨伐中灭亡，却会在后现代商品文化的"铁皮鼓"中消亡。它成为我后来提出前现代、现代和后现代同时并置在中国文化的地理版图上②重要理论的依据之一，预言中国文化将走进一个充满着悖论的历史阶段，暗自庆幸"史诗性"作品的历史性坠落。

20多年过去了，中国乡土社会在经济和政治的双重挤压下，其物

---

① 丁帆：《乡土小说的多元与无序格局》，《文学评论》1994年第3期，第81页。
② 参见丁帆：《"现代性"与"后现代性"同步渗透中的文学》，《文学评论》2001年第3期。

质景观层面上已经使得农耕文明分崩离析、面目全非、溃不成军，农业社会走进了现代文明与后现代文明的交会处。但是，回望改革开放几十年来的中国农村乡土社会，其隐在的乡土文明并没有消逝，甚至走进了城市。单就乡村统治秩序来说，我们还能望见那种熟悉的封建乡土宗法社会的思想面影，即便是处于一种即将消亡的状态之中，我们也可以在这个死而不僵的百足之虫扭曲的身躯中看到现实世界的倒影，令人瞠目结舌。从这个意义上来说，《白鹿原》就是一面历史的镜子，反射出了当代社会的种种文化幻象。历史学家的客观陈述，却不能替代文学家把这一历史景观留在形象的画面当中，让历史告诉现在，同时也指向未来——农耕文明作为一种意识形态将伴随着现代文明和后现代文明悄然无声地植入我们的文化生活之中。所以，《白鹿原》作为一部具有史诗意义的文学教科书是有其特殊的文学和文化意义的。

谁也没有想到，20多年后，被拍成电视剧的《白鹿原》，竟然会风靡全国，人们从旧时代的乡土生活影像画面中，寻找到的是一种对远去的传统文明的"深刻眷恋"，还是一种对消费文化逆反的精神慰藉呢？抑或是那种对超越阶级的传统乡绅文化的政治怀想，成为当下对传统儒学的另一种文化阐释与宣泄？这或许成为触发我们思考乡土社会以及认识乡土文学的思想火花。

正如蒋济永先生所言："众所周知，《白鹿原》被誉为揭示了'一个民族的秘史'的经典，是一部史诗般的小说。然而，它为什么能被称为'史诗'性经典？就在于它除了大容量、长时段地再现一个时期家国、民族、个体的政治经济和社会生活外，还能秉持一种史家臧否历史的价值中立的立场。比如说，在对待乡族组织和传统儒家文化态度上，我们看到小说《白鹿原》既有对传统乡族儒家价值观念（仁义）的坚持，也有通过朱先生变通、开明的言行对封建的、僵化的教条和愚昧行为进行的批判；在民族主义立场上，小说既有对民族反抗侵略的民族大义的坚守，又有对像朱先生那样草率赴前线的举动和虚假宣扬鹿兆海作为民族英雄的否定与批判。然而，如前面分析的，由于价值立场的改变，电视剧《白鹿原》从根本上改变了原小说的价值观念和意义性质，因此，与小说《白鹿原》相比，电视剧《白鹿原》已是在同一个'白鹿原'名称下的另一种不同性质的文本了。加上一些细节和重要的情节、人物命运的改动，使得电视剧《白鹿原》与小说《白鹿原》各自以不同的趣味和表现方式呈现在世人面前。"[1]我同意蒋先生的观点，但正是这种看似中性的价值判断，深刻地反映出陈忠实对传统文化两面性的哲思，也就是既有对旧的封建文化抱着批判和取精用宏的价值分解态度，也有对百年来五四新文化传统，尤其是百年革命进行批判和梳理的"反动性"。这就是辩证唯物主义历史观的胜利，它让小说有了更大的历史内容含量，同时也充分打开了艺术审美的空间。无疑，这是作家意识到了"历史的必然"，尽管许多地方陈忠实还处在一种朦胧的觉悟之中，但是，对于一个文学家来说，能够捕捉到这样一种处于历史悖论之中的潜意识，并且能够艺术地呈现传达给读者，就是最大的历史和审美价值的贡献。当然，仅仅依靠现实主义的创作方法再现历史生活还是远远不够的，仅仅用胡风宣扬的现实主义的创作方法大于世界观的理论也是无法全面解释现象的。

由此，反观当年我的那种即时性的文学史判断，重新审视《白鹿原》的历史意义和现实意义，应该成为我个人文学自我批判和反省的

---

① 蒋济永：《如何从小说与电视剧比较角度看〈白鹿原〉的改编》，《长江丛刊·理论研究》2017 年第 36 期，第 83 页。

起点。可以肯定，自己在世纪之交吊诡的历史语境中所下的论断显然是缺乏历史检验的谵语，甚而有些论断是误读误判的浅薄之论。因为那时人们信奉的是克罗齐的"一切历史都是当代史"的教条之言，而忽略的却是马克思主义的"历史的必然"的批判性论述，同时也忽略了"历史有惊人的相似之处"的真谛。

也许，只有如陈忠实这样一辈的作家站在黄土地的高原上幸运地走过了中华民国末年、中华人民共和国的"十七年"和"文化大革命"十年，以及"改革开放三十年"的历程，并且得以醍醐灌顶地大彻大悟，才能有资格书写"史诗性"的鸿篇巨制，才能有幸获得哲学层面的顿悟和升华（尽管绝大多数作家一生当中都不一定能够获得这样的历史阅历，以及这种被称为灵感的哲学顿悟），才能在整体构思中艺术地剪裁情节和细节，以及人性地塑造笔下的人物，让作品得到思想的完全解放。

一

首先，值得反思的是，26 年前我对整个乡土文学的走向带有一种天然的偏见。出于那个时代被压抑的政治热情，我当时所看到的乡土小说的走向是"走出田园风景线，寻觅失落的政治问题"："谁都不会忘记文艺为政治服务给作家创作留下的消极影响，新时期文学的腾飞亦正是在摆脱了这种影响的前提下取得的。新时期之初，当汪曾祺第一次把四十年前那个田园旧梦送给读者时，人们似乎从这田园风景线的描摹中找到了一种与政治主题剥离的新方法，从中发现了小说所具有的美感功能，虽然这种美感尚带有古典主义的风范，但它足以令人陶醉。"①从表面上来看，这个判断似乎是准确的，因为当时的乡土小说走向的确是在汪曾祺那种田园牧歌式的创作模式下发生了本质性的转变，尤其是"回到文学的本体"的"纯艺术"主张占据了创作的潮头，"去政治化"成为人们摆脱以往文学羁绊惯性所高举的大纛。而《白鹿原》却是在重新回到政治性判断的语境中给我们带来了一些震撼，但我只是看到了问题的表层，鼓吹的是作品对乡土文学中乡绅形象的颠覆，却没有看到其重塑的意义所在，忽略了从本质上重新认识中国乡土宗法社会中剥削与被剥削阶级均有的两面性问题。孰料，从大格局的历史框架来看，陈忠实要表达的思想内容是更加繁复和驳杂的历史图像——乡绅文化贯穿的虽是清末到民国的封建思想体系衰亡过程，它却还继续会以一种变异的方式在今后的历史进程中得到意识形态的发展。虽然《白鹿原》的煞尾是止于中华民国终结前后，但陈忠实在《白鹿原》里留下的思考"黑洞"足以让这部作品留在文学史的长河中不断被重识和重释。也许，作家本人并没有意识到这种"历史的必然"，但是对历史重新审视的深度和广度，让作家在文学创作的无意识层面中发掘出了中国历史发展的必然延续性，这就是《白鹿原》成为当代文学史"史诗性"巨著的重要理由之一。

所以，在那篇文章里，我对史诗情结的否定显然是有失偏颇的。这是我对乡土小说丰富的思想和博大的历史内涵认识不足所致，只是沉湎于作品悲剧性的艺术追求分析，而忽略了小说所释放出的更深层次的历史内容，这就造成了我对《白鹿原》"史诗性"内在巨大的"历史的必然"的盲视。就当时我对乡土小说走向的四点分析而言，值得

---

① 丁帆：《乡土小说的多元与无序格局》，《文学评论》1994 年第 3 期，第 81 页。

批判和反省的地方甚多，尤其是对"史诗性"作品在文学史上的地位认识不足，被所谓的"超悲剧"的理论迷惑，被那种田园牧歌式的乡土叙事表象迷惑，对尼采的"酒神精神"和"日神精神"的过度沉迷，使我闭上了那双内在审美的眼睛，以致对《白鹿原》这样具有宏大历史意义的乡土文学恢宏巨著评估失衡。这显然是对文学史叙述认识肤浅的表现。因此，重估《白鹿原》的"史诗性"，应该成为当代文学史，也是中国百年文学史的一个重要的学术问题。

当年我认为："当中国作家们对所谓'全景式结构'的'史诗性'作品发生怀疑时，几乎在整个20世纪80年代里就已淡化了长篇小说的'史诗情结'，像《芙蓉镇》那样的结构方式已成为新时期的历史。甚至，人们对'史诗'的审美价值亦发生了根本性的怀疑和动摇，即便是《战争与和平》式的巨著也不一定适合如今的审美需求。然而，当我们仔细厘定近年来长篇乡土小说创作时，就不难发现作家们似乎又重新对大跨度的历史时间发生了兴趣。随意拈出几部长篇便可见端倪：……尤其是《白鹿原》已被许多评论家定性为'史诗性'的作品……且不说这些作品空间跨度是极其有限的，不再合乎旧有的'史诗性'巨著的概念，就其作家创作的本意来看，时间和空间在小说中只不过是表现人、社会、历史、文化的一种外在形式，是一种叙述方式的需要而已。"[①] 显然，这种所谓的时间和空间的跨度，是受了托尔斯泰和巴尔扎克的长篇小说结构的影响，同时也受了《红旗谱》的影响。所以我不认为像《创业史》那样的作品是"史诗性"的作品，因为其时间的跨度甚短，不足以构成文学表述的历史长度。以我自己暗想的标准，"史诗性"的作品应该是具备两个条件：一是起码要有两个朝代

---

① 丁帆：《乡土小说的多元与无序格局》，《文学评论》1994年第3期，第83页。

的更迭；二是最好满足三代人物的塑造的要求，也就是百年的时间跨度。以此标准来衡量，《白鹿原》是基本符合这两个条件的作品。只有把人物置于动荡年代里进行塑造，才能够凸显出人物性格的个性特征和差异特征，才能够把惊心动魄的历史事件作为人物的背景，将人物与故事糅合成有机的整体，显示出其内容与艺术结构的美学价值来。这就是马克思恩格斯文艺学的经典论断中的"典型环境中的典型性格"的真谛所在。

二

无疑，一般来说，悲剧美学效应是构成"史诗性"鸿篇巨制的重要元素。当年我过分强调了所谓新的悲剧审美观的作用，而忽略了其作品中人物构造的精心设计的良苦用心，显然是忽略了小说中巨大的人文内涵的浅见所致：

　　小说家究竟要在这里表现什么？大而言之，艺术家们都似乎有一种回眸的艺术本能，他们试图在民族文化心灵历程中寻觅到一种苍凉感，找到一种暂栖灵魂驿站的慰藉，由此而寻求一种新的现代悲剧美感精神。"史诗"的外在结构形式在这里已不重要，它已经成为一种小说的"道具"而已。就其对"史诗性"的"悲剧英雄"内容来看，如今的小说家几乎都成了旧有美学判断的叛逆者。诚然，《白鹿原》是描写宗族的历史文化变迁，但作家的视点并非停滞在时间性的历史事件的更迭上，一个个人物的故事都聚焦在人物心灵的变化过程中，虽然这个"过程"尚留有许多

"飞白"之处，甚至被割断了因果链条呈反性格逻辑的"二律背反"状态，然而，整个作品并不注重于时间跨度（改朝换代）给主人公心灵带来的性格骤变，也不在意空间跨度（场面转换）会给主人公心理带来的变化契机。而是把整个支撑点放置于这个"近乎人格神"的悲剧性审美描写上，从而揭示出传统政治文化强大的生命力。人物的性格是凝固的，它不受外界因素的制约，却以强大的"自我"人格力量去辐射周围，虽然这种传统的人格包孕着真善美和假恶丑的两极内涵。从中我们可以发现这样一个事实：作家既不是在追求"史诗"的审美效应（这种审美效应或许在视觉艺术中还能造就一种动态的美感而博得观众的喝彩，但在小说审美领域内，最主要的还是靠"内在的眼睛"来寻觅静止中的动态之美的），亦不是在追求对悲剧人物的英雄行为的礼赞，这是一个没有英雄的时代。因而，那些古典主义的悲剧观念已不再适用于这类悲剧人物，悲剧的崇高美学价值判断已被完全消解了。每一个人物都包孕着道德伦理的两极和文化性格的分裂，因而在这种人格的悖反下，尽管作家并没有意识到其悲剧所具有的"存在"意义，但它毕竟超越了欲达理想而又不能达到的历史的必然性的悲剧陈规。陈忠实说："当我第一次系统审视近一个世纪以来这块土地上发生的一系列重大事件时，又促进起初那种思索，进一步深化而且渐入理想境界，甚至连'反右''文化大革命'都不觉得是某一个人的偶然判断的失误或是失误的举措了。所以悲剧的发生都不是偶然的，都是这个民族从衰败走向复兴复壮过程中的必然。这是一个生活演变的过程，也是历史演进的过程。"也许，作者的原意是想通过"历史演进的过程"来折射人物的民族文化心态的冥顽性，道出"历史的必然"的悲剧性。但是，它再也不能通过人们的视知觉把"崇高"或"同情与怜悯"送入悲剧审美的历史轨迹。悲剧，它在当代人的审美视域中，那种死亡的诗意不再是理想和崇高的组合，不再是引起同情和怜悯的激情，它的那种普泛的人性和人道主义力量还存在吗？从某种程度上来说，现代悲剧精神正在走向消除了悲剧与喜剧临界点的审美极端。虽然人们尚未从目前的创作现象中概括出定性的悲喜剧相混合的理论意义来，但从种种的创作发展趋势来看，我们很难不从米兰·昆德拉那里得到启迪："悲剧把对人的伟大的美好幻想奉献给我们，带给我们安慰。喜剧则更为残酷：它粗暴地将一切的无意义揭示给我们。我觉得人类所有的事情都包含着它的喜剧性的一面，它们在有些情况下，被承认、接受、开发；而在另外的情况下，则被遮蔽。真正的喜剧天才并不是那些让我们笑得最多的人，而是那些揭示出一个不被人知的喜剧的区域的人。历史始终被看作一个只能严肃的领地，然而，历史不被人知的喜剧性是存在的。有如性的喜剧性（难于被人接受）之存在。"尼采所说的"悲剧的安慰"显然亦不适用了。①

我之所以大段地引用了当年对《白鹿原》分析的论断，就是让大家回到那个曾经熟悉的理论话语语境之中，从而清晰地看出我们这一代人曾经走过的一些曲折迂回的批评弯路。

毋庸讳言，那时由于我对悲剧美学的变异过于迷恋，试图用一种自设的审美理论去套住那时的许多流行的乡土小说，因此造成了对"史诗性"悲剧作品的不屑与诟病。虽然其中的一些悲剧理论尚可解释

---

① 丁帆：《乡土小说的多元与无序格局》，《文学评论》1994年第3期，第83—84页。

《白鹿原》中的许多情节和人物，让其有历史的深度和广度，但是，那些解构"史诗性"的理论，显然是对文学史，尤其是中国当代文学史宏大叙事和艺术范式的历史性作用估计不足，尤其是对长篇小说在文学史上的重要作用估计不足。今天重读《白鹿原》，当然也包括电视剧对原著的改编，在对历史镜头的回顾之中，我们如果忽略了它"超历史"文本的时间和空间的有效性，我们就会愧对这部史诗性的杰作，就会因我们的缺失而造成文学史的遗憾。

当然，最重要的是那时候流行的文学现代派的时尚观念在潜意识之中左右着许多评论家，而一些较老的作家则显得比较清醒，陈忠实就是一例。他认为："我尽管不想成为完全的现代派，却总想着可以借鉴某些乃至一两点艺术手法。卡朋铁尔的宣言让我明白一点，现代派文学不可能适合所有作家。"[1]当拉美爆炸文学风靡全国文坛的时候，陈忠实就从拉美文学借鉴百年西方文学以后形成自己民族特色的经验教训中做出了适合自己创作的价值判断。就此而言，一个成熟作家的最重要的艺术品格就是要守住自己的价值观与艺术风格，即便是"拿来"，也要挑选契合于自己艺术观念与技法的"武器"，否则只会食洋不化，使自己的作品显得不伦不类。回顾当年一浪高过一浪的"现代派"仿写热潮，我们的批评家，包括我这样的评论工作者，真的一点儿不汗颜吗？你可以说，历史的过程总是带着初始时的幼稚，但是，我们从陈忠实的冷静选择当中，看到了一个成熟作家清醒的认识，这也许就是陈忠实在创作《白鹿原》时投射的思想光芒所在。

---

[1] 陈忠实：《寻找属于自己的句子——〈白鹿原〉写作手记》，《小说评论》2007 年第 4 期，第 47 页。

三

如果是用马克思主义的"典型环境中的典型性格"理论来作为衡量一部作品的重要尺度的话，那么，作品的经线应该是"典型环境"，而"纬线"就是人物的"典型性格"。而《白鹿原》所选取的"典型环境"，就是截取了 20 世纪各个时段中具有典型意义的革命历史事件，将其作为"经线"，连缀出了那些波澜壮阔的历史背景图画。所谓"典型环境"就是作家根据自己作品的结构、人物和审美要求来截取所需要的典型背景材料，只有把环境营造好了，其作品人物的性格才能鲜活起来，其作品悲剧的氛围才能烘托出巨大的历史美学内蕴，才能让作品人物的典型性格在悲剧中诞生。所以，"经线"和"纬线"有机、艺术地交织在一起才能编织出最有生命活力的"史诗性"的鸿篇巨制来。

从陈忠实选取的几个大的历史事件来看，它们足以满足人物典型性格发展的需求，其时间的长度和空间的深度为人物性格的塑造提供了舞台景深。换言之，陈忠实的最终目的是为了把具有典型性格的人物置于文学史的长廊之中，因此，我们看到了只有在"典型环境"中才保有的一个个鲜活生命的、标有陈氏描写印记的、迥异于其他作家笔下人物形象的、具有时代历史意义的"典型性格"。

从作品的"纬线"创意角度来看，我们之所以说白嘉轩是陈忠实经过多年酝酿打磨出来的一个非同于其他现代文学史中的人物形象，就是因为这是个生长在那块特有土地上和那个特殊的时代中的特殊人物。白嘉轩是在陈忠实独特的精心锻造下，才能产生出来的"这一个"历史的风云人物和悲剧人物。作为一个乡绅文化的典型人物，他在起伏跌宕的历史事件中所形成的双重性格，正是其内心人性中真善美与假恶丑冲突的结果，恰恰与另一个戴上了假恶丑人格面具的鹿子霖形成了外在的形象落差和性格反差。表面上看来，白鹿两家只是有宗族之间的冲突，殊不知，这种在中国几千年封建温床上培育出的一株特殊孢芽的奇葩，正是我们现代文学史上罕见的、全新的艺术形象塑造。陈忠实将白嘉轩的特异性格放大后，其历史的意义就明显高于了同类的人物塑造，使其具有了更加值得玩味的历史内涵和现实意义。从一开始就描写他连克七个女人的蓬勃性欲来看，陈忠实让其"典型性格"在原始的繁衍图腾中升腾，预示着其强大的乡土政治生命力和传统封建文化秩序的媾和与对其赓续作用。面对在大革命中崛起的那种对乡约文化有着强大破坏力的"痞子运动"，其提出的命题恰恰就是对五四新文化运动的反思。而新生代的农民革命力量的底层阶级代表人物黑娃之所以成为白嘉轩的天敌，正是因为陈忠实用一种新的尺度来重新衡量中国革命两面性的价值理念。其实，陈忠实的意图并不是将二者塑造成性格的死敌，而是为了表现在历史的律动当中，二人在大是大非的历史事件中凸显出来的人性反差与落差，谁更顺应人性发展的历史要求，谁就是历史的主人和英雄。不言而喻，人物在典型环境中的性格凸现，超越了政治的诉求，沿着人性发展的路径向前推进，真善美与假恶丑在人物性格的走向中高下立判。这样的描写背后有着许多作家所不能企及的那种对"历史的必然"的理解与阐释，正是在这一点上，陈忠实超越了他的同时代作家，同时也超越了文学史陈陈相因的人物内涵的建构。

白嘉轩对乡缙文化百般回护的一举一动，正是与五四新文化运动形成了对位性的抵牾。他重修祠堂，重立乡约民规，这种仪式感十分强烈的行为，代表着一种对五四新文化运动的反思与对抗；与鹿兆鹏思想观念的分分合合，以及对幼稚盲动的白灵的思想禁锢。这些归根结底都是陈忠实做出的文化反思。这些足以构成"史诗性"作品的要素，正是以往文学史中那些所谓"史诗性"作品所没有能够达到的深度——作者深入到人物的骨髓中去反躬自省的思想高度，成就了这部作品伟大的史诗意义。就此而言，《白鹿原》的"史诗性"正是体现在作家意识到的"历史的必然"和尚处于意识并不十分清晰的无意识冲动当中的下意识选择。所以，在白嘉轩这个人物身上，作家也有意无意地暴露出了白嘉轩在一味地回护旧有的封建乡绅文化的时候，无意间对人性的压抑和戕害，比如他对田小娥的"青眼相加"（无疑，是他的思想观念，不，更准确地说是他用封建的乡绅文化思想促使鹿三杀死了田小娥，杀死了这个生长在封建沃土里的乡间"新女性"），比如他对黑娃的仇恨，比如他对自己大儿子白孝文决绝的态度，都是在维护着他的那一块乡约碑文。虽然那块碑文被新文化象征性地打碎过，但是，二次修补的碑文，也正体现出了白嘉轩（同时也是陈忠实）那种对传统文化秩序的深刻眷恋。反之，黑娃和白孝文那种叛逆式的反抗，始终打着"革命"和"新文化"的旗帜，似乎是那个封建乡约的牺牲品。殊不知，陈忠实让他们走向了反派人物的命运，却是由于他们在革命运动中丧失了基本的人性。

无疑，20 世纪 90 年代是"陕军东征"的年代，从路遥的《人生》《平凡的世界》开始，到贾平凹的《废都》，再到陈忠实的《白鹿原》和高建群《最后一个匈奴》，陕西作家的鸿篇巨制红遍了整个创作界。今天，当我们把这些作品放置在文学史的天平上来重新衡量（当然，我也承认许多作家的作品是没有可比性的）的时候，才发现《白鹿原》更高一筹的历史地位显然被低估了，就其历史的含量和其表现出的"史诗性"的艺术构架而言，足以让它在我们重新审视的目光中重放光芒、熠熠生辉。

我将《白鹿原》作者的意图定位在："就其作家创作的本意来看，时间和空间在小说中只不过是表现人、社会、历史、文化的一种外在形式，是一种叙述方式的需要而已。"①这显然是一种主观介入的结果，曲解了创作者的本意，用陈忠实的话来说："封建文化封建文明与皇族贵妃们的胭脂水洗脸水一起排泄到宫墙外的土地上，这块土地既接受文明也容纳污浊。缓慢的历史演进中，封建思想、封建文化、封建道德衍化成为乡约族规家法民俗，渗透到每一个乡社、每一个村庄、每一个家族，渗透进一代又一代平民的血液，形成一方地域上的人的特有的文化心理结构。"②所以，当我们只将目光聚焦在人物描写上的时候，往往就会忽略作家在意识（无论是有意后注意还是无意后注意）深处所要表达的那种"历史的必然"，像一切文学大师如狄更斯、左拉、巴尔扎克、雨果、托尔斯泰、陀思妥耶夫斯基那样在充满着矛盾与悖论的价值理念中去描写历史走向中的人与故事并超越人物的局限，同时也超越自我的世界观的局限：一个作家在意识到大的历史走向时，无论他笔下写的是喜剧还是悲剧，他都能够写出"一曲无尽的挽歌"来，于是，他笔下的人物才能鲜活起来，故事才能生动起来。这就是马克思曾高度赞扬处于上升时期的现代英国资产阶级革命中的一批文学家的理由所在："他们在自己的卓越的、描写生动的书籍中向世界揭示的政治和社会真理，比一切职业政客、政论家和道学家加在一起所揭示的还要多。他们对资产阶级的各个阶层，从'最高尚的'食利者和认为从事任何工作都庸俗不堪的资本家，到小商贩和律

---

① 丁帆：《乡土小说的多元与无序格局》，《文学评论》1994 年第 3 期，第 83 页。
② 陈忠实：《寻找属于自己的句子——〈白鹿原〉写作手记》，《小说评论》2007 年第 4 期，第 50 页。

师事务所的小职员，都进行了剖析。"①亦如恩格斯在《致玛格丽特·哈克奈斯》中对巴尔扎克的评价也如此之高一样，阐明的是文学家在书写历史时所采用的那种特殊的处理方法是远远大于其他社会学家的贡献的："围绕着这幅中心图画，他汇编了一部完整的法国社会的历史，我从这里，甚至在经济细节方面（诸如革命以后动产和不动产的重新分配）所学到的东西，也要比从当时所有职业的史学家、经济学家和统计学家那里学到的全部东西还要多。不错，巴尔扎克在政治上是一个正统派；他的伟大作品是对上流社会无可阻挡的衰落的一曲无尽的挽歌；他对注定要灭亡的那个阶级寄予了全部的同情。"②因此，当我们今天来评价《白鹿原》这部作品的时候，千万别站在阶级的立场上去猜度作家的创作意图，共产党和国民党、地主与雇农的差异性并不代表其作者表达的目的，人物的表述是沿着自己的性格路线走下去的。因为现实主义的创作方法克服了世界观的不足，它致使作品中的人物毫不犹豫地朝着人性的方向发展下去，是不以读者，甚至也不以作者的意志为转移的。

无疑，中国封建社会的乡绅文化是中国乡土社会赖以生存延续的根基所在，记得一位俄国革命领导人曾经下过"农民文化就是地主文化"的断语，我们从俄罗斯作家冈察洛夫的《奥勃洛摩夫》中就可见一斑。中国共产党的领袖毛泽东也说过："中国历来只是地主有文化，农民没有文化。可是地主的文化是由农民造成的，因为造成地主文化的东西，不是别的，正是从农民身上掠取的血汗。"③虽然这里强调的是

---

① ［德］马克思：《英国资产阶级》，《马克思恩格斯全集》第10卷，人民出版社，1962年版，第686页。

② ［德］恩格斯：《致玛格丽特·哈克奈斯》，《马克思恩格斯选集》第4卷，人民出版社，2012年版，第591页。

③ 毛泽东：《湖南农民运动考察报告（一九二七年三月）》，《毛泽东选集》第一卷，人民出版社、解放军出版社（重印），1991年版，第12—44页。

阶级性，但是其前提是肯定了地主文化的存在，而地主文化的本质也就是乡绅文化。其实，农民与地主之间并不只有阶级性，陈忠实笔下的农民和地主却是那种消弭了阶级性的典型人物，他就是采用了恩格斯所说的那种现实主义创作方法大于世界观的理念来塑造白嘉轩和鹿三这一对对位性人物的，他们的意义远远超越了文学史的意义，套用马克思所说的，陈忠实的贡献超越了许多政治家、经济学家和社会学家所做出的历史贡献。

《白鹿原》以宗法情感维系那种乡绅文化的人际关系，地主白嘉轩与长工鹿三的关系，便是对几十年来乡村社会占主导地位的阶级阶层理论定性的另一种颠覆与重释。生产关系和人际关系的文化支撑全是靠封建的儒学加以固定的，儒家的道统才是深入人心的道德力量，亦如陈忠实慨叹的那样："'白鹿原上最好的一个长工去世了！'这话似乎不是出于我心我口，分明是我看见听见白嘉轩仰天慨叹时发出的声音。"[①] 人性的兄弟情义第一次在百年文学史中超越了阶级情谊，这是江湖的胜利，还是乡绅文化的胜利呢？我们在这个大大的问号之下变得无所适从了吗？如果是这样，那无疑是陈忠实的伟大胜利！

当然，在无法消解这种乡绅文化在阶级斗争理论中溃灭的终结效应的时候，作家只有选择另一条路径让白嘉轩苟活下来，这就是让白嘉轩听从先知先觉的朱先生的教诲——"辞掉长工自耕自食"，使其在即将到来的土改运动中免于被划为地主成分。无疑，消灭了地主文化，就是消灭了农村乡间的乡绅文化，而消灭了乡绅文化就是抽掉了传统文化的精髓。

---

① 陈忠实：《寻找属于自己的句子——〈白鹿原〉创作手记》，《小说评论》2007年第5期，第37页。

毋庸置疑，从整部作品来看，作家是在两种价值观念的相互纠缠和相互排斥的混战中行进着的：一方面是对五四新文化的向往，另一方面却是对封建的乡绅文化的深刻眷恋。这构成了陈忠实在两种价值观中的彷徨与徘徊，使得小说更有了一种价值的"漂移"状态，让不同的读者有了合乎于自身的合理解释。更为吊诡的是，小说中的人物却因此有了立体感和多重性，打破了人物性格描写的一元状态，我们似乎在田小娥的"呐喊"声中谛听到了陈忠实对乡绅文化唱出的那"一曲无尽的挽歌"，也在黑娃的不归路上看到了革命的后果，同时也在鹿兆鹏身上看到了人性在阶级性中的溃败，更看到了一个最鲜活的"新女性"白灵在血与火的革命斗争的缝隙中的毁灭……凡此种种，陈忠实所谱写的人物图谱长廊便有别于其他大作家了。

如果我们抛开中国乡绅文化在理性思辨的种种理论性建构中的合理性和不合理性，只从文学艺术作品中的人物塑造的角度来看，《白鹿原》所描绘的复杂而多重组合的人性特征，无疑开启了20世纪90年代以降新一轮人物描写的"史诗性"立体建构。也许我们可以把它归结为"陕军东征"中作家普遍的描写特征，那就是贾平凹所说的"把好人写坏，把坏人写好"的人物描写技巧，殊不知，这种福斯特在《小说面面观》里运用的"复调"理论一旦成为当时中国作家突破几十年来对人物描写的单向度、平面化瓶颈的抓手，意义就非同小可了。也许作家并不需要将它上升到理性和哲思的形而上层面进行思考，但是，对历史的直觉理解就让他们充分展示出无尽的艺术想象的才华。让每一个人物鲜活起来，使其顺应着"历史的必然"的走向行动，同时更加接近于"典型环境下的典型性格"的理论，这才是作者创作的初衷。也许《白鹿原》与其他作品相比在这一点上更胜一筹。

无疑，《白鹿原》中的爱情描写也是带有超验悲剧性质的，但是，它所蕴含的历史内涵却是其他同类作品无法比拟的。与以往的爱情描写相比较，其历史的深度是有目共睹的，悲剧的恋歌强化了作品对人性深度的发掘作用。

陈忠实说："在严过刑法繁似鬓毛的乡约族规家法的桎梏之下，岂容哪个敢于肆无忌惮地呼哥唤妹倾吐爱死爱活的情爱呢？即使有某个情种冒天下之大不韪而唱出一首赤裸裸的恋歌，不得流传便会被掐死；何况禁锢了的心灵，怕是极难产生那种如远山僻壤的赤裸裸的情歌的。这应该是我正在写作《白鹿原》时的最真实的思绪的袒露。"[1] 所以，田小娥在那个黄土地上开天辟地的爱情绝响，是对宗法制度戕害人性的反抗与呐喊。这个人物是文学史上的全新尝试，她很有可能导致不同读者之间的价值观碰撞，在人性与道德的天平上，她的光彩呈现出多面体的折射，这样的典型性格人物描写恰恰就是在不同的语境中产生了不同的社会与美学的内涵，她是一个丰满的"复调"人物形象。这个由陈忠实从县志"烈女传"里挖掘出来的女人，走出了历史的囚笼，活生生地屹立于中国百年文学史的长廊之中，其意义超越了"五四"以来多少"新女性"的塑造，这才是他最得意的典型性格人物塑造。正是由于陈忠实对她进行了人性的灌浆和美学的涂饰，她才能"美得如此精美"，或是"丑得如此精美"！所有这些都是作家对历史进行重构的结果，甚至是逆反性的重构——人物塑造的双重性格，是对历史的重识与重释："一部二十多卷的县志，竟然有四五个卷本，用来记录本县有文字记载以来的贞妇烈女的事迹或名字，不仅令我惊讶，更意识到贞节的崇高和沉重。……我在那一瞬间有了一种逆反的心理举动，

---

[1] 陈忠实：《寻找属于自己的句子——〈白鹿原〉创作手记》，《小说评论》2007 年第 4 期，第 50 页。

重新把'贞妇烈女'卷搬到面前，一页一页翻开，读响每一个守贞节女人的复姓名氏——丈夫姓前本人姓后排成'××氏'，为她们行一个注目礼，或者说是挽歌，如果她们灵息尚存，当会感知一位作家在许多许多年后替她们叹惋。我在密密麻麻的姓氏的阅览过程里头昏眼花，竟然产生了一种完全相背乃至恶毒的意念！"① 田小娥就是在这样的背景下诞生的，如果没有陈忠实这样的人性发掘，我们看到的将是死在封建棺椁中的一个僵尸，一个没有血肉的木乃伊，是他的人性观念让这个女人复活了，他不仅恢复了她那丰满的胴体肉身，更是塑造了她那屹立在黄土高原卓然独特的典型性格。这个人物的塑造，无疑是中国现代文学长廊里罕见的女性形象的翘楚之作。

不但如此，在《白鹿原》的所有人物描写中，陈忠实都倾注了很多心血："我的白嘉轩、朱先生、鹿子霖、田小娥、黑娃以及白孝文等人物，就生活在这样一块土地上，得意着或又失意了，欢笑了旋即又痛不欲生了，刚站起来快活地走过几步又闪跌下去了……"② 这些看似中性描写的立体人物，其实表达的是陈忠实对"历史的必然性"的认同，也是对中国宗法秩序下乡绅文化两面性的深刻揭示。巨大的人性自觉与意识到的历史和人物的悲剧性促成了陈忠实对《白鹿原》原始素材的处理。亦如陈忠实所说："当《白鹿原》中的那些人物在两年多的孕育过程中已经成形，已经丰满，已经呼之欲出，已经按捺不住要从脑底蹦跃到稿纸上的时候，人物间横向和纵向以及斜插歪穿的关系，如何清晰而又合理地展示出来，不仅让未来的读者阅读畅达，更重要

---

① 陈忠实：《寻找属于自己的句子——〈白鹿原〉创作手记》，《小说评论》2007年第4期，第49页。

② 陈忠实：《寻找属于自己的句子——〈白鹿原〉创作手记》，《小说评论》2007年第4期，第50页。

的是影响和致命着每一个人物的展现，我业已意识到的他（她）们心灵世界最隐蔽的角落里的东西也能得以显示出来，又不想在情节发展和人物随着裂变的过程中留下人为的别扭的败笔，关键就在于一个合理的结构框架了。我也清醒地意识到，这个结构不是我有意安排给人物的，而是人物的生命轨迹决定着这个结构的框架。我的着力着重点，在于找到他或她以及他们互相影响互相制约互相牵扯着的关系，在亦步亦趋过程中的一个合理的轨迹。"① 所谓人物的命运，那是一定需要作家运用主观意识去把控的，这个主观意识一定是每一个作家在文学作品中隐蔽着的人性的力量，也就是陈忠实所说的"人物的生命轨迹决定着这个结构的框架"。这就是"影响和致命着每一个人物的展现"的主脑。从另一个角度来说，那种似乎中性客观的人物轨迹行进图表，则是飘浮在作品表层的外在审美形式，在他（她）们的性格的发展过程中，制约性格走向的仍然是陈忠实所释放出的主观的人性驱动力。

总之，可以肯定的是，随着距离作品发表的时间愈长，就愈能够看清楚这部作品的历史地位和重要性。它也为我们重写文学史提供了一个最有示范效应的文本。

附记

刚刚写完此文，便看到了周燕芬女士才发表的论文《〈白鹿原〉：文学经典及其"未完成性"》（《西北大学学报》社会科学版 2018 年第

---

① 陈忠实：《寻找属于自己的句子——〈白鹿原〉创作手记》，《小说评论》2007 年第 4 期，第 34—35 页。

1期），大有觅到知音的感觉。其中有些观点正好与我的"作家作品只有在不断地重识和重释过程中才能不断完善文学史"的观点相近。她也认为："文学史已经证明，伟大作品的'未完成'为我们持续不断地再阅读创造了可能，无论是历史意义上的、思想意义上的，还是审美意义上的，再阅读同时也是文学再生产和再创造的过程，是面对'未完成'而努力走向完成的过程。文学经典属于过去和当下，也属于无限伸展的未来，文学经典的终极价值取决于一部作品到底能走多远，这使得经典的评判永远关系着我们对文学的理想期待，所以，'未完成'或是经典的存在方式，也是经典的魅力之源。"显而易见，周燕芬教授所指的"未完成"主要是指作家文本方面，我本文的指向主要是指批评家对以往的文本阐释做出的不断修正。显然，这两者都是对一部伟大的"可写的文本"进入文学史的不可或缺的阐释的通道。正如周燕芬教授所说的那样："法国文学评论家罗兰·巴特认为，创作有'可读的文本'和'可写的文本'两种，'可读的'指封闭自足的文本，满足短期的阅读性消费，而'可写的'则指那些具有动态性和开放性的艺术佳构，它召唤着读者和研究者不断进入'重读'，并完成思想艺术的再生产、再创造。如果我们以'可写性'亦即'可重读性'来衡量一部作品是否有经典价值，那么《白鹿原》迄今为止的阅读史，或许只是一个开端，换句话说，由读者参与创造的《白鹿原》，还远远没有完成。"是的，这部可以无穷解读下去的作品将会大大地丰富我们文学史的内容。

周燕芬教授在这篇文章中对《白鹿原》的反思是深刻的。她说："一部《白鹿原》，从始至终回响着一个沉重的叩问，儒家文化能否真的成为我们民族精神的定海神针？在恪守儒家文化传统的朱先生和白嘉轩身上，蕴含着陈忠实既有认同也不乏质疑的深刻思考，作家用文学的笔墨尽了修复的全力，然而并没有获取完全的文化自信，一部《白鹿原》，是一个巨大的矛盾体，留给读者的是新旧文化惨烈撞击后的一片狼藉。《白鹿原》创作的发生得益于时代变革的机缘，也必然难以逃避文化价值分裂的历史宿命。而值得我们深思的是，这种文化无解的背后，隐藏着中国当代文学迄今为止的思想高度，在通往未完成和未抵达的文学道路上，中国作家倘若不跨过这一'文化死穴'，就无法建立起真正有理想价值和美学意义的文学家园。"我十分赞同"文化死穴"的说法！从《白鹿原》中能够得到这样的反思的确是要有思想的洞察力和穿透力的：在"文化无解的背后"，当下的中国作家能够从《白鹿原》这部戴着镣铐跳舞的"史诗性"作品中汲取到什么样的经验教训呢？这才是我们所需要反反复复思考的真问题。

此文写就，略感遗憾的是，我没有能够在陈忠实生前让他看到我的自我批判和自我反省，当然，我也懂得一个批评家和文学史工作者的言论和观点并不需要得到作家认可的道理。然而，轻忽一部巨著，是我个人于批评史上所犯下的错误，如今对这个历史性的错误进行反躬自问，应该是一个批评家应有的勇气和责任。

谨以此文祭奠我们这一代优秀的作家陈忠实先生！

216

"世界中"的中国现当代文学史编写观念

——王德威《"世界中"的中国文学》读札[*]

作为一直从事中国现当代文学与文学史研究的久居海外的中国学者，王德威应该是第三代的领军者。他几十年来打通了中国现当代文学学科的壁垒，将百年以来的所有文学史思潮现象和作家作品（哪怕是一个有文学史意义的不起眼的小作家）都纳入自己研究的视域中，这是我们国内学者所难以企及的学术态度。如今他竟然将中国现当代文学史的上限拓展至明末，如此大胆的举措让我震惊，有理无理另当别论，但是他在学术上的刻苦追求令人尊敬。更重要的是，他的视野十分开阔，知识储备丰厚，古今中外的文学作品和思潮，文史哲各门类的方法与观念，无所不涉，无所不用，这也是一般学者望尘莫及的。就我多年来对他的观察，其学术性格基本上是持重稳健、客观公允的，尽管我不赞成《新编中国现当代文学史》中收入了与其价值判断相左

---

*　本文引文均出自 [美] 王德威《"世界中"的中国文学》一文，该文载《南方文坛》2017 年 05 期。

的极少篇文章，有些观点也看似激烈，那是因为所处的文化语境的殊异，乃至于因为意识形态的差异性而形成了反差和落差：你以为是站在政治正确的立场上去批判他的观念，他却以为自己是站在学理的客观立场上进行"历史的考古"，视其为一种严谨的学风。相比许多大批判文风的文章，谁的观念更具有学理性和学术性，学界同人心照不宣，不言自明。在与王德威接触的过程中，我反倒以为他的性格在谦和之中少了一些刚烈，甚至有点儿懦弱。

2002年去美国，又见王德威，在他的办公室兼书房里，得知他正在主编一套卷帙浩繁的中国现当代文学史，没有想到的是，这部千页之巨的皇皇大著的英文版如今已然问世了，据悉中文版不久也将面世。从王德威先生的这篇导言当中，我们可以清晰地看到此书的编写宗旨和体例规范，更重要的是，这种把中国现当代文学代入"世界中"的意识，试图让中国现当代文学进入正常的世界文化和文学语境的雄心，正是我们学者所缺少的视界和魄力。我尚未读到全书的中文版内容，但是，就此阐发的观念而言，就让我们这些专治中国现当代文学史的学者汗颜，因为我们长期只在狭小的中国文化地理版图中打圈，走不出自我设定的陈腐史学观念之囚笼，也就让我们的中国现当代文学史在70年之中只是在修修补补当中戴着镣铐跳舞，而往往我们囿于形式上的些微变化而沾沾自喜。读了王德威先生的这篇文章，我觉得有必要将他的文学史观与我的文学史观进行一次对照，旨在进一步深化中国现当代文学界同人的问题意识，让中国文学走出国门，让中国现当代文学研究走向世界。

"哈佛大学出版公司《新编中国现当代文学史》是近年英语国家学界'重写中国文学史'风潮的又一尝试。这本文学史集合美欧、亚洲，包括中国大陆、中国台湾、中国香港一百四十三位学者作家，以一百六十一篇文章构成一部体例独特、长达千页的叙述。全书采取编年顺序，个别篇章则聚焦特定历史时刻、事件、人物及命题，由此衍生、串联出现代文学的复杂面貌。"显而易见，在进入"重写文学史"的序列中，王德威先生在国内诸多文学史的比对之中，是想进行一次大的"外科手术"的，撰写者是一个"联合国集团军"，各自带着自己的文化基因和密码开始了对中国现当代文学的考察，诚然，这无疑就扩展了此书的世界性视域。这种编写人员的世界性元素，可能是当下任何一部中国现当代文学史的撰写队伍都不可能达到的组合境界。所以说它"构成了一部体例独特"的著作，我担心的也正是在它多声部的优势当中，会不会在"众声喧哗"中呈现出偏离主旨、各自为政的散乱体例和风格呢？这要读了全书后才能做出判断。

但是，从四个维度来看王德威先生文学史编写观念，我们就会知其良苦用心了："《新编中国现当代文学史》借以下四个主题，进一步描述'世界中'的中国文学：时空的'互缘共构'；文化的'川流交错'；'文'与媒介衍生；文学与地理版图想象。"我想就其中的几个问题谈一点浅见。

采用编年顺序来结撰文学史的方法似乎并不鲜见，但是，将特定的作家和人物"聚焦特定历史时刻、事件、人物及命题，由此衍生、串联出现代文学的复杂面貌"却是一种独特的视角和方法，把历史的细节真实客观地提纯并放大在"历史时刻"的显微镜下分析，由此而显现出历史的斑驳和复杂，也许更能够让我们厘清作家作品的原意所在。"作为中国现代文学公认'开端'的1919年'五四'那一天，又到底发生了什么？贺麦晓教授（Michel Hocks）告诉我们，新文学之父鲁迅当天并未立即感受到'历史性'意义，反而是鸳鸯蝴蝶派作家率先做出反应。而在官方文学史里鸳蝴派被认为是不登大雅之堂的。文学史的时间满载共时性的'厚度'，1935年即为一例。那一年漫画家张乐平（1910—1992）的漫画《三毛流浪记》大受欢迎；曾为共产党领袖的瞿秋白（1899—1935）在福建被捕，临刑前留下耐人寻味的《多余的话》；电影明星阮玲玉（1910—1935）自杀，成为媒体的焦点；而河北定县的农民首次演出《过渡》《龙王渠》等实验戏剧。文学史的时间包容了考古学式的后见之明。1971年美国加州《天使岛诗歌》首次公之于世，重现19世纪来美华工的悲惨遭遇；1997年耶鲁大学孙康宜教授终于理解五十年前父母深陷国民党白色恐怖之谜。文学史的时间也可以揭示命运的神秘轮回。1927年王国维（1877—1927）投湖自尽，陈寅恪（1890—1969）撰写碑文：'独立之精神，自由之思想。'四十二年后，陈寅恪在'文化大革命'中凄然离世，他为王国维所撰碑文成为自己的挽歌。最后，文学史的时间投向未来。"这些在"历史时刻"中的人的特定行为表现，往往是被我们的文学史忽略的东西，恰恰就是它们构成了文学史最复杂，同时也是最深刻和最精彩的组成要素。一切本质性的东西往往就是在历史时刻的细节之中凸显出它的意义和作用。而这样的爬梳也许只有王德威先生想到了，同时，也几乎只有他这样久居海外的学者才有条件完成这样的学术性探究。

顺便需要指出的是，从目录中我们可以看出，《新编中国现当代文学史》的内在逻辑虽然是按照编年史的方法进行的，但是它的目录次序上是无次序状态的，或许这就是"大兵团作战"留下的遗憾，抑或就是作者考虑如何按照问题意识进行文学史的组元方法所致，这就需要读者自行从问题出发，重新在大脑中梳理出一条清晰的编年史脉络。这对于一般读者来说是比较困难的。尽管如此，这种将许多杂乱无章的历史碎片拼贴起来的文学史叙述，的确给了我们许多启迪。

毋庸置疑，我们首先关注的焦点就是王德威先生在文学史的断代与分期中的创新观点。近60年来，国内对中国现当代文学史的断代方法已经十分多了，但总是在意识形态之争当中盘桓，而王德威的切分法虽然诡异大胆，却也让我们看出他跳出五行举止背后的深意来了。"《新编中国现当代文学史》的读者很难不注意书中两种历史书写形式的融合与冲突。一方面，本书按时间顺序编年，介绍现代中国文学的重要人物、作品、论述和运动。另一方面，它也介绍一系列相对却未必重要的时间、作品、作者，作为'大叙述'的参照。借着时空线索的多重组合，本书叩问：文学史是因果关系的串联，还是必然与偶然的交集？是再现真相的努力，还是后见之明的诠释？以此，本书期待读者观察和想象现代性的复杂多维，以及现代中国文学史的动态发展。"基于这样一种治史理念，王德威先生对中国现当代文学史的断代便有了自己的考量。显然，将明末作为中国现代文学开端的切分法具有很大的风险性，肯定会招致国内学界学者的许多诟病，不仅中国现当代文学史的学者不会同意，而且那些专攻中国古代文学史的学者们也会反对，因为中国现当代文学史上溯至晚清，就有了二三十年的论争了，何况上溯到明末？记得 20 世纪 90 年代学界在一片"现代性"的鼓噪下，就论证了中国明朝政治和经济的巨大现代性元素，文学界跟进，指出生活在明代中叶的西门庆这个人物身上体现出的现代性元素。我担心这种诟病会不会出现在这本书的评价体系当中。然而，王德威先生的理论依据是从何而来呢？

"《新编中国现当代文学史》起自 1635 年晚明文人杨廷筠、耶稣会教士艾儒略（Giulio Aleni）等的'文学'新诠，止于当代作家韩松所幻想的 2066 年'火星照耀美国'。在这'漫长的现代'过程里，中国文学经历剧烈文化及政教变动，发展出极为丰富的内容与形式。借此，我们期望向（英语）世界读者呈现中国文学现代性之一端，同时反思目前文学史书写、阅读、教学的局限与可能。"就此，我们便可以看出此书作者如此开端的缘由了。之所以上溯至 1635 年的明末，是因为被称为中国天主教"三大柱石"的杨廷筠（此时杨廷筠已经去世 8 年）与那个重新绘制利玛窦的万国全图的意大利传教士艾儒略对文学的重新定义，与封建正统的文学观念相左，他们对文学的重新定义融入了欧洲文艺复兴以后以人为本的文学理念。显然，这种追溯的真正目的是作者将中国现代文学的开端置于世界格局的大框架中进行考察辨析。将华语文学放入世界文化与文学发展的一盘棋中，才是王德威先生的最终意图，因为在许多章节当中，他念念不忘的就是华语文学创作在海外的传播与研究，当然这也是为了突出现代性文化在中国的传播是始于明末。

也许这是受到了黄仁宇的《万历十五年》思维和方法的影响，王德威的历史分期虽然在国内学者眼里有些标新立异。但是细细考察，这种分期法是有一定的内在学理性的，因为在马克思看来，"世界贸易和世界市场在十六世纪揭开了资本的近代生活史"[1]，欧洲资本主义的影响通过利玛窦和艾儒略这样一批传教士将资本主义的文化思想传播到中国，正好与明代中后期许多试图突破封建思想藩篱的"异端邪说"，如李贽与明末东林党人的一些新思想的传播相契合，形成了尔后史学界将中国最初的启蒙运动归于明末的新观念。其中最有影响的当属侯外庐先生在《中国思想通史》中的论断："中国启蒙思想开始于十六、十七世纪之间，这正是'天崩地解'的时代。思想家们在这个时代富有'别开生面'的批判思想。"我不知道王德威先生是否也受了这种观念的影响，但是，无论如何，持这种观念的学者之所以如此，一是能够从历史文化制度的缝隙中发现资本主义文化的启蒙元素，这本身就具有历史新发现的学术价值；二是基于学术研究的世界性视野与格局，将处于并

---

[1] ［德］马克思:《资本论》第一卷，《马克思恩格斯全集》第 23 卷，人民出版社 1972 年版，第 167 页。

不成熟的、萌芽状态下的启蒙运动也纳入中国现代文化的学术研究范畴内，其思想和方法都有先锋性的一面。我以为，王德威先生主要的考量是落在后者的。因为将中国现代文学的发生置于与世界文明的同步进程之中，应该是王德威先生的良苦用心，以文化启蒙为新旧文学变迁与划界的理论依据是有道理的，沿着这样的理路去破解这样的观念，我们就不难理解这种分期的大胆和怪异了。不过我还是要有所建议，倘若王德威先生是将这种萌动孕育中的启蒙元素，放在整个文学史的"绪论"当中作为"序曲"来处理，是不是更能让人理解和接受呢？

而将中国现当代文学史的下限止于科幻小说的虚拟时间的维度之上的做法，我自己却是不能苟同的："止于当代作家韩松所幻想的2066年'火星照耀美国'。"因为未来不是过去，它不能构成历史，这是一个常识性的问题，科幻作品中描写的场景即使能在将来兑现，它也不能成为当下已经过往的"历史的时刻"。

但是，这些瑕疵无碍大局，王德威先生这些年一直标举的"世界中"的"华语语系"的主旨就是：

> 华语语系观点的介入是扩大中国现代文学范畴的尝试。华语语系所投射的地图空间不必与现存以国家地理为基础的"中国"相抵牾，而是力求增益它的丰富性和"世界"性。……"中国"文学地图如此庞大，不能仅以流放和离散概括其坐标点。因此"华语语系文学"论述代表又一次的理论尝试。华语语系文学泛指大陆以外，台湾、港澳"大中华"地区，南洋马来西亚、新加坡等国的华人社群，以及更广义的世界各地华裔或华语使用者的言说、书写总和。以往"海外中国文学"一词暗含内外主从之别，而"世界华文文学"又过于空疏笼统，并且两者都不免中央收编边陲、境外的影射。有鉴于此，华语语系文学力图从语言出发，探讨华语写

作与中国主流话语合纵连横的庞杂体系。汉语是中国人的主要语言，也是华语语系文学的公分母。然而，中国文学里也包括非汉语的表述；汉语也不能排除其中的方言口语、因时因地制宜的现象。

更重要的是，有鉴于本书所横跨的时空领域，我提出华语语系文学的概念作为比较的视野。此处所定义的"华语语系"不限于中国大陆之外的华文文学，也不必与以国家定位的中国文学抵牾，而是可成为两者之外的另一介面。本书作者来自中国大陆、中国台湾、中国香港及日本、新加坡、马来西亚、澳洲、美国、加拿大、英国、德国、荷兰、瑞典等地，华裔与非华裔的跨族群身份间接说明了众声喧"华"的特色。我所要强调的是，过去两个世纪华人经验的复杂性和互动性是如此丰富，不应该为单一的政治地理所局限。有容乃大：唯有在更包容的格局里看待现代华语语系文学的源起和发展，才能以更广阔的视野对中国文学的现代性多所体会。

从上述观点我们可以看出，王德威先生是一个十分推崇大中华文学的学者，在他的血脉里流淌着的是对中华文化的热爱。反观一些人将他作为右翼学者来抨击，委实是冤枉了一个正直的学者对中华文化和文学有着拳拳之心的善意，因为他只是一个秉持着客观公允态度，并且有着中华情结的历史叙述者，是一个为再造中国文学而贡献一生的学者，仅此而已。用他自己的话来说，就是："中国现代文学是全球现代性论述和实践的一部分，对全球现代性我们可以持不同批判立场，但必须正视其来龙去脉，这是《新编中国现当代文学史》的编撰立论基础。首先，文学现代性的流动是通过旅行实现。所谓'旅行'指的不仅是时空中主体的移动迁徙，也是概念、情感和技术的传递嬗变。本书超过一半的篇幅都直接间接触及旅行和跨国、跨文化现象，阐释'世界中'的中国文学不同层次的意义。"这样的学术态度恰恰又与当前中国的"一带一路"倡议是一致的，那我们是不是又得批判王德威先生是政治投机呢？

　　将现代性分为近代、现代与当代三个时段对400年来的中国文学的现代性进行重构，其意义何在？我想这是作者试图把整个现代性进程的历史路径展示给我们看，尤其展示其萌动期的状态是如何呈现的，由此在历史的环链中找到作家作品的位置，这当然是值得注意的历史问题。而我们更关心的却是现代性产生过程中的许许多多至今尚不能解决的问题和症结所在，这种困惑才是我们共同急切关心的真问题，所以，王德威的诘问才有了更加深刻的现实意义："《新编中国现当代文学史》试图讨论如下问题：在现代中国的语境里，现代性是如何表现的？现代性是一个外来的概念和经验，因而仅仅是跨文化和翻译交汇的产物，还是本土因应内里和外来刺激而生的自我更新的能量？西方现代性的定义往往与'原创''时新''反传统''突破'这些概念挂钩，但在中国语境里，这样的定义可否因应'脱胎换骨''托古改制'等固有观念，而发展出不同的诠释维度？最后，我们也必须思考中国现代经验在何种程度上，促进或改变了全球现代性的传播？"

　　毋庸讳言，因为王德威先生对中国文化，尤其是中华人民共和国文学情势的熟谙，对几十年来的各种思潮、对文学史的干扰了如指掌，他想还原历史的真貌，所以，为了让中国现当代文学史进入正常的学术研究轨道，中肯地提出了自己的看法："近几十年我们越来越明白如下的悖论：许多言必称'现代'的作家，不论左右，未必真那么具有现代意识，而貌似'保守'作家却往往把握了前卫或摩登的要义，做出与众不同的发明。张爱玲（1920—1995）在上个世纪末进入经典，不仅说明'上海摩登'卷土重来，也指出后现代、后社会主义颓废美学竟然早有轨迹可寻。陈寅恪曾被誉为现代中国最有才华的史学家，晚年却转向文学，以《论再生缘》和《柳如是别传》构建了一套庞大暗码系统，留予后世解读。论极'左'政治所逼出的'隐微写作'（Esoteric writing），陈寅恪其人其文可为滥觞之一。就此我们乃知，当'现代'甚至'当代'已经渐行渐远，成为历史分期的一部分，所谓传统不能再被视为时空切割的对立面；相反的，传统是时空绵延涌动的过程，总已包含无数创新、反创新和不创新的现象及其结果。"好一个"卷土重来"，好一个"隐微写作"，以我之浅见，王德威先生所要表达的观点则是：无须用左右去划分作家，只有现代性才是衡量一个作家价值观的标准，他们与文学史的构成关系是靠着自己的才华和现代性价值理念发生，并以此为文学创作的资本而融入"世界中"的。张爱玲的"上海摩登"自不必说，而陈寅恪《柳如是别传》的"隐微写作"却叩开了那扇文学影射通往现实世界的大门，让我们望见了陈寅恪"软性"创作彼岸的风景所在。

王德威先生一直强调这部文学史的"文"，用我们通常的理解而言，那就是"文体"，多文体介入文学史，当然可以大大地丰富文学史的内涵，这种做法在国内的一些中国现当代文学史研究当中亦有呈现，但是像他们这样大规模、集成化的植入，却是不多见的。"目前中国现代文学的文类范畴多集中小说、诗歌、戏剧、散文、报告文学等。《新编中国现当代文学史》尊重这些文类的历史定位，但也力图打开格局，思考各种'文'的尝试，为文学现代性带来特色。因此，除了传统文类，本书也涉及'文'在广义人文领域的呈现，如书信、随笔、日记、政论、演讲、教科书、民间戏剧、传统戏曲、少数民族歌谣、电影、流行歌曲，甚至有连环漫画、音乐歌舞剧等。本书末尾部分更触及网络漫画和网络文学。"其"文"的考量"为文学现代性带来特色"，这一点我倒是觉得有点牵强，如果说这本书是进一步丰富和拓展了更有趣味性的文类，增加了全书的生动性，还是说得过去的。但是，任何文体都可以有现代性元素与符码的文本可供选择，比如一幅照片、一个器物，都有可能带有那个时代的先锋性和现代性，如此一来，这部著作在数量上的叠加便会十分可观，具有无穷无尽的现代性。

　　"其次，本书对'文学'的定义不再根据制式说法，所包罗的多样文本和现象也可能引人侧目。各篇文章对文类、题材、媒介的处理更是五花八门，从晚清画报到当代网上游戏，从革命启蒙到鸳鸯蝴蝶，从伟人讲话到狱中书简，从红色经典到离散叙事，不一而足。不仅如此，撰文者的风格也各有特色。按照编辑体例，每篇文字都从特定时间、文本、器物、事件展开，然后'自行其是'。夹议夹叙者有之，现身说法者有之，甚至虚构情景者亦有之。这与我们所熟悉的制式文学史叙述大相径庭。"如果我的理解不错的话，那么王德威先生所说的"制式"便是"体例"，也就是说主编放权给各个章节的撰写者，充分发挥他们在阐释文学史时的想象，将自由叙述的空间放大到极致，这一点是我们的文学史绝对做不到的，因为我还没有看到中文版的《新编中国现当代文学史》，我无法想象的是"夹叙夹议叙述者有之，现身说法者有之，甚至虚构情景者有之"是一个什么样的文学史书写样态。如果说夹叙夹议我们还能理解；那么"现身说法者"必定是参与过文学史进程的作者书写自己的故事，如此一来，这就带有"散文随笔"的文体的色彩了；最让人讶异的是"虚构情景者"，此乃小说笔法，我实难想象这样的文体样态的嵌入，会对文学史的构成有着什么样的意义与作用。毫无疑问，这种大胆的尝试，也许会使读者产生极大的阅读兴趣，像《万历十五年》那样引人注目，但它是否能够成为一部信史，可能尚需历史的检验，一切尚有待于中文版中的表述，那时也许会让我们的治史观得到颠覆性的改变。因为王德威先生对此的解释的确是让我怦然心动的："众所周知，一般文学史不论立场，行文率皆以史笔自居。本书无意突出这一典范的重要性——它的存在诚为这本'新编文学史'的基石。但我以为除此之外，也不妨考虑'文学'史之所以异于其他学科历史的特色。我们应该重新彰显文学史内蕴的'文学性'：文学史书写应该像所关注的文学作品一样，具有文本的自觉。但我所谓的'文学性'不必局限于审美形式；什么是文学、什么不是文学的判断或欣赏，本身就是历史的产物，必须不断被凸显和检视。唯此，《新编中国现当代文学史》的作者们以不同风格处理文本内外现象，力求实践'文学性'，就是一种意识的'书写'历史姿态。"文学史的撰写也强调其"文学性"的"书写"，这样的理念打破了国内文学史干巴巴的、程式化的编写模式，用生动的语言进行"再创作"，跳出枯燥、灰色、抽象的理论思维的藩篱，用鲜活、生动、形象的感性思维去叩响文学史那扇沉重的审美大门，固然这是十分有意味的形式探索，然而它能否获得人们的认同，能否获得许多学者的赞许，可能尚得经过多次历史的验证。虽然，我也说不准它的生命力会有几何，但是，我却坚信文学史的写作不能墨守成规，用鲜活的文学语言去阐释学术问题，应该成为文学史书写的题中之义。

　　无疑，王德威先生主编的这部文学史是有着许许多多的亮点的，最重要的是对我们中国已有的几千部中国现当代文学史构成了一种挑战。从思想到内容，这部文学史都有许多值得我们参照和深思之处，我们肯定会从中大大受益的，因为它的编写思路的开阔和另辟蹊径，是对我们反思中国几十年来编写中国现当代文学史有着很大启迪作用的。我们缺乏的正是让中国现当代文学史回到"世界中"的跨文化传播的视野："因此《新编中国现当代文学史》不刻意敷衍民族国家叙事线索，反而强调清末到当代种种跨国族、文化、政治和语言的交流网路。本书超过半数以上文章都触及域外经验，自有其论述动机。从翻译到旅行，从留学到流亡，现当代中国作家不断在跨界的过程中汲取他者刺激，反思一己定位。基于同样理由，我们对中国境内少数民族以汉语或非汉语创作的成果也给予相当关注。"

　　当然，王德威先生所提出的许多尖锐问题也是值得我们思考的，作为海外学者，他们有发言的权力，作为学术的讨论，我们也不妨将其作为一种参照："《新编中国现当代文学史》也希望对现代中国'文学史'作为人文学科的建制，做出反思……牢牢守住了'文'（以载道）的传统。新中国持续深化'文'的概念不仅得见于日常生活中，也得见于社会、国家运动中。因此产生的论述和实践就不再仅视文学为世界的虚构重现，而视其为国家大业的有机连锁。文学无所不在。"显然，这里所指的"文"就不是文体形式的问题了，而是指意识形态的问题。如果我们闭目塞听，永远绕开这个话题，那我们的文学史就永远是残缺的，也是经不住历史的检验的。总而言之，一部当代文学史是难以与意识形态脱钩的，如果一味地回避意识形态，那么其就会像安泰拔着自己的头发上天一样荒唐。

尽管王德威先生的一些文学史理念我们早就意识到了，但是我们未能实施，只能看着王德威先生在他自己的文学史著作中体现了："归根结底，本书最关心的是如何将中国传统'文'和'史'——或狭义的'诗史'——的对话关系重新呈现。通过重点题材的配置和弹性风格的处理，我希望所展现的中国文学现象犹如星罗棋布，一方面闪烁着特别的历史时刻和文学奇才，一方面又形成可以识别的星象坐标，从而让文学、历史的关联性彰显出来。"这将是一部什么样的文学史鸿篇巨制呢？我们拭目以待！

文章本应该就此打住了，但是，还有一个不得不说的学术问题需要赘述几句，因为王德威先生在他的这篇文章中也谈及了在中国现代文学界流传甚广的夏志清先生的现代文学史著述："《中国现代小说史》出版于1961年，迄今为止仍然是英语世界最有影响力的现代中国文学史专书。尽管该书遭受左派阵营批评，谓之提倡冷战思维、西方自由派人道主义以及新批评，因而成为反面教材，但它'濯去旧见，以来新意'的作用却是不能忽略的事实。将近一甲子后的今天，夏志清对'执迷中国'的批判依然铿锵有声，但其含意已有改变，引人深思。在大陆，作家和读者将他们的'执迷'转化成复杂动机，对中国从狂热到讥诮，从梦想到冷漠，不一而足。而在台湾，憎恶一切和中国有关的事物成为一种流行，仿佛不如此就成为时代落伍者——却因此吊诡地，重演'执迷中国'的原始症候群。"无疑，从 20 世纪 80 年代开始，当《中国现代小说史》尚在坊间地下运营的时候，我们就从复印本中汲取了它的学术营养，它为几代从事中国现当代文学史研究的学者打开了一扇看世界的窗户。尽管它有着这样和那样的缺点，但是，它至今仍然不失为一部严谨的学术著述。我们欢迎那种指出此著中许多硬伤的做法，那是提倡学术严谨的好事情，比如指出史实上的错讹，甚至用词造句上的错误，这都是正常的学术批评范畴内的指谬。然而，若是用意识形态的标准来衡量学术著作和学术观点，就脱离了正常的学术批评的轨道。正如王德威先生所言，夏志清这样一批久居海外的中国学者的"中国情结"还是十分浓重的，他们对中国文化与文学的传播，皆是为中国现代文学进入"世界中"不懈努力的结果，我们千万不可做那种亲者痛的事情。让这些"执迷中国"学者的学术思想在中国本土的传播也占有一席之地吧！

之前，王德威先生在中国人民大学演讲的最后还呼吁："扩充我们对华语世界的憧憬！"这个憧憬只能靠一批从事华语语系的汉学家来完成吗？那么国内的学者的位置在哪里呢？如果我们自己都不做这样的工作，还要去诟病"闯入者"的学术努力，我们还对得起中国现当代文学史的研究吗？我们自己可以禁锢自己的治学，但我们有什么理由和权力去阻止那些热衷于从事国内与海外华语语系文学研究的人呢？

让历史做出最终的评判和裁决吧。

狼为图腾，人何以堪

——《狼图腾》的价值观退化

———— ◎ ————

作家"写什么"和"怎么写"是他的权力，批评家"评什么"和"怎么评"是他的自由，在两种不同思维表达方式的思想角逐中，并非要决出一个胜负，而是要在人类思想文明史和艺术史上找出更符合地球和宇宙进化发展的道理来。

——题记

前言

《狼图腾》在中国和欧洲出版商的策划和鼓噪下开始流布于世界各地。我不知道一直以现代文明著称的欧洲知识分子是否能够通过翻译的文字读懂它，即便是读懂了一部分，会不会对其极端的理念产生本能的"条件反射"？而在广袤的中国的文化土壤里，面对这本发行量巨大的书籍，我们只听到了少数知识分子的批评声音，而更多的人是保持沉默。也许，随着消费时代的来临，广大的知识分子早已因思想开始异化而自顾不暇了，哪有心思去读这样的"畅销书"呢？而有趣的是，我看到了另一种文化景观——许多企业（无论是国企还是民企）部门的老板们纷纷把这本书作为其单位的教科书发给下属。他们究竟想从中汲取什么样的精神营养呢？我曾经问过一个在办公室里手捧此书的房地产销售员工从中读懂了什么，他不假思索地说："狼一样的团队精神！"哦！我这才明白"商场如战场"的真谛，怪不得这些商人们都一个个如狼似虎地使用一切突破人伦底线的手段去消灭对手和征服他们的"上帝"呢，原来老板们是用狼性和兽性教育来熏陶员工，只有让狼性和兽性在员工的思想里占据上风，而让人性和理性退隐，才能取得最后的胜利。这种恐怖的现象习焉不察，终将成为我们整个国家和民族的精神鸦片。鉴于此，我想就这一问题再做一次学术和学理层面的阐释，以就教于方家与作者。

在达尔文的生物进化论与"狼是自然进化的发动机"之间

我要回答的第一个核心问题就是：狼图腾崇拜的理论和达尔文主义的进化论并不相同，相反，其理论原点是背道而驰的。无疑，19世纪中叶达尔文《物种起源》的发表，震动了整个世界，尤其是在1860年英国科学促进会于剑桥大学召开的集会上，赫胥黎面对 S. 威尔伯福斯主教公开为达尔文理论进行辩护时那段震撼世界的慷慨陈词，为人类生物科学研究铺平了道路："如果有人问，在一只可怜的猴子和一个天生高贵、有权有势，但只会在严肃的科学讨论会上把这些天赋和权势变成笑柄的人之间，我选谁为祖宗，我会毫不犹豫地选择前者。"这个回答不仅仅是对主教人身攻击的反击，更重要的是，它"宣告科学已脱离神学而独立"①。从此，进化论成为19世纪和20世纪影响着一大批文史哲学家们价值观念的庞大理论体系，尽管有许多学者并不认同达尔文主义的观点，但是，它的文化影响却是无处不在的。正如房龙所言："自从人们最初观望星星而又不知其何以存在，已过了几十万年的时间。在短短的三十年当中（1810—1840），科学各个领域中所取得的进展，比整个那一段时期要多得多。对于在旧制度下受教育的人们来说，这是一个极为不幸的时代。我们可以理解他们对拉马克和达尔文等人的憎恨；这两人虽然没有明确告诉当时的人们说他们是由'猴子变化而来'（一种我们的祖先看来是人身攻击的控告），但认为值得自豪的人类史由长长一系列祖先进化而来，其家谱可以追溯到我们这个星球最早的居民——水母。"② 人类进化说已经是不可逆转的历史事实，它无疑是摧毁《创世纪》神学中"上帝的精神存在于自然界，表现为上帝创造了新的动物或植物物种，以取代灭绝的物种"③ 理论的一枚炸弹。而赫胥黎在1892年出版的《进化论与伦理学》（最初被翻译到中国来时名为《天演论》）也将科学理论与人文学科理论相勾连，大大地影响了"五四"一代中国现代思想家和文学家们，从而开创了五四"人的文学"之路。然而，一个世纪过去了，《狼图腾》却又从反进化的角度，将"狼"请上了高于"人"位的神坛。正如此书"编者荐言"《享用狼图腾的精神盛宴》一文中所言："狼——特别是蒙古的草原狼——这个中国古代文明的图腾崇拜和自然进化的发动机，就会像某些宇宙的暗物质一样，远离我们的地球和人类，漂浮在不可知的

---

① ［美］不列颠百科全书公司：《不列颠百科全书》第8卷，中国大百科全书出版社，1999年版，第263页。

② ［美］亨德里克·威廉·房龙：《人类的故事》，刘缘子等译，生活·读书·新知三联书店，1997年版，第456页。

③ ［美］不列颠百科全书公司：《不列颠百科全书》第5卷，中国大百科全书出版社，1999年版，第152—153页。

永远里，漠视着我们的无知愚昧。"且不说这种图腾崇拜本身就充满着无知和愚昧，即便是回到神性统治时代，这种将动物凌驾于人类之上的行为也是可笑至极的，尽管我们知道此书作者是在隐喻着什么——成吉思汗式的团队武力扩张精神。然而，这种"自然进化的发动机"究竟是历史的进化还是历史的退化，恐怕就不言自明了。

也许，《狼图腾》可以在达尔文主义"物竞天择"的物种理论中找到自己的理论根据。不可否认的事实表明，达尔文主义对世界科学的贡献是巨大的，100多年来科学技术日新月异的发展也与进化论有着密不可分的关联，它带领科学研究从神坛上走下来，赋予了科学研究学理性和独立的学术性。但是，达尔文的核心理论同时也在新的科学技术历史与人文历史的进化中遭到了严重的挑战。按照达尔文的"自然选择原理"，物种的进化是靠其内部的竞争实现的："一八三八年十月达尔文读了 T. 马尔萨斯的《人口原理》。马尔萨斯认为人口按几何级数增加，而食物供应仅按算术级数增加，因此人口的增加总被有限的食物供应所遏制。达尔文在他的《自传》中回忆说，他认识到假设生存斗争到处存在，则'有利的变异往往得以保存，而不利的变异则往往遭到毁灭……其结果是新的物种的形成'。"① 且不说马尔萨斯人口理论中所阐释的人类因为食物的紧缺而遭到毁灭没有得到印证，即便是想通过战争来解决人口增长的理论也没有被证明是合理的。所以达尔文主义的物种"内竞争"的理论也就遭到了质疑："他认为自然世界卷入一场互相竞争的个体间无尽无休的斗争之中，这些个体对环境的适应能力各不相同。其他人也见过斗争，但只见过种间斗争，从未见过种内斗争。把对生物间斗争的认识从种间斗争前进到种内竞

---

① ［美］不列颠百科全书公司：《不列颠百科全书》第 5 卷，中国大百科全书出版社，1999年版，第 152—153 页。

争，达尔文引进了种群概念，这就是栖息于一个局部地区的由一定物种的个体组成的群体，该群体中每一个个体均与其同胞有所不同，他认识到，由于种内竞争，那些具有更适应环境的性状的个体得以生存，正是种内竞争最终造成新种的进化。"[①] 达尔文所特指的"种群内竞争"，并非"其他人"见过的"种间斗争"，前者的理论是否印证了马克思主义的人类阶级斗争学说，那是另一个话题，暂且不表。我要说的是，达尔文和赫胥黎的"物竞天择""优胜劣汰"理论是针对"种群内部"的，也就是说，达尔文将各个物种按类分开，人类是人类，动物类是动物类，植物类是植物类，所有这些分类法在达尔文的许多著作中都表明了；也就是说，达尔文理论的原点主要阐释的是物种"种间内竞争"，而非不同类别物种之间的竞争。假如回到"种间斗争"的理论语境之中，比如人类和兽类之间的斗争，无疑，达尔文的进化论，绝不会倒向像狼一类的野兽一边的，因为他理性地知道一个科学的常识——狼即使再凶恶狡猾，也竞争不过人类的智慧。在这场"种间斗争"中，人类终究是胜利者，一个科学家无须站在人性和人道主义的立场上就可以回答这个简单的问题。至此，那种将狼请上圣坛，而无视世界文明进化规律与常识的理论，还能有什么价值呢？人们恰恰忽略了《狼图腾》中扬狼抑人的反文明和反人类价值观的可怖性和可悲性。

达尔文的"自然选择原理"给工业革命，乃至于资本主义发展带来了巨大的思想资源，它有着不可磨灭的贡献。但是，不可否认的是，作为科学家的达尔文也忽略了人类在"内竞争"中所产生的许许多多非人性和非人道的东西。再加上许多人歪曲和误读了进化论的基本原理内涵，产生出许许多多的奇谈怪论，致使科学原理走向了反人文主

---

① ［美］不列颠百科全书公司：《不列颠百科全书》第5卷，中国大百科全书出版社，1999年版，第152—153页。

义的歧路。这才是文明值得注意的问题，尤其是在文学创作中所表现出的价值观的混乱，是需要进一步厘清的问题。

"人与兽"的选择：人类进化过程中的伦理标准

首先，须得强调的是，我这里所使用的"兽"和"兽性"是一个中性词，完全是基于学术和学理的层面，没有任何攻击性的感性色彩。

如果按照人与自然界一切动植物一律平等竞争的原则来进行"种间竞争"的话，无疑就会出现这样一个悖论：将人的种群放在一个特定的环境之中，例如在还没有冷兵器的原始社会中，人群未必能够战胜狼群。正如《狼图腾》中一再宣扬的狼的团队精神，甚至牺牲精神，是保住狼种群并使其日益发达强盛的种群无意识（其实，大多数生存下来的种群都具备这样的种群素质，否则它们在自然界的竞争中早已被淘汰了），凶恶往往是种群强盛的标志。这就使我想起了恩格斯的那句名言："恶是历史发展的动力。"[①]然而，历史的发展并没有按照这一"物竞天择"的理路行进，这是因为人类历史的发展进程要比其他物种的发展迅速得多，人类的智慧终究战胜了凶恶，思想是比原始凶恶还要强大的力量！如果有人将此也看成一种大恶，恐怕也是有一定道理的，因为人类利用他的智慧去干一些不利于生态平衡发展的事情，过度地表现出和一切动物所拥有的相同的贪婪性，这是值得自我批判的。但是，因此就抛弃了已经被历史进化证明了的以人类思想与智慧为一切物种向导的核心理念，重新回到那种原始物种竞争的状态之中，岂止是可笑，更是一种反历史主义的行为。

---

① ［美］恩格斯：《路德维希·费尔巴哈与德国古典哲学的终结》，《马克思恩格斯选集》，第4卷，人民出版社，1995年版，第237页。

从人性和兽性的价值取向上来看，《狼图腾》全文都充满了对狼性的膜拜与颂扬，狼是神狼，狼就是狼神！甚而把近代以来中国的衰败和贫弱归咎于缺乏狼性，认为只有具备了狼性才能使民族精神强盛起来。小说主人公——名为陈阵的知识青年，经常扮演着作者代言人的角色，反反复复地讴歌狼和狼图腾，其最终的目的就是倡扬充满兽性魅力的武功，倡扬那种为了种群利益（上升到人类层面就是国家、民族利益）而不顾人类伦理的侵略性行径："他脑中灵光一闪：那位伟大的文盲军事家成吉思汗，以及犬戎、匈奴、鲜卑、突厥、蒙古一直到女真族，那么一大批文盲半文盲军事统帅和将领，竟把出过世界兵圣孙子、世界兵典《孙子兵法》的华夏泱泱大国，打得山河破碎，乾坤颠倒，改朝换代。原来他们拥有这么一大群伟大卓越的军事教官；拥有优良清晰直观的实战观摩课堂；还拥有与这么精锐的狼军队长期作战的实践……他从小就痴迷历史，也一直想弄清这个世界历史上的最大谜团之一——曾横扫欧亚，创造了世界历史上最大版图的蒙古大帝国的小民族，他们的军事才华从何而来……陈阵肃然起敬——向草原狼和崇拜狼图腾的草原民族"；"为什么成吉思汗及其子孙，竟然仅用区区十几万骑兵就能横扫欧亚？消灭西夏几十万铁骑、大金国百万大军、南宋百多万水师和步骑、俄罗斯钦察联军、罗马条顿骑士团；攻占中亚、匈牙利、波兰、整个俄罗斯，并打垮波斯、伊朗、中国、印度等文明大国？还迫使东罗马皇帝采用中国朝代的和亲政策，把玛丽公主屈嫁给成吉思汗的曾孙。是蒙古人创造了人类有史以来世界上版图最大的帝国。这个一开始连自己的文字和铁箭头都还没有，用兽骨做箭头的原始落后的小民族，怎么会有那么巨大的军事能量和军事智慧？这已成了世界历史最不可思议的千古之谜。而且，成吉思汗及其子孙的军事成就和奇迹，不是以多胜少，以力取胜，而恰恰是以少胜多，以智取胜。难道他们靠的是狼的智慧和马的速度、狼的素质和性格，以及由狼图腾所滋养和激发出来的强悍民族精神？"毫无疑问，《狼图腾》所推崇的成吉思汗式的征服欲望，曾经满足了许许多多人"力比多"爆发的梦想。但是，这也和那种"种群内斗争"所表现出的"凶恶"伦理范畴紧紧相连，和其狭隘的民族主义，甚至是民粹主义相勾连。就20世纪欧洲的纳粹主义而言，其许多价值理念是与此相通的，包括日本军国主义的"武运长久"也同样是所谓"武功"精神的体现，他们制造惨绝人寰的南京大屠杀，其思想根源也来自用"武功"来缔造一个"大东亚共荣圈"，可谓将其"狼性"发挥到了极致。

"整个二十世纪被许多欧洲知识分子张开臂膀大加欢迎，正如无数的'民族解放'运动很快转变成传统的暴政，给全球不幸的人们带来灾难。整个世纪欧洲的自由民主被用魔鬼的字眼描绘成僭主的真正家园——资本的、帝国主义的、尊奉资产阶级的（bourgeois conformity）、'形而上学的'、'权力的'甚至是'语言的'僭主政治。"① 由此可见，国家主义、民族主义、民粹主义发展到一定的阶段就是军国主义，而军国主义往往使知识分子对法西斯的兽性和兽行顶礼膜拜，这就是法西斯主义之所以能够在尼采、海德格尔、施米特、萨特等大思想家那里找到共同思想答案的缘由。有一个十分耐人寻味的史实是，在法西斯纳粹发动的惨无人道的第二次世界大战中，其中用毒气杀戮的犹太人就达600万之多，然而，许多纳粹分子却是"素食主义者"，他们禁止对动物进行"活体解剖"，却毫不留情地进行人体的"活体解剖"。毫无疑问，他们是把动物物种生命置于人类（他们所指的劣等的人类种群）生命之上的，他们拯救人类的方式就是采用暴力手段消灭本种群内的"异己"，宁可杀戮同类，也不杀异类种群的思想根源就在于那种来自原始兽性间的"种间斗争"，以及任何动物（包

---

① ［美］马克·里拉：《当知识分子遇到政治》，邓晓菁、王笑红译，新星出版社，2005年版，第2—3页。

括人类）身上所固有的征服欲和暴力倾向。处于动物的高级阶段的人类，把这种倾向放大和夸张后，将其作为一种征服者和胜利者的炫耀资本，乃至一种审美的取向，突破了作为物种最高级阶段的、有思想的人类的人性底线和伦理底线。从这个角度来看，《狼图腾》充斥了这样的尚武精神，无疑是对文明的挑战。正如《狼图腾》中的主人公陈阵所阐释的那种谬论那样："历朝历代，没有武功，哪来的文治？没有武功，再灿烂的文化也会成为一堆瓦砾。汉唐的文治是建立在武功的基础上的。世界历史上许多文明古国大国，不是被武功强大的落后民族彻底消灭了吗？连文字语言种族都灭亡消失了。你说汉族文化征服了落后的草原民族，那也不全对，蒙古民族就长期保留自己的语言文字、图腾信仰、民族习俗，至今坚守着草原。要是蒙古民族接受了汉族文化，把蒙古大草原开垦成大农田，那中原的华夏文明可能早就被黄沙吞没了"；"华夏的小农经济是害怕竞争的和平劳动；儒家的纲领是臣臣君君父父子子，强调的是上尊下卑，论资排辈，无条件服从，以专制暴力消灭竞争，来维护皇权和农业的和平。华夏的小农经济和儒家文化，从存在和意识两个方面，软化了华夏民族的性格，华夏民族虽然也曾创造了灿烂的古代文明，但那是以牺牲民族性格为代价的，也就牺牲了民族发展的后劲。当世界历史越过了农业文明的低级阶段，中国注定了落后挨打。不过，咱们还算幸运，赶上了蒙古草原原始游牧生活的最后一段尾巴，没准能找到西方民族崛起的秘密也说不定？"

且不说几近是作者代言人陈阵说出的这些话中有一些历史常识的错误，就其精神的谬误也是很容易被攻破的。

首先，历史文明的进化发展已经证明，封建的农耕文明要比原始的游牧文明更先进、更强大。我们不否认封建文明存在着许许多多弊端，那是相对于现代民主社会而言的，然而，在历史发展的环链中，它比原始的游牧文明要高一个等级，相比较而言，游牧文明却是一个更低级的文明阶段。而《狼图腾》硬是要跳跃式地把它凌驾于封建文明之上，无非就是要突出原始文明的兽性和"武功"的一面，凸显它的进攻性。

其次，"武功"可以在竞争中得到发展，那么，"文治"就取消"内竞争"了吗？武力只能打天下（且不说这个"打天下"是否合理，是否具有侵略性），"文治"却是长久治理天下的策略，而文明的延续手段主要是靠治理。但《狼图腾》中和陈阵对话的另一个知识青年杨克的一段话就更加离谱了："游牧民族文明发展程度虽然不如农耕民族高，可是一旦得到发展条件，那赶超农耕民族的速度要比野马跑得还要快。忽必烈、康熙、乾隆等帝王学习和掌握汉文化，绝对比大部分汉族皇帝厉害得多，功绩和作为也大得多，可惜他们学的是古代汉文化，如果他们学的是古希腊古罗马或近代的西方文化，那就更了不得了。"且不说历史倒错的逻辑混乱所造成的自相矛盾——近代西方文化是比游牧文化高两个档次的文明等级，《狼图腾》无意中承认了游牧文明的次等级地位，而就对古希腊和古罗马文化的青睐而言，只有蒙古草原文化"武功盖世"，长驱直入，直捣欧洲，侵占他们大片的国土，那些帝王才可以坐在侵略者的高位上享用向他们学习先进文化和文明的盛宴。但是，作品恰恰忽略了一个最大也是最关键的本质问题——一个民族和国家的强大不是取决于它所拥有的武力，而是取决于它的文化和文明程度的内驱力。你学习别人，就证明别人的文化比你强大。忽必烈、康熙、乾隆采取的不正是文化投降的政策吗？因为他们懂得文化的强大才是真正的强大，而武力不是最终解决问题的根本。康熙和乾隆没有看见大清帝国的覆灭，但是他们的后裔们最终也没有悟出这样一个常识性的真理：冷兵器时代的武功永远追赶不上现代科学技术的发展，大刀长矛和十八般武艺就被一颗小小的子弹轻描淡写地撂倒了（这样的理念早在20世纪80年代诸如《神鞭》那样的作品中就呈现过了）。而现代电子战争更是高科技的对决，根本无须面对面施展什么"武功"。冷兵器的争斗方式早已被战争史淘汰。如果连这些常识都被忽略的话，作品的战争理念价值就很难说了。

最后要说明的是，西方民族崛起的秘密不是用武功征服其他国家和民族，殖民统治虽然为资本主义贪婪地掠夺资源、创造原始积累提供了条件，但是，最终起决定作用的还是在100多年中的科学技术突飞猛进的历史发展。

文明的发展并不否认在历史的环链中暴力和武功对社会的进化起的重要作用，但是暴力和武功只有在原始社会向奴隶社会、奴隶社会向封建社会转型时，才有进步意义，而若将此理论置于一个现代社会之中，则这一理论无疑就呈现出其反动性了。随着现代和后现代文明的发展，科学技术日新月异突进，不仅游牧民族的生活方式和生活场景即将消逝，即使是农耕文明也会逐渐消逝在各国和各民族的地平线上。"文化制约人类"的理论早在20世纪的80年代就被中国作家们预支了，如果《狼图腾》的作者至今还执迷不悟，说什么草原文化的坚韧性，而看不到这种文化已经被现代文明同化和覆盖的事实，那我们只能对其历史的无知而无语了。其实，大清帝国入关后，其满族文化被迅速同化的历史史实不就说明了一切。这些就无须赘言了。

在审美与文明价值的坐标上：
艺术创造元素和历史进化之间的冲突

毋庸置疑，在许多作家那里，处理人与自然的关系时，往往是自然至上，甚至是原始至上的理念占上风。因为在他们的潜意识之中，艺术的审美是第一位的。恰恰吊诡的是，越是崇尚对大自然的描写，其艺术价值就越高，这就形成了一种普泛的理念：凡是对自然的礼赞，凡是对原始的讴歌，那就是艺术的上乘之作。然而，人们却忽略了一个艺术的基本常识：艺术欣赏的主体种群是人类，其他种群是不具备这样的功能的，所以，无论你如何描写，都会有意无意地透露出其中的人文价值理念。在这里，我要排除的是那种用某种动物来作画之类的所谓"艺术行为"（更确切地说是"行为艺术"），因为动物种群主体对艺术是绝对不会有绘画思维和欣赏能力的。因此，如何处理创作过程中的价值观念的渗透就是一个不容忽视的真问题了。

在西方文艺史上，尤其是 19 世纪末至 20 世纪初，欧洲的一些贵族文学艺术家对自然主义、原始主义和浪漫主义的深刻眷恋，造成了人们对这些流派的识别误区。我们可以看到这样一个史实——但凡一个文学艺术家和一个流派的文学艺术创作进入了向历史反方向发展的行进理路，就很容易成为引人瞩目的艺术大师和艺术流派。

我们必须考虑这样一个不容回避的问题："T. S. 艾略特的美学理论中有一个观点：真正的艺术作品是永恒的，不同于转瞬即逝的商业文化。这种观点与克莱夫·贝尔一九一四年宣称的那种艺术是神圣的'宗教'信仰，很容易结合在一起。贝尔明确指出，艺术家无须为人类的命运烦恼，因为'审美喜悦'会自己证明它正确有效。这种艺术家和知识分子应该远离纯粹的人性关怀的观点，也吸引了埃兹拉·庞德。他使这个观点变得更为专横，因为他告诫说，艺术家是天生的统治者，'生而为王'，他们将很快接管整个世界。"① 循着这样的理路，我们对《狼图腾》里那种充满着自然形态的草原文化氛围的描写就很容易产生一种近乎宗教感的审美情趣——"大漠孤烟直，长河落日圆"似乎永远是一种静态之美，认为游牧民族的生存氛围是艺术表现的最高级阶

---

① ［英］约翰·凯里：《知识分子与大众：文学知识界的傲慢与偏见，1880—1939》，吴庆宏译，译林出版社，2008 年版，第 81 页。

段。这应该是传统审美的一个误区。其实这些描写只是为《狼图腾》这样的作品涂上了一层保护色。克莱夫·贝尔和《狼图腾》的作者相同的观点就在于"艺术家无须为人类的命运烦恼"及"艺术家和知识分子应该远离纯粹的人性关怀",并成为他们理论的共同原点;而不同的是,克莱夫·贝尔把它落实在纯艺术的"审美愉悦"上,而《狼图腾》的作者却将它落实在狼性(即兽性)的弘扬上。其价值的偏差虽然不是很大,但是后者更有攻击性,因为他所关心的不是人类,而是兽类,更准确地说是对血腥兽性的审美。从这一点来看,《狼图腾》的作者似乎比贝尔、艾略特、伍尔夫等文学艺术的贵族走得更远。

我们不要以为只要是具有兽性特征的人就和思想家、文学家、艺术家不搭界。事实有时恰恰相反,不仅许多大家都充满着兽性特质,而且也有许多充满着兽性和暴力倾向的人同样具备艺术的天分和气质。正如约翰·凯里在大量引证希特勒自传《我的奋斗》时所言:"希特勒本人确实具有知识分子的倾向。他从图书馆成打地借有关艺术、建筑、宗教和哲学类的书回家,并常把尼采挂在嘴边,还能整页地引用叔本华的著述。他对塞万提斯、笛福、斯威夫特、歌德和卡莱尔的作品十分欣赏,并对莫扎特、布鲁克纳、海顿和巴赫等音乐家非常钦佩,甚至把瓦格纳当作偶像。在绘画方面,他对那些古代大师,尤其是伦勃朗和鲁本斯的成就也是拍手称赞。"他"对美国粗俗物质主义"和英国的贵族知识分子持有同样的态度:"他坚信艺术比科学或哲学更高级,更有价值,比政治学更永恒。'战争过后,唯一存在的是人类天才的杰作。这就是我热爱艺术的原因。'音乐和建筑记录了人类提升的道路。没有任何东西能取代伟大的画家或诗人的地位。艺术创造是最高的境界。一个国家的内在动力就源于对天才人物的崇拜"[1]。从这里,我们看到的是另

---

[1] [英]约翰·凯里:《知识分子与大众:文学知识界的傲慢与偏见,1880—1939》,吴庆宏译,译林出版社,2008年版,第226页。

一个希特勒，一个有着贵族血统的、有着艺术气质的思想者。但是从他的一切暴行中，我们看到的是最残忍的兽性，他对人类的憎恨超出了人们的想象力，而其思想资源就来自尼采的"强力意志说"，来自纳粹对"种群内斗争"的热衷。所有这些，促使我们不能不在回看21世纪初在中国这块浸透着儒道释思想的国族土壤里开出来的这一朵"恶之花"时，将其和历史上的许多反文明、反文化、反人性的理论联系起来。

当然，资本主义时代工业化和商业化经济给人类带来巨大的利益和享受时，却也带来了生态环境的严重恶化。从这个意义来说，人们从文学艺术作品中汲取对农耕文明，乃至游牧文明的向往和眷恋之情，是完全可以理解的。同时这也就从历史进步的一面敲响了资本主义发展的警钟，虽然许多作家并不是有意识地表现这一点，但是，在价值观念的确立中，我们的文学艺术家们应该清楚地意识到，自然生态的艺术描写终究是要体现作家的人文理念的，不管你是有意还是无意，你的任何艺术行为都会留下"人"的痕迹。更为重要的是，在对大自然的描写中，究竟是以人为中心，还是以物为中心，的确是一个文学艺术的"是生，还是死"的问题。历史已经无情地告诉我们：离开了人类，这个地球物种的灭绝只会加速；全是"狼"的世界，将是一切物种更加迅速毁灭的时代！虽然，人类在自身的发展中也对大自然的生态环境有所破坏，但是，只有人类才能够运用思想能力去反思他的罪过，从而去改正错误，这是其他任何物种都不可能具备的条件。所以，"人类中心主义"才是拯救大自然的唯一理论靠山。就像弗朗西斯·培根所说的那样："如果我们注意终极因由，人类可以被看作世界中心，因为如果把人类从这个世界抽取出去，余下的就会乱套，漫无目的。"① 亦如基

---

① ［英］基思·托马斯：《人类与自然世界——1500—1800年间英国观念的变化》，宋丽丽译，译林出版社，2009年版，第8页。

思·托马斯所言："人类高于自然界的权力几乎是无限的"①及"人类文明实际上的确就是征服自然的同义词。"②虽然从基督教原理来说，"人类高于野兽、低于天使"③尚有不合理的因素，但是，从人类文明进化到现代以来，只有人类才能拯救世界的理念已经成为普遍的常识了。

进入 21 世纪以来，许多作家在题材选择上瞄准了"生态文学"，这无疑是一个文学创作上的进步，它大大丰富了文学内部的"物种竞争"，但是，怎样把握创作过程中流淌出来的价值理念，却是中国作家亟待解决的问题。《狼图腾》的出版标志着中国生态小说创作进入了一个文学伦理的大转变时期。同时，随着电影《可可西里》对环境保护意识的张扬以及近年来学术界对生态伦理大辩论的兴起，也促成了一批生态小说作家对历史价值与现实价值之间的悖论进行了重新思考，甚至有的作家对经由现代文明形成的人本主义立场的价值理念进行着颠覆性反拨。由此而引发的创作理念和价值理念的震动是文化进步的表现，但是，如何确定正确的价值理念就成为创作中的难题，因此，对它们重新做出既符合历史规律又有利于现实发展的理论厘定和价值定位成为当务之急。也许这种努力并不能从根本上改变生态文学创作的伦理轨迹，但是，我相信，确立符合历史发展和人类发展的价值观念是有助于文学创作沿着更加合理的轨迹前行的基本保证。

我们并不否认人类所面临的生态危机，甚至不排除其他行星撞击地球而带来人类毁灭的可能，但是，这并不意味着人类就要停止发展，停

---

① ［英］基思·托马斯：《人类与自然世界——1500—1800 年间英国观念的变化》，宋丽丽译，译林出版社，2009 年版，第 10 页。

② ［英］基思·托马斯：《人类与自然世界——1500—1800 年间英国观念的变化》，宋丽丽译，译林出版社，2009 年版，第 15 页。

③ ［英］基思·托马斯：《人类与自然世界——1500—1800 年间英国观念的变化》，宋丽丽译，译林出版社，2009 年版，第 119 页。

止对一切资源的开发。我们应当承认："现代文明社会的发展，有造成现代生态危机的可能性。对自然资源的掠夺式开发，造成森林覆盖面积减少、草原退化、水土流失、沙漠扩大等严重后果。再加上人类对自然环境的严重污染，可致使气候异常、生态平衡破坏、'文明疾病'加剧等。生态危机又导致了经济的恶性循环，并触发了一系列政治危机，因此，人们称生态危机是危机中的危机。生态危机有局部地区性的，也有全球性的。"[①] 我们应该承认这些现象的存在，但是，我仍然鲜明地赞同"人类中心论"，就是因为只有人类才能用智慧去把握地球和宇宙的历史发展走向，而其他物种是没有这样的能力的，因为它们的思维还没有进化到能够思考的水平。人类科技进步足以为其他物种的发展与平衡做出最优化的选择，历史发展的权力就掌握在人类的手里，因为非人类是没有能力保持生态平衡的。所以，在"人与兽"之间，"动物中心主义"和"人类与其他物种平等"的理论是不堪一击的，其不仅不能拯救其他物种，而且会适得其反——进一步恶化生态，直至地球物种大量毁灭。

无疑，大自然是美丽的，但是"林地是动物的家，不是人的家"，且"只有把人类从森林中带出来，才能使之走向文明"。洛克把"'城市里彬彬有礼的理性'居民与'森林'中的'非理性、没有受过教育的'居民比较"[②]，得出的当然是人与兽、野蛮与文明之间的差别。尽管"森林"体现了大自然之美："自然界中最崇高景物之一就是古老、茂密的森林，覆盖整个山坡。"作为大自然的一种喻指和代称，"森林"之美并不能留住人类走出蛮荒的脚步。"上帝造乡村，人类造城市"是一些文学艺术家形成的传统理念，虽然"早在一八〇二年以前，人们就已普

---

① 王治河主编：《后现代主义辞典》，中央编译出版社，2004年版，第558页。
② ［英］基思·托马斯：《人类与自然世界——1500—1800年间英国观念的变化》，宋丽丽译，译林出版社，2009年版，第194页。

遍认为乡村比城市更美丽。一七八四年 W. 申斯通写道：'没有人会觉得街道比草地或树林更美；如果把城镇建成一个极乐世界，诗人们不会感到有多大诱惑力。'产生这种观点的部分原因在于城市物质环境恶化"。①但是，基思·托马斯批判了这种理想主义的幻想："人们越来越贬低城市生活，而把乡村生活看作天真的象征，这种倾向建立在一系列幻想之上。它包括对所有田园潜在的乡村社会关系完全错误的认识。"②我们不能因为现代工业社会破坏了大自然的生态环境，就判定文学艺术审美的场域就消逝在城市的空间之中；同样的道理，人类创造的城市之美，也是值得文学艺术家们去发现的。问题是，如果抱着陈腐守旧的理念，就永远发现不了城市之美，而只能从蛮荒的"森林"中去寻找自然之美。在这个问题上，我保持的是中立的态度，既承认现代"城市"之美，同时，又不否定蛮荒的"森林"之美。从这个角度来考察《狼图腾》的草原景物描写，我以为这是《狼图腾》最有艺术价值的部分。

文明的进化往往会对一些艺术做出很残酷的解释，而这种解释又是不以人们意志为转移的："Civilization（文明）不仅表达这种历史过程的内涵，而且凸显了现代性的相关内涵：一种确立的优雅、秩序状态。浪漫主义是针对'文明'的一种反动。在浪漫主义时期，另外的语汇被选用来表达其他方面的人类发展及作为衡量人类福祉的其他标准；Culture（文化）这个词是个明显的例子。"③从这个意义上来说，浪漫主义的文学艺术在某种程度上也是表现人类文明落伍的一种艺术。

---

① ［英］基思·托马斯：《人类与自然世界——1500—1800 年间英国观念的变化》，宋丽丽译，译林出版社，2009 年版，第 52 页。

② ［英］基思·托马斯：《人类与自然世界——1500—1800 年间英国观念的变化》，宋丽丽译，译林出版社，2009 年版，第 245 页。

③ ［英］雷蒙·威廉士：《关键词：文化与社会的词汇》，刘建基译，台湾巨流图书有限公司，2003 年版，第 37 页。

当然，我不完全同意这样的观点，因为浪漫主义在现代文学史中的发展空间本来就很小，尤其是在中国，过分地强调它对文明的反动性，反而扼杀了这种艺术风格在中国土地上的可塑性。

结语

我们对狼崇拜的情结，究其缘由，正如《狼图腾》"编者荐言"中所提升概括的那样："蒙古狼带他穿过了历史的千年迷雾，径直来到谜团的中心。是狼的狡黠和智慧、狼的军事天才和顽强不屈的性格、草原人对狼的爱和恨、狼的神奇魔力，使姜戎与狼结下了不解之缘。狼是草原民族的兽祖、宗师、战神与楷模；狼的团队精神和家族责任感；狼的智慧、顽强和尊严；狼对蒙古铁骑的训导和对草原生态的保护；游牧民族千万年来对于狼的至尊崇拜……"所有这些，形成了此书作者扬牧抑农、扬武抑文、扬蒙抑汉、扬狼抑人的主题阐释主旨，这种向后看的历史选择无论对一个国家，还是一个民族，乃至整个世界的大自然，都是有害而无利的。要进化，还是要退化？原本不是一个问题的问题，却已然成为当今中国社会的一个真命题，而非伪命题。这是文学艺术的进步还是悲哀呢？"游牧文明—农耕文明—工业文明—后工业文明"这个社会历史进化的环链是绝不可以颠倒和置换的，其发展是从野蛮向文明逐步进化的过程，人类最终是为了消灭武功和暴力，而走向和平和繁荣的。倘若在一个现代文明高速发展的世界里，试图宣扬那种用原始的武力去征服世界和其他国族的理念，或许可以认定是一种倒行逆施的反文化、反文明、反人类的文学艺术行为。这是一种不和谐的音符，但愿它成为一种噪音而消失，否则一旦其注入文明民族的血脉之中，那将成为一种新的民族劣根性。

青年作家的未来在哪里

————— ◎ —————

"我们承受青年犹如承受一场重病。这恰恰造成了我们所抛入的时代——一次巨大的堕落和破碎的时代；这个时代通过一切弱者，也通过一切最强者来抗拒青年的精神。不确定性为这个时代所独有；没有什么立足于坚固的基础，也没有什么立足于自身坚定的信仰。人们为明天活着，因为后天已经是非常可疑的。"尼采的这段话应该成为我们认知 21 世纪中国青年作家预言性的座右铭。

最近，我在给何同彬的新著写序言时，看到他对青年作家的许多精彩分析，很是感动，他把我积郁了好几年欲说还休的话几乎都说出来了。针对这十几年来的青年作家创作现象，除了"吹捧"和"鼓励"之外，我们的批评家对其学术和学理的深入批评有多少呢？面对批评的失位与失职，一个青年批评家的指谬则是难能可贵的。

在一切文学审美活动中，除了技术与形式层面的外壳，最重要的就是作家在内容中所表现出的价值观念的高下优劣了。所以，围绕着"青年""公共性"和"历史"三个关键词，何同彬能够"以粗犷的线条和锐利的笔锋勾勒出一个青年批评者'无知无畏'的精神图景和野蛮生长的批评个性"，充分展示了一个批评家的勇气。

的确，对于当下一批"80后""90后"新锐作家作品的评判，给老一代批评家带来了无边的陌生与困惑，如何在一个公共性的平台上评价他们的作品，何同彬的批评观念无疑是中肯的、尖锐的，同时也是有效的。

　　针对"青年"这一代际问题，他的看法是锋芒毕露的："秩序在收割一切，收割一切可能对秩序造成威胁的各种力量，青年、新人就是这样一种具备某种潜在威胁的虚构性力量，一种正在被秩序改造并重新命名的新的速朽。收割的前提是培育，是拔苗助长，是喷洒农药、清除'毒草'，是告诉你：快到'碗'里来。"毋庸置疑，这个无形的"碗"是巨大的，既有体制的召唤，也有商业的诱惑，青年作家面临的被规训、被同质化、被秩序化的问题应该是一个大问题，而这个大问题却是评论的盲区，如果我们看不到这一点，仅仅将它作为一个受着商品化制约的代沟问题来看，而看不到青年作家将失去的是文学的独立性和创造性，那么，我们在扫描一切青年作家作品时就少了一层深刻的批判性。"秩序"——无论是体制的，还是商业的——这台"联合收割机"将会收割一茬一茬青年作家，而这些青年作家的作品会成为消费文化和意识形态案板上的快餐食品。而且，这些"转基因"的文学食品对一代又一代青少年而言，都是慢性"毒品"，虽然，它们会不断更换商标和名称。

　　当然，我最激赏的是何同彬对青年作家提出的需要警惕的几种行为弊端。

　　对"青年写作者和文学新人的滔滔不绝的赞美、期许，广泛持久的扶持、奖赏是制度的代际焦虑的产物，它们的共同目的是去锻造青年的皮囊如何与苍老、丑陋的灵魂完美融合"。毋庸置疑，文学创作者在整个创作过程中都要面对一个"灵与肉"的哲思命题，当下，名与利是这些青年人生观当中最首要的文化核心理念，写作也概莫能外，它往往成为许多青年作家出名谋利的手段，当然，谋生是无可非议的，但将它作为舍弃一切人文伦理的束缚，将其作为向上爬的阶梯，却是可鄙的，这将给古今中外一切文学和作家蒙羞。我们不要强调这是商品时代使然，应强调坚守人文精神的道德底线，越过了这条底线，一切创作都是速朽的。

我并不反对得奖，所谓奖项，只是某些群体对一个人的作品的认可，并不代表其作品就到了登峰造极的地步。诺贝尔文学奖如此，国内的茅盾文学奖、鲁迅文学奖亦如此，在它们评出的作家作品之外，尚有大量的沧海遗珠，况且，许多奖项所带有的政治与艺术的偏见，是戕害文学的利剑。但是，大量的青年文学家不顾廉耻地去钻营此事，这就足以证明时代的创作思潮已经发生了根本的变化。扶持和奖赏就像一个巨大的黑洞，吸纳了一部分青年作家，于是大部分青年作家开始有了"焦虑症"，唯恐被甩出这个圈子，成为另类。殊不知，真正的文学创作就是需要离开中心，失去离心力，而这失去的只是文学外的重，得到的却是文学之重！而有多少人能理解这个常识性问题呢？

因此，接下来的逻辑问题就是"文学权力与政治权力强烈的同构性"问题。几十年来的文学国情已经让我们习惯了在权力之下生存的语境，许多事情已经习焉不察了，这不仅仅是青年的问题，更是整个作家队伍的"集体无意识"。能够意识到这个问题，并且为将来的文学考虑，也是一个不容忽视的问题。我们不断在给一茬一茬青年作家命名，而且是以正统的意识形态的名义，殊不知，一个有独立思考能力和有独特艺术风格的作家，一俟被命名，也就离站在绞索架上、套上绞索绳不远了，更不用说那些生产性的商业化命名了，它们都是概念化、同质化流水线上的产物。

于是"新的文学写作者与前辈写作者（尤其那些掌握更多权力的）及相关机构之间有着一种微妙而暧昧的依存关系，其中涉及权力的承传，涉及互相调情的必要性，涉及一场有关宫廷、庙堂的舞台剧中恰当的角色分配"。同样，这个问题也是文坛整体性问题，不过，这在青年作家那里更为突出，如果说那些历经了历史沧桑的作家尚在这一点上还保持着一点儿矜持的话，那么，某些青年作家就不那么矜持了。这里必须说明的是，除了生计问题外，更重要的是，我们与当时苏联作家不同：他们有一个俄罗斯文学的传承，即使在最严酷的时期，他们也还存在一个知识分子写作的阶层；但是，自近代以来，我们作家的现代性之所以无法完成启蒙（当然包括自我启蒙），是因为缺乏阶层的存活性，没有一个作家作品的统一价值标准，缺失了以赛亚·柏林所说的作家的"心灵"和立场。

无疑，这些都是当下部分青年作家的问题，但是，这却是一个带有普遍性的文学病症，所以，从制度的缺失中来看待青年作家人格的缺失，可谓鞭辟入里，一针见血。何同彬所列举的21世纪以来文坛上所出现的那些林林总总的青年文学和文化人物的怪现象，足以让青年警醒，也更令那些文学史家和年老的批评家深入思考：时代病了，人也病了！而且这不是21世纪的恐惧症，是未来文学的"黑客攻击征兆"。

这些年来，一个接着一个的"文学事件"和"文化事件"让人目不暇接，这种炒作，无论是意识形态的，还是商业化的，无疑都给文学创作带来了致命的重击。作家们都指望这些"事件"成为自己作品的卖点，即便是负面的影响，也是出名的机会，宁愿留下千古骂名也要出名的心理，更鼓动了青年作家一夜成名的幻想。所以，新闻性的、世俗性的、生产性的"事件"，是简单、消极的文学致幻剂，是作家创作的"摇头丸"："无聊而热闹的文学'事件化'的受益者和受害者，他们在'事件'的旋涡中丢失自己、重塑自己、成为自己。"所谓丢失，是不准确的，因为他们从来就没有做过"自己"，所以也谈不上"重塑"，"成为自己"更名为"制造自己""打扮自己"更为准确一些。

何同彬注意到的另一种青年作家的弊端，也体现出了他的敏锐性和深刻性，而且其批判的力度也是十分犀利的，那就是青年作家渴望成为一个"职业作家"，那是进入体制的"红派司"，且"职业性成功已经成为青年写作者们重要的，甚至唯一的梦想"。我们无法在这样的语境下评判这种作家体制的优劣，但我所要表达的观点是：无论作家处于一个什么样的体制当中，自身的小环境应决定其创作心态，作家的内心存在对文学创作的本能冲动，这一点是不能变的！唯有如此，其作品才有生命力。否则，成天想着如何进入"正统"的作家体制当中，充分享受体制的好处，那么，创作生命也就到此为止了。当然，现在各省市的作家协会都在以"签约"的形式，把一些出了名的或正在出名的萌动中的作家纳入自己的旗下，我尚未见到过一个拒绝者，包括那些身价已经几千万的所谓"网络作家"，也一个个渴求"签约"，以获得"正名"，这并非是一个青年作家应有的正常的创作心态。

也正是如此，现在的一些走红的青年作家在媒体时代的追捧下，在几十万"粉丝"的簇拥下，变成了一种文化的代名词。于是乎，一种文坛领袖和霸主的江湖气油然而生，正如何同彬所言："'成功'赋予青年人荣耀、权力，也赋予他们某种老气横秋的、世故性的自大。这一自大在写作中体现为某种不加反省的惯性的、重复性的平庸（反正有人赞赏并随时准备予以褒奖）和以信口开河、话语膨胀（如各种断言、命名或自我标榜的热情）为表征的狂妄、自负乃至自恋；在文学交往中则呈现出某种仪式性、仪态化的模仿，模仿那些成功的前辈和大人物（文学大人物则模仿政治大人物、商业大人物）的腔调、姿态、神情，甚至某些不可告人的癖好。"这就是消费文化带来的恶果，是青年毁了文学呢，还是文学坑害了青年？这是一个两难的文化命题，我以为这是一个互动的哲学关系，二者共同作用才是恶果成长的"培养基"，如果我们无视这些司空见惯的现象，放弃批判的权利，我们就愧对文学的未来。

因此我才十分同意何同彬的结论："他们的多数书写几乎不涉及道德、美学、形式和文学本质方面的任何特殊性、独特性。当前，最让人沮丧的是，文学新人之间缺少分野，缺少对立，缺少各种形态的冲突，缺少因审美偏执和立场差异导致的'大打出手'，这和前辈们曾经有过的某种革命氛围、野蛮风格大相径庭。就已经发生的矛盾和有限的冲突而言，涉及的基本是和话语权、利益有关的诸种晦暗不明的欲望，除此之外，他们在多数情况下是和睦的、友好的、礼尚往来的、秋毫不犯的、在微信朋友圈随时准备点赞的……"在这里，何同彬指出了许多青年作家写作的致命伤——不涉及道德、美学、形式的内涵，漠视文学的特殊性和独特性。思想的缺失是中国作家普遍具有的历史问题，但是其如今已经发展到了一个令人胆寒的地步，这是令人始料不及的。所以，一些青年作家的写作陷入工厂式的模具化大生产之中，从流水线上出来的是商业产品，而不是文学作品。

同时，不可忽视的问题是，青年作家缺乏老一代作家的特性——"革命性"和"野蛮性"。无论如何，这两个词作为中性词，的确可以概括中国近百年来文学的某些本质特征。但是，我在这里要强调的是，正是在21世纪的起始点上，我们必须看到在这个文学坟场里的许许多多青年作家，他们并非像鲁迅当年寄予厚望的青年作家那样朝着正确的轨道前行。进化论对于今天的时代青年而言，已经完全不适用了，因为追名逐利的消费时代，是像鲁迅那样的作家们无法预料的。

我们须得叩问的是：我们的青年作家的未来在哪里？

新世纪中国文学应该如何表现"风景"

---◎---

"风景"在文学描写中已成为一个吊诡的文化难题

新世纪文学中的"风景描写"为什么在一天天地消失？也许我们可以在温迪·J.达比的《风景与认同——英国民族与阶级地理》一书中对自然"风景"和文学"风景"所做的有效文化阐释里找到些许答案。毋庸置疑，其中有许多经验性的文化理论是值得我们借鉴的。当然，其中也有许多并不适应中国国情的社会文化理论，或者是与文学的"风景描写"相去甚远的文化学和人类学理论，这些没有太多的借鉴意义，这也是我们完全可以忽略不计的部分，但是其中许多与文学相关的论述却对我们当下的中国文学创作有着不可忽视的裨益。本文旨在对照其理论，针对新世纪的中国文学对"风景描写"的状况做出分析，试图引起文学创作界的注意。

我之所以要将"风景"一词打上引号，就是要凸显其深刻的文化内涵和不可忽视的文学描写的美学价值。正是因为我们对"风景"背后的文化内涵认知的模糊，逐渐淡化和降低了"风景"描写在文学中的地位，所以，才有必要把这个亟待解决的文学和文化命题提上议事日程。

从 20 世纪初至今，对文学中"风景画"的描写持一种什么样的价值立场，是中国现代文学自启蒙运动以来一直没有理清楚的一个悖论。一方面，对农业文明的一种深刻眷恋和对工业文明的无限抗拒与仇恨，使得像沈从文那样的作家成为中国现代文学中一面反现代文化和反现代文明的"风景描写"风格旗帜。人们误以为回到原始、回到自然就是最高的浪漫主义和理想主义文学境界。这种价值理念一直延伸至今，遂又与后现代的生态主义文学理念汇合，成为文艺理论的一种时尚。另一方面，工业文明和后工业文明孕育出来的消费文化的种种致命诱惑，又给人们的价值观带来精神的炫惑和审美的疲惫。城市的摩天大楼和钢筋水泥覆盖和遮蔽了广袤无垠的美丽田野和农庄，甚至覆盖和遮蔽了充满原始诗意的蓝天和白云。这些冲击着农耕文明与游牧文明并遗留下来的物质和非物质文化遗产，使一个生活在视野狭小的、没有文化传统承传空间之中的现代人充满着怀旧的"乡愁"。城市和都市里只有机械的时间在流动，只有人工构筑的死寂和物质空间的压迫，这是一个被温迪·J. 达比称作没有"风景"的地方。因此，人在"风景"里的文化构图也就随之消逝，因为人也是"风景"的一个组成部分，而且是一个更重要的画面组成部分。那么，人们不禁就要叩问：工业文明与后工业文明给人带来的仅仅是物质上的丰盈吗？它一定须得人类付出昂贵的代价——消弭大自然赐予人类的美丽自然"风景"，消弭民族历史记忆中的文化"风景线"吗？所有这些，谁又能给出一个清晰的答案呢？用温迪·J. 达比的观点来说就是："吊诡的是，启蒙运动的进步主义却把进步的对立面鲜明引入知识分子视线：未改善的、落后的、离奇的——这些都是所有古董家、民俗学者、如画风景追随者备感兴趣的东西。启蒙运动所信奉的进化模式由实体与虚体构成，二者相互依存。就风景和农业实践而论，在启蒙计划者看来需要改进和现代化的东西，正是另一种人眼里的共同体的堡垒和活文化宝库。中心移向北部山区——英格兰湖区，标志着对进步的英格兰的另一层反抗产生了，美学与情感联合确定了本地风景的连续性和传统。具有家长作风和仁慈之心的土地主精神和道德价值观，与进步的、倡导改良的土地主和农民形成对比。圈地运动与驱逐行为打破了农业共同体历史悠久的互惠关系。当然，这种互惠的纽带以前已被破坏过许多次，也许在16世纪全国范围的圈地运动中，这种破坏格外显著。"①毫无疑问，人类文明进步是需要付出代价的。但是，这种代价能否降低到最低程度，却是取决于人们保护"自然风景"和保存民族文化记忆中"风景线"的力度。所以，温迪·J.达比引用了特林佩纳的说法："对杨格而言，爱尔兰是新未来的显现之地。在民族主义者看来，爱尔兰是杨格尚能瞥见过去的轮廓的地方；透过现代人眼中所见的表象，依然能够感受到隐匿于风景里的历史传统和情感。这类表象堪称一个民族不断增生的年鉴，负载许多世纪以来人类持续在场的种种印记……当口传和书写的传统遭到强制性的遏止时，民族的风景就变得非常重要，成为另一个选择，它不像历史记录那么容易被毁弃。农业改革会抹去乡村的表象特征，造出一种经济和政治的白板，从而威胁到文化记忆的留存。"②虽然温迪·J.达比忽略了人对"自然风景"的保护，而只强调农业文明中"风景"的历史记忆，但这一点也是值得重视的。

从这个角度而言，民族的文化记忆和文学的本土经验是"风景"描写植根在中国特色文学之中的最佳助推器。因此，温迪·J.达比所描绘的虽然是18世纪英格兰的"风景"状况，但是，这样的"风景"如果消逝在21世纪的中国文学描写之中，无疑也是中国作家的失职。

---

① ［美］温迪·J.达比：《风景与认同——英国民族与阶级地理》，张箭飞、赵红英译，译林出版社，2011年版，第80页。
② ［美］温迪·J.达比：《风景与认同——英国民族与阶级地理》，张箭飞、赵红英译，译林出版社，2011年版，第80—81页。

然而恰恰不幸的是，这样的事实已经发生和正在发生于 21 世纪的中国文学创作潮流之中，作家们普遍忽视了"风景"这一描写元素在文学场域中的巨大作用。

如何确立正确的"风景描写"的价值观念，已经成为 21 世纪中国文学创作中一个本不应成为问题的艰难命题。因此，在当下中国遭遇到欧美在现代化过程中同样遭遇到的文化和文学难题时，我们将做出怎样的价值选择与审美选择，的确是需要深入思考的民族文化记忆的文学命题，更是每一个人文知识分子都应该重视的文化命题。

"风景"的历史沿革与概念论域的重新界定

显然，在欧洲人文学者的眼里，所有的"风景"都是社会、政治、文化积累与和谐的自然景观互动之下形成的人类关系的总和。因此，温迪·J.达比才把"风景"定位在这样几种元素之中："风景中古旧或衰老的成分（可能是人物也可能是建筑物），田间颓塌的纪念碑、珍奇之物如古树或'灵石'，以及言语、穿着和举止的传统，逐渐加入这种世界观的生成。"①从这个角度来说，我们可以将它理解为"风景"的美学内涵除了区别于"它地"（也即所谓"异域情调"）所引发的审美冲动以外，还有一个更重要的元素就是对已经逝去的"风景"的民族历史记忆。除自然景观外，欧洲的学者更强调的是人文内涵和人文意识赋予自然景观的物象呈现。而将言语习俗和行为举止上升至人的世界观的认知

---

① ［美］温迪·J.达比：《风景与认同——英国民族与阶级地理》，张箭飞、赵红英译，译林出版社，2011 年版，第 81 页。

高度，则是对"风景"嵌入人文内涵的深刻见解，更重要的是，他们试图将"风景"的阐释上升到哲学命题的高度。所有这些显然都是与欧洲"风景如画风格"画派阐释"风景"的审美观念相一致的："Picturesque style（风景如画风格），18世纪后期、19世纪初期以英国为主的一种建筑风尚，是仿哥特式风格的先驱。18世纪初，有一种在形式上拘泥于科学和数学的精确性的倾向，风景如画的风格就是为反对这种倾向而兴起的。讲求比例和柱式的基本建筑原则被推翻，而强调自然感和多样化，反对千篇一律。T. 沃特利所著《现代园艺漫谈》（1770）是阐述风景如画风格的早期著作。这种风格通过英国园林设计获得发展。园林，或更一般地说即环境，对风景如画风格的应用起着主要作用。这一时期最引人注目的结果之一是作为环境一部分的建筑，也受到该风格的影响，如英国杰出的建筑师和城市设计家J. 纳什（1752—1835）后来创造了第一个'花园城'和一些极典型的作品。他在萨洛普的阿查姆设计了假山（1802），其非对称的轮廓足以说明风景如画风格酷似不规则变化。纳什设计的布莱斯村庄（1811）是新式屋顶'村舍'采用不规则群体布局的样板。J. 伦威克在华盛顿（哥伦比亚特区）设计的史密森学会，四周景色优美如画，是风景如画风格的又一典范。"① 就"风景如画风格派"而言，强调在自然风景中注入人文元素，则是一个不可忽视的审美标准。"作为一种绘画流派，风景画经历了巨大的转变。起初，它以恢弘的景象激发观看宗教性或准宗教性的

① ［美］不列颠百科全书公司：《不列颠百科全书》第13卷，中国大百科全书出版社，1999年版，第273页。

体验，后来则转化为更具世俗意味的古典化的田园牧歌。"① 由此可见，欧洲油画派所奠定的美学风范和价值理念深深地影响了后来的诸多文学创作，已然成为欧洲文学艺术约定俗成的共同规范和守则。

与西方人对"风景"的认知有所区别的是，中国的传统学者往往将"风景"看成与"风俗""风情"对举的一种并列的逻辑关系，而非种属关系，也就是将其划分得更为细致，然而却没有一个更加形而上的宏观的认知。一般来说，中国人往往是把"风景"当作一种纯自然的景观，与人文景观对应，是不将两者合一的："风景：风光，景色。《世说新语·言语》：'过江诸人，每至美日，辄相邀新亭，藉卉饮宴。周侯（周颛）中坐而叹曰："风景不殊，正自有山河之异！"'"② 所以，在中国人的"风景"观念中，自然景观与人文景观是两种不同的理念与模式，在中国人的审美世界里，"风景"就是自然风光之谓，至多是王维式的"画中有诗，诗中有画"的"道法自然"意境。

五四新文化运动以后，即使将"风景"和人文内涵相呼应，也仅仅是在文学为政治服务的狭隘层面进行勾连而已，而非与大文化以及整个民族文化记忆相契合，更谈不上在"人"的哲学层面深入思考了。从这个角度来说，"五四"启蒙者们没有深刻地认识到"风景"在文化和文学中更深远宏大的人文意义。也许，没有更深文化根基的美国学者的观念更加能够应和我们对乡土文学中"风景"的理解："显然，艺术的地方色彩是文学的生命力的源泉，是文学一向独具的特点。地方色彩可以比作一个人无穷地、不断地涌现出来的魅力。我们首先对差别发生兴趣，雷同从来不能吸引我们，不能像差别那样有刺激性、那

---

① ［美］温迪·J. 达比：《风景与认同——英国民族与阶级地理》，张箭飞、赵红英译，译林出版社，2011年版，第14页。

② 夏征农主编：《辞海》（下），上海辞书出版社，1989年版，第4011页。

样令人鼓舞。如果文学只是或主要是雷同，文学就要毁灭了。"①强调地域色彩的"风景"美感成为后来大家对"风景描写"主要元素的参照。从文学局部审美，尤其是对乡土文学题材作品而言，这固然不错，但是，只是强调地方色彩的审美差异性，而忽略对"自然风景"的敬畏之心，忽略它在民族文化记忆中的抵抗物质压迫的人文元素，尤其是无视它必须上升到哲学层面的表达内涵，这样的"风景描写"只能是一种平面化的"风景"书写。

当然，"五四"时期的先驱者当中也有人注意到了欧洲学者对"风景"的理解："风土与住民有密切的关系，大家都是知道的：所以各国文学各有特色，就是一国之中也可以因不同地域显出一种不同的风格。譬如法国的南方普洛凡斯的人文作品，与北法兰西便有不同。在中国这样广大的国土中当然更是如此。"②在这里，周作人十分强调不同地区文化的差异性和"异域情调"，并要求作家"自由地发表那从土里滋长出来的个性"，"我们所希望的，便是摆脱了一切的束缚，任情地歌唱，……只要是遗传、环境所融合而成的我的真的心搏，……这样的作品，自然的具有他应具的特征，便是国民性、地方性与个性，也即是他的生命"。③至少，在强调地域性的同时，周作人注意到了"风土""国民性""个性"等更大的人文元素与内涵。也正如周作人在1921年8月翻译英国作家劳斯《希腊岛小说集》译序中所阐述的："本国的民俗研究也是必要，这虽然是人类学范围内的学问，却与文学有极重要的关系。"将民俗，也就是人类学融入文

---

① ［美］赫姆林·加兰：《破碎的偶像》。转引自王春元、钱中文主编：《美国作家论文学》，刘保端等译，生活·读书·新知三联书店，1984年版，第89页。

② 周作人：《地方与文艺》，《谈龙集》，河北教育出版社，2001年版，第10—12页。

③ 周作人：《地方与文艺》，《谈龙集》，河北教育出版社，2001年版，第10—12页。

学表现之中，显然是扩大了"风景"的内涵，但是，这样的理论在中国的启蒙时代没有得到彰显，而是进入了另一种阐释空间之中。

茅盾早期对"风景"的定义也只是与美国学者加兰的观念趋同，他在与李达、李大白所编写的《文学小辞典》中加上了"地方色"的词条："地方色就是地方底特色。一处的习惯风俗不相同，就一处有一处底特色，一处有一处底性格，即个性。"①

以此来定位乡土文学中的"风景"，为日后许多现代作家对"风景"的理解提供了一条较为狭窄的审美通道。我们知道，茅盾最后也将"风景"定位在世界观上，但是，他的定位是一种政治性的诉求："关于'乡土文学'，我以为单有了特殊的风土人情的描写，只不过像看一幅异域图画，虽能引起我们的惊异，然而给我们的，只是好奇心的餍足。因此在特殊的风土人情而外，应当还有普遍性的与我们共同的对于命运的挣扎。一个只具有游历家的眼光的作者，往往只能给我们以前者；必须是一个具有一定的世界观与人生观的作者方能把后者作为主要的一点而给予我们。"②显然，这一时期的文艺理论家茅盾已经是 20 世纪 30 年代"左翼文学"的实践者和理论家。他所说的"世界观与人生观"和社会学家温迪·J. 达比所说的"世界观"是不尽相同的，一个是定位在"文学为政治服务"的功能上，一个是定位在"民族的历史记忆"的文化阐释功能上。层次不同，也就显示出文学的审美观念的差异和对待"风景描写"的文化视界的落差。显然，茅盾"修正"了自己前期对"风景"的定义，对其中"风土人情"和"异域情调"的美学"餍足"进行了遮蔽与降格，而强调"命运的挣扎"。当然，对于这种革命现实

---

① 《民国日报》副刊《觉悟》，1921 年 5 月 31 日第 31 期，第 1 页。
② 茅盾：《关于乡土文学》，《茅盾论中国现代作家作品》，北京大学出版社，1980 年版，第 241 页。

主义理念的张扬，在当时是无可厚非的，也是有一定审美意义的。文学界也不应该忘记他对"社会剖析派"乡土小说"风景描写"审美理论的贡献。但是将此作为横贯 20 世纪，乃至渗透于 21 世纪的为即时政治服务的金科玉律却是不足为取的。显然，当"风景描写"在不同的历史条件的时空之中，其描写的对象已经物是人非时，旧有的狭隘的"风景描写"和"为政治服务"的"风景描写"就远远不能适应时代的审美需求了。比如在今天，当"风景"的长镜头对准底层生活时，则会出现一个千变万化的民族历史记忆描写场景，就会出现许许多多吊诡的现象。这是狭隘的理论无法解释的文学现象和审美现象。

因此，当中国社会进入了一个转型时期时，我们虽不能再沿用旧有的理论观念去解释我们文化和文学中的"风景"，却又不得不汲取旧有理论中合理的方法。否则，我们就无法面对我们的民族文化的历史记忆，当然更加愧对大自然恩赐给人类的这份"风景"的遗产。

无疑，在欧洲知识分子和艺术家那里的"风景画"概念显然是和我们的理念界定有区别的。源于绘画艺术的"风景"在一切文学艺术表现领域内都应该遵循的法则，就是融自然属性的"风景画"与人文属性的"风俗画"于一炉的理念："Genre painting（风俗画）自日常生活取材、一般用写实手法描绘普通人工作或娱乐的图画。风俗画与风景画、肖像画、静物画、宗教题材画、历史事件画或者任何传统上理想化题材的画均不相同。风俗画的主题几乎一成不变地是日常生活中习见情景。它排除想象的因素和理想的事物，而把注意力集中于对类型、服饰和背景的机敏观察。这一术语起源于 18 世纪的法国，指专门画一类题材（如花卉、动物或中产阶级生活）的画家，被用作贬意。到 19 世纪下半叶，当批评家 J. 伯克哈德所著《荷兰的风俗画》（1874）一书出版后，这一名词增加了褒意，也限定在当前流行的意义上。人们仍然极普遍地使用此词，用来描述 17 世纪一些荷兰和弗兰德斯画家的作品。后来的风俗画大师则包括多方面的艺术家。"① 显然，在欧洲文学艺术家那里，"风景"和"风俗"是融合在一个统一的画面之中的，是一个不可分割的整体性审美经验的结晶。因此，才会由此而形成特殊的文学流派："Costumbrismo（风俗主义），西班牙文学作品的一类，着重描写某一特定地点的人民的日常生活和习俗。虽然风俗主义的根源可以追溯到 16 和 17 世纪的'黄金时代'，然而却是在 19 世纪上半叶才发展为一股主要力量的。最初在诗歌然后在叫作'风俗画'的散文素描中，强调对地区性典型人物和社会行为进行细节的描写，往往带有讽刺的或哲学的旨趣。M. J. 德·拉腊、R. 德·梅索内罗·罗马诺斯、P. A. 德·阿拉尔孔均为风俗主义作家，他们对西班牙和拉丁美洲的地方派作家有一定影响。"② 可见，"风俗画"只是"风景画"中的一个重要元素，是"风景画"总概念下的一个属概念。于是，强调"风景画"中的风俗描写，就是对人文元素的张扬，上升至哲学思考，则是文学艺术大家的手笔，成为欧洲文学艺术家共同追求的"风景描写"的最高境界。

虽然中国 20 世纪后半叶也强调"风景画"的描写，但是将其功能限制在了狭隘的为政治服务的领域内。自 20 世纪 30 年代的"左翼文学"至如今的"风景描写"，一切的"风景"除了服务于狭隘的政治需求外，至多就是止于对人物心境的呼应而已，绝无大视野哲学内涵的思考。就此而言，中国当下整个"风景描写"的退潮期的使命不仅仅是止于恢复"风景描写"，更为艰巨的使命在于将"风景描写"提升到

① ［美］不列颠百科全书公司：《不列颠百科全书》第 7 卷，中国大百科全书出版社，1999 年版，第 61 页。

② ［美］不列颠百科全书公司：《不列颠百科全书》第 4 卷，中国大百科全书出版社，1999 年版，第 512 页。

与欧洲文学艺术家对待"风景描写"的同样高度与深度来认知这个问题。只有这样才能将中国文学发展到一个新的历史高度，否则，文学将会在"风景"的消逝中堕落下去。

在中国文学史上，"风景描写"一直被认为是纯技术性的方法和形式，并没有被上升到整个作品的人文、主题、格调，乃至于民族文化记忆的层面来认知，这无疑降低了作品的艺术品位和主题内涵。殊不知，最好的文学作品应该是将"风景"和主题表达结合得天衣无缝、水乳交融，这样的作品才有可能成为最好的审美选择。从世界文学史的范畴来看，许多著名作家的名著都出现了这样的特征，像托尔斯泰、屠格涅夫、莫泊桑、哈代、海明威……这样的作家的作品所透露出来的"风景描写"就树立了最好的典范。他们作品的艺术生命力之所以永恒，其中最重要的元素就在于他们对"风景"的定格有着不同凡响的见地。

在浪漫与现实之间："风景"的双重选择

一般说来，"风景"描写都与浪漫主义相连，但它绝非平面的"风景"描写，它往往被定义为一种反现代文化与文学的思潮。用温迪·J.达比引用威廉斯的理论表达就是："一种浪漫的情感结构得以产生：提倡自然、反对工业，提倡诗歌、反对贸易；人类与共同体隔绝进入文化理念之中，反对时代现实的压力。我们可以确切地从布莱克、华兹华斯及雪莱的诗歌中听见其反响。（威廉斯，1973）"[①] 反文化制约和缓

---

① ［美］温迪·J.达比：《风景与认同——英国民族与阶级地理》，张箭飞、赵红英译，译林出版社，2011年版，第87页。

解和释放现代文明社会的现实压力，成为文学艺术家们青睐"风景描写"的最本质的目的。

"乡村或田园诗歌和雕版风景画确认了如画风景美学，而如画风景又影响了湖畔诗人的早期作品。在被称为'国内人类学'（贝维尔，1989）的诗歌中，华兹华斯使我们看见湖区到处都是边缘化的人：瘸腿的士兵、瞎眼的乞丐、隐居者、疯癫的妇女、吉普赛人、流浪汉。换言之，到处都是被早期农业和工业革命抛弃的流离失所的苦命人。"①就此而言，自"五四"以来，尤其是中华人民共和国成立以后，我们的一部分作家和理论家们对"风景描写"也有着较深的曲解，认为"风景"就是纯粹的自然风光的描摹，其画面就是非人物性的，就是"借景抒情"式的"风景谈"。从20世纪40年代开始的茅盾的"白杨礼赞"式的散文创作模式，一直蔓延至20世纪60年代的"雪浪花"式的抒情模式，几乎影响了中国几代作家对"风景描写"的认知。当20世纪90年代商品化大潮袭来之时，在文学渐渐脱离了为政治服务的羁绊时，遮蔽"风景"和去除"风景"成为文学作品的潜规则。在文学描写的范畴里，就连那种以往止于与人物心境相对应的明朗或灰暗色调的"风景"暗示描写也不复存在了。而在这个关键问题上，温迪·J.达比借着华兹华斯的笔墨阐释出了一个就连浪漫主义也不可逾越的真谛：那种与"风景"看似毫不相干的"风景"中的人物，同样是构成"风景画面"不可或缺的重要元素！

说实话，我对温迪·J.达比作为一个社会学家喋喋不休地唠叨什么湖区改造等社会学内容毫无兴趣。而对他发现知识分子的价值观的位移更有兴味："一种新型的、史无前例的价值观汇聚到这一空间，其价值由

---

① ［美］温迪·J.达比：《风景与认同——英国民族与阶级地理》，张箭飞、赵红英译，译林出版社，2011年版，第89页。

于知识分子和艺术精英的阐发而不断升值，就因为它不同于资本的新集中（在城市）。"①同样，在中国文学界，也存在着知识分子对"风景中的人"的价值观错位。一方面就是像"五四"一大批乡土小说作家那样，用亚里士多德式的自上而下的"同情和怜悯"悲剧美学观来描写"底层小人物"，而根本忽略了人物所依傍的"风景"。在这一点上，鲁迅先生却与大多数乡土小说作家不同，他注意到了"风景"在小说中所起的重要作用，即便是"安特莱夫式的阴冷"，也透着一种哲学深度的表达。这才是鲁迅小说与众多乡土题材作家的殊异之处——不忽视"风景"在整个作品中所起的对人物、情节和主题的定调作用。另一方面则是近乎浪漫主义唯美风格的作家所主张的沉潜于纯自然的"风景"之中，铸造一个童话般美丽的"世外桃源"。从废名到沈从文，再到孙犁的"荷花淀派"，再到20世纪80年代汪曾祺的"散文化"小说创作，以及张承志早期的"草原风景"小说和叶蔚林等人的"风景画"描写，即便是模仿抄袭了俄罗斯作家，但是其唯美的风格是大家公认的上品之作。这种被大家称作"散文化"的纯美写作，几乎建构了20世纪80年代以后中国本土书写经验中的强大"风景线"，构成了中国式"风景"的固定认知理念。但是，人们忽略了一个重要的"风景描写"原则——"风景"之中的"人物"才是一切作品，尤其是小说作品中的主体性建构，其对应的"自然风景"并非只是浪漫主义元素的附加物，而是与人物血肉相连、不可分割的作品灵魂的一部分，它们之间是魂与魄的关系。

针对浪漫与现实、形上与形下的选择，不同的作家和理论家把"风景"改造为不同的世界观，并对其进行适合自己审美口味的理论阐释，却

---

① ［美］温迪·J.达比：《风景与认同——英国民族与阶级地理》，张箭飞、赵红英译，译林出版社，2011年版，第92页。

从来没有将它们作为一个作品的整体系统来考虑过。其实，无论是浪漫主义还是现实主义的创作方法，都不应该离开对"风景"的惠顾。更为重要的是，无论作品涉及的"风景描写"是多还是少，都不能忽略"风景描写"之中、之下或之上的哲学内涵的表达。无论表达是浅还是深，是直露还是隐晦，是豪放还是婉约，都不该背离"风景描写"的深度表达。

"风景描写"的分布地图及其地域特征

随着中国城市化的进程加快，20世纪以前的那种大一统的文学"风景描写"观念和方法已经开始发生了巨大的分化。很明显，代表着农业文明形态的"风景描写"逐步被挤向边缘，集中在沿海城市的作家成为中国作家队伍的主流。他们在快节奏的工业文明和后工业文明形态的城市生活中扮演着百年前反映工业文明将人异化为机器的默片《摩登时代》里卓别林的角色。他们根本无暇顾及和欣赏身边的"风景"，而把描写的焦点集中在情节制造的流水线上，关注人物命运的构筑。更有甚者，则是将描写的着力点放在活动场面的摹写上，或是热衷于对人物的精神世界进行无止境的重复和杂乱的絮叨。当然，这些都是某种小说合理性的操作方式，但是，对"风景"的屏蔽，最终带来的就是文学失却其最具美学价值的元素。因此，我们应该特别提醒生活在沿海城市和大城市的中国作家，不能只见水泥森林式的摩天大厦，而不见蓝天白云、江河湖海和山川草木，不能放弃人物对大自然的本能亲近的渴望。否则，不仅作家笔下的人物是僵死的，就连作家自己也会成为一个被现代文明异化了的"死魂灵"。正如温迪·J.达比引用阿普尔顿所说的那样："我们渴望文明的舒适和便利，但是如果这意味着彻底摈弃与我们依旧归属的栖居地的视觉象征的联系，那么我们可能变得像笼中狮子一样……只能沦为在笼子里神经质地踱步，以为东西根本错了。（阿普尔顿，1986）"①

　　无疑，在中国辽阔的西部地区，由于现代化的发展进程较为缓慢，其农业文明和游牧文明的文化生态保存得相对较好。所以那里的作家面对的是广袤无垠的大自然和慢节奏的农耕文明生活方式，一时还很难一下子融入现代文化语境之中。亦如20世纪80年代许多中国作家很难理解和接受西方快节奏下的"文学描写"形式那样，中国西部的作家基本上还沉迷在"大漠孤烟直，长河落日圆"的古典美学的"风景"意境之中。毫无疑问，这些古典主义的浪漫诗境给远离自然、陷入现代和后现代生活困境中的人带来的是具有"风景描写"的高负氧离子的呼吸快感。它不仅具有"异域情调"的古典美学吸引力，而且还有时代的距离之美。静态的，甚至是原始的"风景"既成为作家作品描写的资源和资本，也成为人类与自然进行和谐对话与抒情的桥梁。但是，只利用自然资源去直接表达对自然"风景"的礼赞和膜拜是远远不够的。没有注入作家对"风景"的人文思考，或更深的哲学思索，是很难将作品引领到一个更高的审美境界的。所以，面对大量的"风景描写"的丰富资源，我国的西部作家需要思考的是如何提升自身的人文素养和哲理意识，为静止的"风景"注入活跃的人文因子。这样才有可能使中国的传统"风景"走出古典的斜阳，彻底改变旧有的"风景"美学风范，为中国的21世纪文学闯出一片新的描写领域。"对大自然的美学反应的转变并不是在真空中发生的，崇古主义者对凯尔特

---

① ［美］温迪·J.达比：《风景与认同——英国民族与阶级地理》，张箭飞、赵红英译，译林出版社，2011年版，第220页。

的赞颂也非空穴来风。"①正因为现代和后现代社会给人们的精神世界带来了机器时代的视觉审美疲劳，与大自然的"风景"形成了巨大的视觉反差和落差，所以，亲近"风景"成为一种精神的奢侈享受，一种回归原始的美学追求。

但是，另一种悖论就是人们也同时离不开现代城市和都市给予的种种诱惑。这个悖论就是："从 19 世纪 20 年代起，中产阶级'视宁静的农田为民族身份的代名词'（海明威，1992）的观点开始出现。这一观点是对日益汹涌的分裂潜流和范围深广的社会动荡的各种表现的反拨。风景再现转向东南地区良田平阔、村舍俨然的低地风景。低地风景与如画风景或山区和废墟构成的浪漫高地风景形成鲜明的对照，这里尚在乡村黄金时代：各种社会秩序和谐共存，人们怡然自得。乡村英格兰的神话在于一种双重感：乡村是和谐之地，英格兰依然是一个乡村之国 —— 苍翠愉悦之地"；"怀旧之情对非城市化过去的记忆进行过滤，留下一种与农业劳动者严酷的现实严重不符的神话。在神话制造的过程中，农业资本主义的非道德/道德经济的深层的政治特性被遗忘或者遮蔽掉了，而城市化也被完全过滤掉了"；"是中产阶级趋合有教养的乡绅价值观的一种尝试，而这一尝试本身就是一种深深弃绝城市的工业文明、希望逃回到更为单纯的恩庇社会的症状（坎宁安，1980）"②。

就"风景描写"的文学地理分布来看，最值得我们回味的是中国文学版图中的中原地带。那里的作家作品基本上还沉湎在农业文明与工业文明、后工业文明交叉冲突的夹缝之中。无疑，我们看到的是这

① ［美］温迪·J. 达比：《风景与认同 —— 英国民族与阶级地理》，张箭飞、赵红英译，译林出版社，2011 年版，第 98 页。

② ［美］温迪·J. 达比：《风景与认同 —— 英国民族与阶级地理》，张箭飞、赵红英译，译林出版社，2011 年版，第 128—129 页。

样一种"风景"：

一方面是在工业文明、后工业文明破坏下颓败的农业文明留下的波动状态，给作家提供了巨大的描写空间，那里的"风景"独异，足以能使那里的"风景"成为文学和文化的"活化石"。如果这样的"自然风景"被吞噬的过程没有在20世纪的80年代和90年代被沿海的作家们记录下来的话，那么，在21世纪的前二三十年中，作家对这样的"风景"有着不可推卸的描写责任。

另一方面，已经被工业文明覆盖的中原文化地带，呈现出的是追求工业文明和后工业文明的机械"风景线"。屏蔽"自然风景"，屏蔽了作家内心世界对"风景"的哲学性认知，在处理"风景"的时空关系上，没有一种自觉的文化意识，才是这部分作家最大的心理障碍。"风景中表示时间流逝的元素对如画风景非常重要。废墟和青苔或者常春藤覆盖的建筑是令人忧郁的光阴似箭的提示。山区讲述了一个（新近发现的）久远地质年表，对比之下，人类的生命周期就显得微不足道。黎明和落日（即使透过一片玻璃看过去，它们也显得如此绚丽）包含了个人能够测量出来的时间流逝，而任何一处废墟、任何一座爬满青苔的桥梁、任何一个风烛残年的人、任何一条山脉都会激发人们的想象和感受。往日浮现，追忆过去，这就需要特定的、高度本地化的废墟、桥梁、人物和山脉。注意力转向仔细观察风景（默多克，1986），视觉艺术里与描写的特定地方的诗歌同步发生。这类诗歌是个人的地方记忆，是对个人内心疏离或异化的认知，诗人试图通过确定自己在风景中的位置寻求庇护。定位的特性使人对暂时性的感受更加痛切，而这种定位记忆的痛切感说明记忆战胜了视觉。"① "风

---

① ［美］温迪·J.达比：《风景与认同——英国民族与阶级地理》，张箭飞、赵红英译，译林出版社，2011年版，第86页。

景"既是文学描写的庇护，也是作家心灵的庇护，更是人类具有宗教般哲学信仰的共同家园。因此，怎样留住广袤中原地带的"文化风景"（因为它涵盖了自然、人文、地域等领域内的诸多民族的、本土的文学记忆和文化记忆），以及怎样更有深度和广度地描摹出这种"风景"的变化过程，是中国作家，尤其是中原地带作家应该考虑的问题。

"风景描写"的价值选择与前景展望

毫无疑问，随着中国社会的急剧转型，工业化和后工业化的程度越来越高，农业文明形态下的风景逐渐远离现代人的视野，成为一种渐行渐远的历史记忆。从文化的角度来说，保护这种原生态的风景线，使之成为博物馆性质的"地方"，应该是政府的责任；而在中国文学创作领域，作家们在文学转型过程中迎合消费文化的需求而主动放弃"风景描写"的行为，却是值得反思的。对于本土化的写作，"风景描写"是乡土经验最好的表现视角。从 20 世纪初至今，对文学中"风景画"的描写持一种什么样的价值立场，却是中国现当代文学史一直没有理清楚的一个悖论：对农业文明的一种深刻的眷恋和对工业文明的无限抗拒与仇恨，使得像沈从文那样的作家成为中国现代文学一面"风景描写"的风格旗帜，人们误以为回到原始、回到自然就是文学的最高的浪漫主义境界；而另一种价值观念则更是激进，以为在中国城市化的进程中，旧日的"田园牧歌"式的农业文明"风景线"都应该被排斥在外，现代和后现代的"风景画"风格就是鳞次栉比的高楼大厦和各种物质的再现。它是以删除人类原始文明、游牧文明和农业文明的历史"风景"记忆为前提和代价的价值体系。"在农业革命和工业革命带来的英格兰空间重构的影响下，湖区一直是没有得到利用的空间或作用消极的空间，被当作未曾得到考证的资本主义动态的表现。……尽管一种趋同的英国民族身份的说法围绕湖区展开，将其作为'一种国家财产'，但吊诡的是，竞争随介入风景而起，引起了阶级的文化分化。"① 我不想从阶级意识的层面来看待这个问题，但就审美选择的角度来看，"风景描写"已然成为人类文明遗产和文学遗产的一个重要的组成部分。舍弃其在文学描写领域中的有效审美力，肯定是一种错误的行为。

温迪·J. 达比在其"导论"部分的《展望/再想象风景》中引用赫斯科的话说："人们在重要而富有象征意义的风景区休闲，以此建构自己的身份——这是人类学中很少涉猎的话题，即使这类活动在西欧、亚洲和美国等富裕国家许多个人的生活中起着日益重要的作用。总体而言，风景问题一直未引起人们的关注。(赫斯科，1995)"② 可见，这个"风景"的问题是一个世界性的文化命题，同时也是涉及人类诸多精神领域的命题。尽管温迪·J. 达比是从人类学的角度提出"风景"对于人类精神需求的重要性的，但是，它对当代文学领域也同样有着不可忽视的审美启迪和借鉴作用。

手头正好有一部对伦勃朗风景画的评论著作，该评论著作的作者论述了一个大艺术家对"风景"的追求，其中便可以见出许多带有哲理性的高论：

---

① ［美］温迪·J. 达比：《风景与认同——英国民族与阶级地理》，张箭飞、赵红英译，译林出版社，2011 年版，第 92 页。
② ［美］温迪·J. 达比：《风景与认同——英国民族与阶级地理》，张箭飞、赵红英译，译林出版社，2011 年版，第 1 页。

你所在的地方是水乡，土地湿润。

你需要画出从没有见过的山脉。

对城市之外的乡村不如城市那么了解。但是有些时候，你会走遍乡村，观察那里的光影变化。这些地方的面貌促使你创作出了风景画。

你从没有画过自己街区的房子，没画过砖砌的墙，精心搭建的山墙和高高的窗户。

但你画了一座暴风雨中的小石拱桥，你画了在强烈阳光下闪闪发光的树丛，还有来势汹汹的乌云之下摇摇欲倒的农庄。一个小小的人影，一个农民，因为扛着重重的长镰刀而弯着腰，他正准备通过一座阳光为其镶边的小桥。另一个几乎隐藏在阴影中的人好像要走过去和他碰面。不久，他们将会在桥的中央。他们会打招呼吗？他们会认出彼此吗？或者，他们会一直这样保持互不相干、彼此陌生的状态？

桥洞下面，停着一只船。但，在靠我们更近的地方，一只船刚刚过桥洞，船上有两个人正在弯腰划桨。①

显然，在追求"风景画"的意境过程中，伦勃朗对人物的处理是紧紧地与"风景"相勾连的，使其产生无限想象的艺术空间，这才是一部伟大作品的精妙之处。由此可见，艺术家的审美情趣和造诣在很大程度上取决于艺术家自身对"风景"有效而机智的选取。展望21世纪的中国文学，我们似乎没有理由拒绝"风景"的再现和表现。因为"当风景与民族、本土、自然相联系，这个词也就具有了'隐喻的意识形态的效

---

① ［瑞］弗朗索瓦·德布吕埃：《风景》，《对话伦勃朗》，麻艳萍译，南京大学出版社，2010年版，第144页。

力',这种效力是由于'一个民族文化本质或性格与其栖居地区的本质或性格之间,发展出了一种更恒久的维系'。(奥维格,1993)表达这种永恒的维系的方式之一就是本土语言或母语——这与 natus-nasci 的内涵呼应。涉及 18 世纪凯尔特边界,这种风景 / 语言的联系对于游吟诗民族主义至关重要。到了 18 世纪末期,风景是'自然的书写,人置身其中最大程度地体验自己在此地此时,而且成为……转向主观时间意识的一个关键概念'(索尔维森,1965)"①。三个世纪过去了,"风景"对于人类的精神世界而言,并不是过时了,恰恰相反,随着现代和后现代文明对人的精神世界压迫的加重,其重要性将会越来越凸显。同样,在文学描写的领域内,"风景"也将会越来越显示出其审美的重要性。"风景"不仅是农业文明社会文学对自然和原始的亲近,也是现代和后现代社会人对自然和原始的一种本能的怀想和审美追求。

在"风景"的文学研究领域内,这也是一个不能绕开的话题,正如温迪·J. 达比引用本德尔的话作为章节题序那样:"在历史与政治,社会关系与文化感知的交合处发挥作用,风景必然成为……一个摧毁传统的学科疆界的研究领域。"②

但是,我们不得不注意这样一个十分重要的现象——"风景"一旦从文学层面上升到文化层面,我们就可以看到多种文明冲突在这个焦点上的歧义。对现代主义浓烈的怀旧"乡愁"情绪,"列维纳认为,作为一种向同一的强迫性回归,乡愁代表了一种对异的拒绝——拒绝将异作为真正的异来看待。这种逃避与其说是一种怯懦,不如说是一

---

① [美]温迪·J. 达比:《风景与认同——英国民族与阶级地理》,张箭飞、赵红英译,译林出版社,2011 年版,第 85 页。

② [美]温迪·J. 达比:《风景与认同——英国民族与阶级地理》,张箭飞、赵红英译,译林出版社,2011 年版,第 11 页。

种需要——强化人们的自我同一的需要。这种需要的背后是感到现在缺少合适的家。已经失落的和正在失落的，是一个完全的、永远有用的、永远可以回来的家。在列维纳看来，如果乡愁代表了一种向同一的回归，这种回归就是向作为自我的出发地的家的回归。同样，如果自我仅仅是自我同一的自我，是排斥异的自我，那么，乡愁往好了说是人类经验的一种被界定的和正在界定的形式，往坏了说则是一种邪恶、利己的倒退"[1]。显然，后现代主义对现代主义那种"归家"的怀旧情绪是不满的，将此归咎为一种历史的倒退也不是全无道理的。列维纳们是站在人类发展的角度来进行哲学性思考的，人类只有在"异"的追求过程中才能取得进步。然而，我要强调的是，人类的进步历程并不排斥保留对自然风光和已经失去的人文"风景"的观照。因为只有这两个参照系存在，我们人类才能真正看清楚自我的面目真相和精神的本质。从这个角度来说，我是赞同"人类中心主义"的，因为只有人类才能完成对一切自然和自我文化遗产的保护。

但是，自17世纪、18世纪就产生的"自然文学"的三个核心元素，首先就是其"土地伦理"："放弃以人类为中心的理念，强调人与自然的平等地位，呼唤人们关爱土地并从荒野中寻求精神价值。"[2]从情感和审美的角度来看，我十分喜爱这种同样产生于美国的文学流派的"以大自然为画布"的艺术主张，以及托马斯·科尔的《论美国风景的散文》和爱默生的《论自然》中的观念，更喜爱梭罗的《瓦尔登湖》中的那样令

---

[1] 王治河：《后现代主义辞典》，中央编译出版社，2004年版，第652页。
[2] 赵一凡、张中载、李德恩：《西方文论关键词》，外语教学与研究出版社，2006年版，第901页。

276

人陶醉的崇拜自然的优美文字。"总之，在 19 世纪，爱默生的《论自然》和科尔的《论美国风景的散文》，率先为美国自然文学的思想和内涵奠定了基础。梭罗和惠特曼以其充满旷野气息的文学作品，显示了美国文学评论家马西森所说的'真实的辉煌'。与此同时，科尔所创办的哈德逊河画派，则以画面的形式再现了爱默生、梭罗和惠特曼等人用文字所表达的思想。'以大自然为画布'的画家和'旷野作家'携手展示出一道迷人的自然与心灵的风景，形成了一种从旷野出发创新大陆文化的独特时尚和氛围。这种时尚与氛围便是如今盛行于美国文坛的自然文学生长的土壤。"[1] 这是一种多么诱人的文学啊，但是，他们的"土地伦理"和"旷野精神"是建立在消灭"文学是人学"的理论基础之上的。文学艺术的中心位置要移位给自然，作为主人公的人的意识必须淡化，这种理论行得通吗？即使如梭罗的《瓦尔登湖》这样的所谓纯粹歌颂自然的美文，不仍然时时有着一个作家自我影像在出没吗？在旷野中呼号的主体不依然是那个惠特曼的身影吗？不管任何作家和理论家如何叫嚣人与自然的分离，以及人类让位于自然的理论，包括"生态革命"后这种理论的扩张，我们都无法消除人类在整个文明世界中的主导地位。"科尔在作品中得出的结论是，美国的联系不是着眼于过去而是现在与未来；如果说欧洲代表着文化，那么美国则代表着自然；生长在自然之国的美国人，应当从自然中寻求文化艺术的源泉。"[2] 也难怪，毕竟美国的文化和文明，乃至于文学的历史还不长，

---

[1] 赵一凡、张中载、李德恩：《西方文论关键词》，外语教学与研究出版社，2006 年版，第 904 页。

[2] 赵一凡、张中载、李德恩：《西方文论关键词》，外语教学与研究出版社，2006 年版，第 903 页。

和欧罗巴文明、文化和文学相比，缺少了一些厚重感。因此，对人在整个世界的地位的反叛心理，完全是一种扭曲的资本主义的帝国文化心理所致。殊不知，一旦人类的中心位置被消除，世界的文明、文化和文学也就同时消失了。当然，我倒是很欣赏"自然文学"在其文学形式和审美描写上的艺术贡献。他们将镜头对准自然界时的那份执着和天真，帮助他们完成了对"风景"的最本真、最本质的描写，这些都是值得我们借鉴的。

综上所述，我以为，启蒙主义助力人类取得巨大进步，同时也在现代主义的积累过程中，给人类带来了新的精神疾病。如何选择先进的价值观来统摄我们的文学，则是一个非常重要的问题。用后现代主义理论去批判现代主义的怀旧的"乡愁"情绪，往往会陷入片面的"求异"中，从而忽略了对自然风光和人文"风景"的关注，这是一种文化和文学的虚无主义的表现；而过分强调自然的主体性，忽视人在世界中的地位，甚至消除人在自然界的主体地位，则更是有文学审美诱惑力的理论。但是，这种含有毒素的罂粟花必须去其理论的糟粕，只能留下其美学的外壳和描写"风景"的技术，以及它们对工业文明带来的大自然被破坏的弊端的批判。否则，一旦坠入这个"美丽的陷阱"，其价值观就会彻底失衡与颠覆。这就是我们所面临的两难选择，怎样选择自己的"风景描写"，不仅是作家们所面临的选择，同时也是理论批评家们应该关注的命题。因此，本文的论述倘若能够引起批评家们对"风景描写"的关注，也就算是对中国 21 世纪文学的一点儿小小的贡献吧。

对两种文化流派的深刻批判

——重读鲁迅《"京派"与"海派"》《"京派"和"海派"》

————◎————

　　87 年前，因沈从文与苏汶等人的那场争论而引发的"海派""京派"的划分，乃至鲁迅也参与了论战，最终却演变成对文学流派的定性和定位，实乃 20 世纪的一场阴差阳错、因祸得福的文化争论。说它"阴差阳错"，是因为它本是一场相互指摘的文化层面的争论，却被后人演变成一种较狭隘的纯美学意义上的文学风格之区别，其文学的学术意义远远大于它的文化意义了；说它"因祸得福"则是这种变化对丰富文学史的描述很有帮助，同时，也对后来的流派创作有所裨益。但是，我们不能不看到其意义演变背后潜藏着的和被遮蔽了的巨大的文化批判内涵。

　　其实，鲁迅对于这场争论的总结是最有独到见解的，他从宏观的角度来评判这种地缘文化流派的划界，其所指是十分明确的——文人作家的文化与文学价值立场是与其依存的文化生态环境有着密切关系的。这也许就是他写那两篇著名杂文《"京派"与"海派"》①和《"京派"和"海派"》②的初衷。这两篇文章有着相同的文化寓意——对两种文化流派的弊端做出深刻的批判。

"北京是明清的帝都,上海乃各国之租界,帝都多官,租界多商,所以文人之在京者近官,沿海者近商,近官者在使官得名,近商者在使商获利,而自己也赖以糊口。要而言之,不过'京派'是官的帮闲,'海派'则是商的帮忙而已。但从官得食者其情状隐,对外尚能傲然,从商得食者情状显,到处难以掩饰,于是忘其所以者,遂据以有清浊之分。而官之鄙商,固亦中国旧习,就更使'海派'在'京派'的眼中跌落了。"③为什么鲁迅的这段话会在两篇文章中反复出现呢?显然,它是鲁迅判断这一文化现象的核心观念所在,其答案是明确的——"帮闲"是"京派"文人谋事的特权;"帮忙"则是"海派"文人谋食的责任。这种"帝都"文化心态和"租界"文化心态贯穿于20世纪,其中"租界"文化现象虽然在中华人民共和国成立后至20世纪80年代末有所消遁,但是那种文化心态作为一种文化基因保存在"海派"文人的体内,直到20世纪末的90年代才又重新登上了历史舞台。

无疑,在20世纪30年代,虽然进入现代社会的中华民国已经有十几个年头了,但是,其国体和政体还留有十分明显的农耕文化的印

---

① 此篇最初发表于1934年2月3日《申报·自由谈》,后收入《鲁迅全集》第5卷,人民文学出版社,1981年版,第432页。

② 此篇最初发表于1935年5月5日《太白》半月刊第2卷第4期,后收入《鲁迅全集》第6卷,人民文学出版社,1981年版,第302页。

③ 这段话第一次作为中心观点出现在《"京派"与"海派"》一文中,而在后来的《"京派"和"海派"》一文中又重复强调引用,其评判的角度和深意可见一斑。

记，君主思维和皇权意识还很强大，所以才会在无形的封建体制中豢养着一大批御用的"帮闲"文人。殊不知，只要这样的生态环境还没有被消除，那么，这样的文人就会永远存在。一个国家的首都可能是最能够反映出该国的主流文化形态的，身处"帝都"才能有资格成为这个流派的成员，这是先决条件，所以，鲁迅强调"在京者"是很重要的，它突出表现的是存在的文化生态环境。

同样，鲁迅强调"海派"时，冠以"沿海者"这一前提，就是进一步凸显文化生态环境决定其文化态度的理念。在中国社会被迫进入现代以后，其商业文化经济在沿海地区日益发达，这使得上海成为亚洲，乃至于全世界的重要港口和金融中心，十里洋场造就了现代大都会资本文化和消费文化的显著特征，因此，必然会滋生出一大批为其张目和服务的"帮忙"文人来。与传统的"帮闲"文人不同的是，除了服务对象，更重要的是，他们毫不在乎封建士大夫那样遮遮掩掩式的假道学文人做派，而是或明或隐地表达了自己商业化的价值立场和态度，其谋利的目的是很明显的，这个源头最早可能要追溯到清末民初"鸳鸯蝴蝶派"文人靠写作发财的行状了。于是"情状显，到处难以掩饰，于是忘乎所以"就成为他们不屑、抵抗和冲击传统文人习气的文化姿态。当然，他们在 20 世纪初的社会中还不可能占据主流话语的位置，因为"重农轻商""重义轻利"仍然是当时中国封建士大夫"帝都"文化语境中的核心观念，它才是占据统治位置的主流意识形态，因此"鸳鸯蝴蝶派"之流被打入文学的另册就不足为奇了。

作为研究 20 世纪文学流派的大家，严家炎在其著作中很有深意地引述了沈从文在《论中国的创作小说》里的一段话，也许可以从中窥见当时许多人对"海派"文人的代表性评判吧："……从民十六年，中国新文学由北平转到上海以后，一个不可避免的变迁，是在出版业中，为新出版物起了一种商业的竞卖。一切趣味的俯就，使中国新的文学，与为时稍前低级趣味的海派文学，有了许多混淆的机会，因此……创作的精神，是逐渐堕落了的。"[1]对商业文化的盲目抵制，是传统文人本能的文化排拒，然而，这种反抗是反现代、反文化、反文明的，这种对现代性的恐惧感只能给文学的发展带来封闭性的后果。从某种意义上说，这种封闭性是被中华人民共和国成立以后的主流意识形态认可并接受的，虽然沈从文本人同样也遭到了政治上不公平的待遇，但是这种传统文人滞后于时代前进步伐的落后意识却是不可取的价值观念。显然，包括鲁迅在内的一些新文学的大家们对"海派"文人的否定性判断也是有局限性的，我们应该看到这把双刃剑的两面性。

也许，鲁迅对"京派"和"海派"的定性与定位有些过于尖刻，但是，其中却是另有文化深意的，可是近90年来不为世人所认真探究，尤其是在20世纪到21世纪的几个关键性的历史节点上，"京派"文人和"海派"文人的种种文化表演可谓精彩纷呈，足可以写就一部两派文人的表演史。

毋庸置疑，中华人民共和国成立以后是"帝都""京派"文人的一统天下，因为无论是"解放区"还是"国统区"的文人，进京以后的心态都是十分虔诚的，他们无一例外地认为新文化真正的"时间开始了"（胡风诗作名），他们深切地体会到身为近在天子脚下的文人的荣耀。那种身在"帝都"的文化人的"傲然"，无疑成为他们后来不断

---

① 严家炎：《中国现代小说流派史》，人民文学出版社，1989年版，第206—208页。

颐指气使、指点江山的文化资本和心态。其实，"所谓'京派'与'海派'，本不指作者的本籍而言，所指的乃是一群人所聚的地域，故'京派'非皆北平人，'海派'亦非皆上海人"①。正如钱锺书在其短篇小说《猫》中描述中华人民共和国成立以前的"京派"文人所言："当时报纸上闹什么'京派'：知识分子们上溯到'北京人'为开派祖师，所以北京虽然改名北平，他们不自称'平派'。'京派'差不多全是南方人。那些南方人对于侨居北平的得意，恰像犹太人爱他们所入籍归化的国家，不住地挂在口头上。"亦如鲁迅对乡土小说定位时，把这一批作家定为"侨寓作家"那样，那些南方文人，或是他籍文人，一旦侨寓北京，就踌躇满志地"入籍归化"于"帝都人"，其自诩"京派"文人就不足为奇了。其实，"京派"文人当中极少有北京籍的本土作家，绝大多数都是南方籍作家，他们那种"对于侨居北平的得意"，仿佛是一种"被招安"了的"得意"，是一种有了归属感的天然自豪——从"侨寓文人"走向文化的中心位置一直是他们梦寐以求的被御用的文化追寻，这一点在中华人民共和国成立以后进京的"侨寓作家"中尤为明显——从"解放区"来的乡土文人有了当家做主的感觉，因为天下是他们打下来的；从"国统区"来的都市文人，尤其是无党派文人，当然更有被"宠幸"的感受。

无疑，中华人民共和国成立以后开始的知识分子自我思想革新运动是耐人寻味的，有没有资格成为一个正统的"京派"文人则是一个重要的政治文化检验，无论是从"解放区"进京的，还是从"国统区"进京的，所有"侨寓作家"都将在首都效命看作自己政治生命的开始，

① 鲁迅：《"京派"与"海派"》，《鲁迅全集》第 5 卷，人民文学出版社，1981 年版，第 432—433 页。

因此，能否进入核心层似乎成为大家的共同追求。所以郭沫若等"先进知识分子"才会对沈从文、萧乾那样的"反动堕落"旧文人的思想进行无情的清算和批判。与其说是知识分子内部的自我清洗，还不如说是"帝都"的"京派"文人之间的争斗行为，说到底就是那种传统文人为争夺正宗地位而不惜清除"异己"，从而相互倾轧的惯用下流行径而已，说其卑劣，是因为他们原来均为同类，而非"异己"。可见"京派"文人之间的倾轧是在"思想改造"和"批评与自我批评"的不间断的历次运动中得到最后的身份确认的。因此，那些"改造不好"和"不配改造"的"京派"文人的生计就难以为继了。像沈从文、萧乾这样的"旧京派"文人就只能夹着尾巴做人，或埋在古典服饰的沙漠里不敢抬头，或关张避祸。这就是沈从文直到 20 世纪 80 年代才自称"出土文物"被重新拥戴，被文学史家们供奉在"京派"文学风格的美学殿堂里的带有黑色幽默的历史过程。

为什么他们会忘记五四新文化的传统？为什么启蒙主义者会变成扼杀启蒙的刽子手？这个问题其实是关乎知识分子现代性价值观的根本问题。其实鲁迅早就给出了答案："而北京学界，前此固亦有其光荣，这就是五四运动的策动。现在虽然还有历史上的光辉，但当时的战士，却'功成，名遂，身退'者有之，'身隐'者有之，'身升'者有之，好好的一场恶斗，几乎令人有'若要官，杀人放火受招安'之感。"[1] 这分明不就是预判了之后"京派"文人的种种行径和必然命运吗？这种"京派"文人的陋习在中华人民共和国成立以后的历次政治和文化运动中得到了鲜明的彰显。

---

[1] 鲁迅：《"京派"与"海派"》，《鲁迅全集》第 5 卷，人民文学出版社，1981 年版，第 432—433 页。

在"批二胡"（批判胡适的唯心主义世界观和批判"胡风反革命集团"）的运动中，"京派"的地域优势已经明显成为从"解放区"进京文人傲人的思想徽章，那些从"国统区"进京的文人们则以十万分虔诚的"自我思想改造"心情和百万分惶恐的心境，试图谋取这样一张带有荣耀和政治赦免权的"红色派司"，他们唯恐成为"京派"的另类而被逐出"帝都"，他们唯恐不被"接受"。无疑，一切进京的文人作家都想成为有充分话语权的"京派"文人，于是，政治层面的构陷和倾轧就必然开始了。谁是正宗的"京派"文人，成为一个心照不宣的潜在问题。

这里需要说明的是，我们不能把历史的责任仅仅简单地推给这场运动的始作俑者，更为重要的是，要看到知识分子自身的劣根性——争当"京派带头人"，甚至"争做自己人而不得"的文化心态成为大家争名夺利的动机和诱因。其实，许多知识分子明白此等卑鄙勾当是见不得人的，但是为取得政治上的认同，他们不耻为小人。当领袖人物提出"大鸣大放"的"双百方针"时，一些"京派"文人那种被压抑的"争做自己人而不得"的心理顿时化为万分的牢骚和怨气而喷发，当然他们没有料到会是以"右派"知识分子的肉体苦难和精神苦难作为昂贵的代价。一些自以为已经取得了"京派"发言权的文人们，也以正牌文人的形象出来"谏言"，以"自己人"而非"同路人"的姿态进行政治文化的批评和谏言，孰料自己完全是自作多情。可以看出，虽然只有"帝都"的文人才有资格做"京派"的发言人，才能在"在京者近官"的语境中获得文人的最大权力——话语权，才能进入"官的帮闲"序列之中；但是，这一时期的文人丢失的最重要的东西却是无论是传统文人还是现代知识分子都应持有的操守和气节。其"身隐者"是出于无奈，因为他们被阶级斗争的扫帚扫进历史的"垃圾堆"里了；

其"身升者"正如鲁迅所描绘的那种行状和心理："但从官得食者其情状隐，对外尚能傲然"①。但是鲁迅没有料到的是，他们竟然会卑鄙下流到采用无所不用其极的手段来构陷自己的同类。

比起"帝都"文化，"海派"文化在旧时期中就必然开始走向边缘，"海派"文人也就自然成为销声匿迹的"身隐者"了。因为中华人民共和国成立初期，商品经济俨然被计划经济替代，资本主义的文化体制遭到了毁灭性的打击而被摒弃，因此，那种资本主义的文化心态遭到了无情的清洗和批判，代表它的文化和文学也就自然而然地成为"垂死的、挣扎的"腐朽文化和文学的代表。"十里洋场"不在，"海派"文人遁形，"皮之不存，毛将焉附"？

"京派"和"海派"之所以合流，除了中国失去了"海派"文化所依存的商业文化语境的原因外，更重要的原因是，"海派"文人实在耐不住寂寞，想分得"京派""帮闲"文人的一杯羹，也弄一个"带头人"或者"自己人"的位子坐一坐。"京海合流"表面上看来是在没有商业文化背景下政治层面上的苟合，其实骨子里却能够看出"海派"文人挥之不去的那种依附于政治权势的商业文化心态。因为没有合法存在的商业文化语境，若想谋利，只能通过政治手段达到。"我也可以自白一句：我宁可向泼剌的妓女立正，却也不愿意和死样活气的文人打棚。"②像鲁迅这样有骨气的文人毕竟是罕见的，大文化语境的恶劣，使得文人失去了思想的能力。

但一旦文化语境改变，另有他途可走，"海派"文人就会立刻变

---

① 鲁迅：《"京派"和"海派"》，《鲁迅全集》第6卷，人民文学出版社，1981年版，第305页。

② 鲁迅：《"京派"与"海派"》，《鲁迅全集》第5卷，人民文学出版社，1981年版，第433页。

脸，凸显出另一副嘴脸。

当历史的时针转到 20 世纪 80 年代的时间节点上时，由于"思想大解放"的思潮冲击了政治主流话语，被搁置了几十年，一直处在边缘化、附庸化位置的"海派"文化又浮出历史的地表，成为一种足可以与"京派"政治文化抗衡的消费文化的力量。这种力量积聚到 20 世纪 90 年代，在"改革"的浪潮中，就爆发出了巨大的能量，在商业资本的高热孵化下，"改革"迅速地成为"海派"文化和文学膨胀蔓延的有效契机。"海派"文学只有在这样的文化语境下，才能造就出像《上海宝贝》那样消费文化的身体写作样本，时尚的消费文化心理成为中国文化和文学的流行色，只有在这样的消费文化的语境里，"海派"文化与文学才真正恢复了它在资本文化中的合法权利和位置，渐渐恢复了活气，"海派"文人才有了抗衡"京派"文化与文学的底气，成为 20 世纪末消费文化宴席上的贵宾。

然而，当 21 世纪来临之时，"京派"与"海派"却又发生了极其微妙的变化，这种变化往往习焉不察，难以被人捕捉。因为"帝都"的"京派"文人也闻到了商业文化的铜臭给自身带来的巨大经济利益；而"海派"文人也同样嗅到了政治文化为消费文化带来的成倍的利益回报。

从表面上来看，"京派"与"海派"的文化特征是很明显的——"京派"基本上"是官的帮闲"；"海派"基本上"是商的帮忙"。但是，中国社会资本化的程度越来越高，导致了"官商合一"现象的出现，也就使得其奴仆开始分化，于是，"一仆二主"的现象也就自然而然地渗透在"京派"和"海派"文人之间了。换言之，"京派"文人已然脱去了旧日专门事主于政治的长衫，不停地在消费文化的泥淖中打滚，甚而就直接以一个所谓"大众文化"代言人的角色进入现代媒体，既言官，又言商，成为"京派"文人重新披挂上阵的创新形象。如果说20世纪的"京派"文人还在自己的专业上有所建树的话，那么，进入21世纪以后，他们开始混迹游走于"官"与"商"之间。他们完全与鲁迅的期望相反："在北平的学者文人们，又大抵有着讲师或教授的本业，论理，研究或创作的环境，实在是比'海派'来得优越的，我希望着能够看见学术上，或是文艺上的大著作。"①其实鲁迅在那时已经看出"京派"文人的苗头来了，他只不过是用反讽的手法预言了"京派"文人的必然归途，这个归途被八九十年后的现实所证明——这是一个没有"大著作"的时代，却是一个"伪大师"层出不穷的时代。因为"商"的诱惑太迷人了，以致他们没有时间静下心来坐"冷板凳"，故无暇在学术上有所造诣和建树。用鲁迅的话来说，就是："北京的报纸上，油嘴滑舌，吞吞吐吐，顾影自怜的文字不是比六七年前多了吗？这倘和北方固有的'贫嘴'一结婚，产生出来的一定是一种不祥的新劣种！"②如此神机妙算的画像，不知会让如今的"京派"文人有所警醒否？

同样，那些复活了"商气"的"海派"文人们在消费文化的语境之中，当是如鱼得水、游刃有余了，可是他们知道，仅仅依靠这些只能得到小利，在如今社会若想成就大业，不依附于"官"的护佑，是难以成大器的。所以，"海派"文人也开始"近官"，甚至不惜以极"左"的面目出现，从"帮忙"到"帮闲"，他们也极尽"京派"文人之能事，甚而有过之而无不及，因为就示好之手腕而言，"京派"

① 鲁迅：《"京派"和"海派"》，《鲁迅全集》第6卷，人民文学出版社，1981年版，第304—305页。
② 鲁迅：《南人与北人》，《鲁迅全集》第5卷，人民文学出版社，1981年版，第436页。

文人是远不及"海派"文人的，"海派"文人太知道自己的利益所在了。

如果鲁迅当年形容"海派"文人的目的是对其操守的鄙夷："我举出《泰绮思》来，不过取其事迹，并非处心积虑，要用妓女来比海派文人。"[1]那么，如今我们来评价某些"海派"文人的话，就不仅仅是从道德层面来进行批判了，还要看到，消费文化一旦与政治文化相勾结，其产生的对文化的破坏性后果是难以想象的。

鲁迅说："言归正传。我要说的是直到现在，由事实证明，我才明白了去年京派的奚落海派，原来根柢上并不是奚落，倒是路远迢迢的送来的秋波。""京海两派中的一路，做成一碗了。"[2]这俨然是对两派文人的之所以合流的本质特征，即"政治与商业媾和"做出的文化批判。"合流"其实就是消弭了文化在地域和空间的距离，使得文化的负效应朝着一个"大一统"的方向下滑。倘若对其不保持警惕，我们的文化就会连界限都没有了。

"我想：也许是因为帮闲帮忙，近来有些'不景气'，所以只好两届合办，把断砖，旧袜，皮袍，洋服，巧克力，梅什儿……之类，凑在一处，重新开张，算是新公司，想借此来新一下主顾们的耳目罢。"[3]这样的嘲讽也许尖刻了一些，但的的确确就是当下"京派"和"海派"文人的现状，我们也就不得不佩服八九十年前的鲁迅看问题的犀利

---

① 鲁迅：《"京派"和"海派"》，《鲁迅全集》第6卷，人民文学出版社，1981年版，第304—305页。

② 鲁迅：《"京派"和"海派"》，《鲁迅全集》第6卷，人民文学出版社，1981年版，第304—305页。

③ 鲁迅：《"京派"和"海派"》，《鲁迅全集》第6卷，人民文学出版社，1981年版，第304—305页。

了——他们亦官亦商,时而油滑,时而正经;时而示好,时而底层;时而自赏,时而结帮;时而攻击,时而潜伏……竭尽"二皮脸"之能事,这就是京海之间的一道亮丽文化风景线。

后　记

收在这个集子里的文章都是近些年来我对中国现代知识分子时代责任的一些支离破碎的思考，说实话，回看这些思想碎片，总觉得尚有许多意犹未尽的话要说。

这四十年来的改革开放，让我们的思想插上了翅膀，能够自由地翱翔在星空灿烂的天地宇宙之间，应该说这是我们这一代知识分子的幸运，更重要的是，它让我们在读到了许许多多过去看不到的书籍后有了独立思考的能力，让我们对浩瀚无垠的知识世界有了新的认知，使我们对事物认知的方法也有了根本的转变：在知识的海洋中，只有攫取更多不同的思想方法和观念，在反反复复的各种各样思想参照和对比中，你才能找到那个更加接近真理的思想坐标，也许这个坐标未必就是亘古不变的真理所在，因为随着时代的变迁和人类思想的进步，那个思想的坐标会发生位移，世界上是没有绝对真理可以定位定性的，它总是随着人类面临的困境变化。然而，正是由于这种思想的不确定性，才让我们这些人在寻觅真理的崎岖道路上有了攀登的欲望和勇气，虽然像我这样孜孜以求的一介书生根本就无法达到光辉的顶点，但是这艰难跋涉和攀登的过程却是一件十分惬意的事情，知识分子的幸福不就是在思想的炼狱中痛并快乐着吗？

我们这一代人从小就受着马克思主义思想的熏陶，学习和读过林林总总的阐释马克思主义思想的文章和著作，但我们缺乏的是对马克思主义原典著作的阅读和思考。马克思主义思想为什么能够经久不衰，成为近代以来许许多多学者思想的参照系统，无论左派右派，无论西马中马，无论前马后马，思想者对这个世界的参照离不开马克思在大英图书馆地毯上留下的历史足迹，尽管随着时代的发展和社会结构的变化，对马克思主义思想提出了许多可以修正之处，但是我认为，马克思主义思想始终不变的，是那种批判哲学的方法，这一方法在引导我们不断对社会和文化事变进行深度的思考，也许这才是马克思主义的精髓所在，也是我四十年来思考文学和文化取得最大收获的源泉所在：马克思主义的哲学批判精神是一面永远不倒的旗帜，它引导我们前行。所以，我特别感激中国艺术研究院的一位分管刊物的王副院长对我观点的认同，作为一个文化官员，他也坚持马克思主义思想在文艺批评中的指导作用，这的确是太难能可贵了。

把这些零零碎碎的思想集中起来，我才发现，这些平时即兴写就的被叫作思想随笔，或曰思想散文的东西，于我是那么重要，这倒并非是敝帚自珍，正是这些不经意的随笔，给我的文学史和文学批评书写增添了无数的思想火花，虽然微弱，但也总算是一种光亮罢。

最使我难忘的是2011年的秋冬之交，我清楚记得那是11月23日，当我写完了四万多字的长篇系列随笔"寻觅知识分子的良知"的最后一篇，完成了《读书》杂志连载四期的约稿后，我下楼拿书信，一阵罡风拂面吹来，嘴里叼着的香烟吸不动了，总觉得嘴巴不得劲，回家一照镜子，嘴竟然歪得离奇，我已非我！到医院一检查，诊断为神经性面瘫。亲友们认为，我为赶文章连续一周每天只睡俩小时太不值得，我却认为这付出的代价是值得的，因为我痛并快乐着！

感谢贺仲明先生向我约稿，我慨然允诺就是因为他的诚信和热情，感谢广东人民出版社为此书付出的种种辛劳，当然也得感谢那些最初发表拙文的各个杂志的主编和责编，《读书》《文艺研究》《文艺争鸣》《当代作家评论》《南方文坛》等杂志为拙文付出的辛劳也是我永远铭记在心的。

是为记。

丁帆

2019年8月10日凌晨于南大和园